W0366217

Massada

Du même auteur

J'écris ton nom, Belfond, 2019.

Sylvestre Sbille

Massada

roman

PLON
www.plon.fr

© Éditions Plon, un département de Place des Éditeurs, 2021
92, avenue de France
75013 Paris
Tél. : 01 44 16 09 00
Fax : 01 44 16 09 01
www.plon.fr
www.lisez.com

Mise en pages : Nord Compo (Villeneuve-d'Ascq)
Dépôt légal : mars 2021
ISBN : 978-2-259-30610-2

Le Code de la propriété intellectuelle interdit les copies ou reproductions destinées à une utilisation collective. Toute représentation ou reproduction intégrale ou partielle faite par quelque procédé que ce soit, sans le consentement de l'auteur ou de ses ayants cause, est illicite et constitue une contrefaçon sanctionnée par les articles L. 335-2 et suivants du Code de la propriété intellectuelle.

1. Camps romains
2. Sentier du Serpent
3. Ancien palais d'Hérode le Grand
4. Anciens thermes
5. Citernes extérieures
6. Synagogue
7. Palais de l'ouest
8. Fort du sud
9. Jardins et potagers
10. Porte de l'est
(arrivée du Sentier du Serpent)
11. Rampe d'assaut romaine

© Yves Capelle

L'an 74 de notre ère. Après cent trente années d'occupation, de rébellions, de massacres, les Romains achèvent de pacifier la Judée en assiégeant Massada, le fabuleux palais-forteresse d'Hérode le Grand. Là vivent les derniers Hébreux, fanatiques et libres. Jérusalem a été prise quelques années plus tôt dans un bain de sang par l'empereur Vespasien, le Temple rasé par son fils Titus. Du magnifique pays de Canaan il ne reste que cendres.

CHAPITRE 1

Quand Hagar est venue au monde, ses parents espéraient un petit garçon. Ils voulaient l'appeler Israël. C'était une fille, mais ils l'ont appelée Israël quand même. Plus personne ne l'appelle comme ça, sauf son petit frère, quand ils sont tous les deux. Hagar a neuf ans, son frère en a six, il s'appelle… Israël. À sa naissance, les parents ont pu lui donner le nom qu'ils voulaient, alors le choix fut facile. Son surnom est Ariel, ce qui veut dire Lion ; ça lui va bien car il fait tout ce qui lui passe par la tête, comme un jeune lion qui explore.

Aujourd'hui, Israël veille sur Israël, Hagar veille sur Ariel. Leur père, ils ne le voient presque plus – Jonathan fait partie des hommes importants qui doivent tout décider dans la forteresse. Leur mère les a abandonnés.

Une grande pièce garnie de mosaïques colorées. Ici, autrefois, ce furent les thermes du palais, et les lieux sont interdits. Mais il fait chaud, les thermes sont frais. Sur une banquette, Hagar et son amie Zia sont alanguies. Dans leurs cheveux tressés, des peignes de corne. À leur cou, des colliers faits de morceaux de bois et de petites pierres.

— Ma chère amie, vous êtes excessivement jolie, je trouve. Votre coiffure, quel raffinement !

Les gestes sont apprêtés et les regards en disent long.

— Merci, chère amie. Et vous, ces bijoux...

Zia fait un geste vers Hagar, qui baisse humblement les yeux.

— C'est de l'or.

— Je vois. Et des pierres précieuses.

Zia prononce « préchieuses ». Elle reprend :

— Votre parfum m'enivre, c'est de la myrrhe évidemment ?

— Non, c'est du baume. Je le fais venir spécialement.

— Ah bon ? D'Antioche, je parie.

— Non. De Rome.

Les deux petites filles s'arrêtent tout à coup. Zia a le souffle coupé.

— Mais tu es folle. On ne peut pas dire ça.

Hagar fait semblant de ne pas comprendre.

— Quoi ?

— Ce que tu as dit.

— Qu'est-ce que j'ai dit ?

Zia ouvre grand les yeux.

— Rome ? demande Hagar innocemment.

Zia grimace.

— Mais arrête ! C'est interdit.

— Rome ! Rome ! Rome !

Zia se bouche les oreilles avec les mains. Hagar s'arrête enfin.

— Tu vas devoir te purifier la bouche sept fois, si je le raconte.

— Si tu racontes quoi ?

— Ce que tu as dit.

— Je n'ai rien dit.

— Si, tu as dit R… Bon, on recommence.

Zia rajuste sa tunique en toile de jute sur son épaule et garde l'autre bien dénudée. Elle s'évente avec une feuille de figuier.

— Et vos enfants ? Les miens me rendent folle.

— Chère amie ! Les miens, je dois les battre. Avec des branches.

— Moi des épines.

— C'est simple : si je n'avais pas mes après-midi bien tranquille aux thermes, et mes matinées chez le masseur… et mes soirées avec mon esclave… je deviendrais folle !

Zia réfléchit à ce qu'elle va dire. Elle semble intriguée par les soirées avec l'esclave.

— Bon, dit Hagar. Maintenant je vais me mettre nue. Quelle chaleur !

— Moi aussi.

Les petites se dépêchent, chacune voulant être nue la première. Ce qui consiste à remonter sa tunique au-dessus des genoux et à montrer ses épaules.

— Regardez, je suis nue, dit Hagar.

— Comme vous êtes belle, ma chère.

Hagar se lève et marche vers la vasque vide au milieu de la pièce. Ses petits mollets musclés sont très bronzés.

— Oui, c'est vrai, je suis très belle. Mais pas autant que vous. Il paraît que vous aimez vous promener comme ça chez vous devant vos esclaves et les amis de votre mari qui est consul…

— Oui, c'est vrai.

Zia ne sait qu'ajouter. Hagar s'approche d'elle.

— Il paraît que tous les hommes deviennent fous tellement vous sentez bon quand vous revenez des thermes.

Hagar, debout, plante ses yeux dans ceux de son amie, toujours assise, qui la regarde fascinée.

— Oui, dit Zia.

— Il paraît que les hommes se retournent dans la rue et touchent vos cheveux et vos seins.

— Oui.

— Quel est votre secret ?

— Je ne sais pas.

— Il paraît que vous prenez des bains de lait.

— Oui.

— Eh bien moi j'en prends au lait de femme.

— Ah ?

— Mêlé avec du sang.

— Du sang ?

— Du sang de porc.

Zia est très pâle. Hagar ne la quitte pas des yeux.

— Et même parfois… du sang d'homme.

Du bruit. On lâche précipitamment l'éventail, on rajuste les tuniques. Une troisième fille, plus âgée, fait son apparition.

— Vous faisiez quoi ?

— Rien, dit Hagar. On parlait.

La grande s'assied. Elle s'appelle Hannah. Elle a onze ans, elle est leur chef.

— Vous savez que c'est interdit ici ?

— Oui, on sait, dit Zia la voix faussement assurée.

— C'est impur. C'étaient les thermes. Bon, vous venez ? Il ne faut plus traîner.

— Je ne peux pas, dit Hagar. Je dois surveiller mon frère.

— Ah ben je vois ça, répond Hannah. Il est où ?

— Par là.

Hagar espère qu'il est « par là », le lionceau. Elle ne peut pas lui courir après toute la journée. Alors, toute la journée, elle a peur qu'il se perde, peur qu'il tombe.

Elle enlève ses peignes, les range dans sa poche, ébouriffe ses cheveux, relace ses sandales, part en courant. Elle connaît par cœur tous les couloirs, toutes les odeurs, toutes les lumières, toutes les pierres où ses pieds s'impriment. Elle va déboucher dans la grande cour du palais, des femmes lèveront les yeux vers elle, elle ne s'arrêtera pas. Elle va retrouver son frère dans le bassin où elle l'a laissé à jouer avec sa collection de cailloux très blancs.

Sauf qu'il n'est pas là. Il en a eu marre, il est parti à l'aventure ; les femmes travailleuses sous leurs voiles font signe à la petite fille : par ici, par là. Hagar devine qu'il sera au bord du gouffre. Il s'arrête toujours au bord du gouffre et observe sans bouger. Encore un magasin, elle passe devant chez Yaël, elle entre dans la casemate qui fait rempart, et c'est là qu'il est. Une brèche permet de voir en bas, il a toute la place pour tomber mais le petit lion est à l'arrêt. Un vertige s'empare d'Hagar, comme chaque fois. Elle aurait pu perdre son frère, on ne l'aurait plus retrouvé, plus jamais, même en appelant partout, plusieurs jours. Zia et Hannah viennent d'arriver derrière elle, elles halètent aussi et regardent le petit qui ne les voit pas.

Par la brèche dans le mur, une grande lumière vient du dehors. Les trois filles s'approchent et s'arrêtent, contemplent le vide, l'énorme quantité de vide. Tout en bas, si bas qu'on ne les entend pas, ils sont là. On ne prononce pas leur nom. Dans la tête d'Hagar, le mot résonne comme si elle le leur criait : Romains Romains Romains ! Ils sont là et travaillent chaque heure de chaque jour ; chaque minute – même la nuit.

Hagar prend son frère par les épaules et l'entraîne à sa suite.

— Viens, Ariel, viens, c'est l'heure.

En se détournant, elle aperçoit la rampe qui grandit et qui s'approche, comme pour venir les délivrer.

Zia et Hannah restent face à la vue, face au vide, à la rampe qui brille dans le soleil. Elle ressemble à la reine des fourmis, cette rampe ; laide, blanche, inerte, nourrie par ses milliers d'esclaves ; elle grossit.

CHAPITRE 2

Laisse-moi chanter, Muse, laisse ma langue se purifier des mots qui ont déjà été dits, usés, prononcés par d'autres jusqu'à la nausée. Laisse-moi nommer les actes innommables des hommes.

Laisse-moi respirer l'air vicié du champ de bataille. Laisse-moi découvrir au fur et à mesure que ma bouche parle les horreurs cachées sous la poussière – une très fine couche qui ne masque pas les corps.

Laisse-moi contempler l'arène à présent déserte où chacun s'est dit de bonne volonté, où tous se sont vus grands, où l'honneur a péri.

Djanu pensait se moquer du vieux barbu arrivé pendant l'après-midi. Il avait déjà en tête les phrases prêtes. Mais le jeune homme est médusé. Il pourrait l'écouter jusqu'au matin.

Le silence est imprégné d'impatience, alourdi par les respirations contenues. L'homme est debout à côté du feu. Il regarde chacun dans les yeux, tour à tour, comme d'anciennes connaissances. Les vieillards sur les pierres, les enfants dans la poussière, les femmes qui joignent les mains et les triturent. On baisse le regard ; on retient son souffle.

Plus tôt, son instrument est apparu entre ses mains comme s'il lui donnait existence ; le métal a démultiplié le feu à l'infini. Une petite fille a dit : « C'est de l'or. » Lorsqu'il a pincé la première corde, le son a rempli tout jusqu'au ciel, faisant vibrer l'espace – même celui qui existe à l'intérieur de soi.

Quand il a ouvert la bouche, sa voix s'est affirmée partout à la fois, l'air est entré en chacun comme une confidence. Chaque nouveau mot comme un secret, confié à une oreille reconnaissante.

Les dieux ont ri, dit-il. *Crois-moi, ils ont ri. Ce spectacle sans cesse recommencé de l'homme qui patauge les bottes remplies de vase à la recherche de lui-même : ils ne s'en lassent jamais. L'homme qui rampe et qui se redresse seulement pour s'accoupler à une femelle distraite, affairée, lassée. Qui appelle cela : Amour. L'homme qui frappe plus faible que lui et nomme cela : Liberté. L'homme qui s'impose à la nature sous une forme unique : le crime qu'il a surnommé Cité.*

Tous parlaient de lui comme d'un mage. Lui pourtant plus pauvre qu'un mendiant, ils en parlaient comme d'un puissant. Il est là, celui qu'on dit conteur, qu'on dit magicien. Avec des mots que Djanu croyait connaître il dessine des images grandes comme la falaise, comme la nuit.

Laisse-moi chanter, Muse. Laisse-moi me purifier. Le glaive sur la nuque des enfants. Le flot de sang qui court le long des rigoles comme la pluie. Le cri des mères. La folie des pères, qui réclament vengeance. L'orgueil qui les défigure.

Le conteur a presque disparu dans un coin sombre de la clairière où le feu n'arrive pas. Il ne reste plus que sa voix.

Quand la ville ne fut plus que flammes, quand le temple ne fut plus que cendres, on entendit dans le silence le rire victorieux des dieux. Les dieux lucides l'avaient prédit : l'homme s'entre-dévorera comme son frère le rat. Qui s'étonnera que les dieux cherchent d'autres délassements ? Le spectacle des hommes ne mérite plus de spectateurs – que l'infini sans conscience des nuits. Tel est notre crime, braves gens : nous avons lassé l'auditoire.

Le poète dépose une main sur l'épaule d'un vieillard et lui dit comme en confidence :
Nous voici seuls.

Ce que dit le conteur, Djanu l'a toujours su. Ça cherchait un chemin en lui. Voilà que ça vient tout habiller d'un manteau neuf : ce qu'il dit sur les hommes et sur les dieux.

Djanu croise les yeux de Ti Ritus. Qu'est-ce qu'ils ont ri du vieux barbu, ils l'ont surnommé Chèvrebouc alors qu'il marchait dans le jour déclinant vers le lieu choisi.

— Sûrement qu'il vit avec les chèvres à qui il ressemble. Il les aime le soir venu, avait dit Ti Ritus.

— Il leur fait des petits à son image, a ajouté Djanu. Barbus, avec des yeux noirs et des pieds de bouc.

À présent on le suivrait partout. On lui donnerait des objets en or si on en avait, pour qu'il continue son histoire. On devine qu'il y aura encore du sang, des larmes, des cris, des flammes, des serments. Des gens qu'on ne connaît pas, mais qui nous ressemblent, qui se trahissent et qui dévorent leurs enfants ; qui veulent plaire aux dieux et qui leur déplaisent finalement.

Mais il faudra être patient. Revenir demain à la tombée du jour, s'asseoir en cercle, écouter. Chèvrebouc – ou quel que soit son nom – sera là. Chacun déposera une branche sèche sur le tas de plus en plus grand, que le conteur allumera quand les ombres seront mauves. Le feu consumera le bois avec appétit, et pour chaque branche un mot sera prononcé, pour chaque flamme une phrase.

— Quand je serai vieux, j'aurai un conteur à moi, dit Ti Ritus en marchant. Je le paierai bien.

— Quand tu seras vieux, tu prendras dans le cul comme maintenant, Ti Minus. Juste un peu moins souvent parce que les clients préféreront enculer plus jeune.

Ti Ritus regrette. Il n'aurait pas dû raconter qu'il vendait encore ses charmes de temps en temps. Il pensait que ça le grandirait.

— Quand j'aurai vingt ans j'aurai un commerce à moi, je te jure. Des clients réguliers. Et un conteur viendra quand je donnerai des fêtes.

— Tu prendras dans le cul en rêvant à ton échoppe, et voilà.

Ti Ritus bougonne. Pour se venger, il imagine. Il a déjà trente-deux pièces de bronze, et sept d'argent. Les légionnaires derrière le drap, c'est fini. Il a trouvé d'autres trafics : l'usure, le chantage, les commissions. Il connaît du monde. Et si ça ne va pas assez vite, il dira oui aux soldats, mais seulement aux gradés. Ou alors il les étranglera comme autrefois avec sa mère, à Césarée.

Ti Ritus frappe du pied dans les cailloux. Djanu lui passe un bras autour des épaules.

— C'est pas grave de prendre dans le cul, Ritus.

Ti Ritus lève les yeux avec confiance, avec courage.

— L'important, c'est de prendre avec grâce.

Ritus pourrait se vexer, mais il aime le contact du bras de son ami. Alors il regarde les cailloux sur le chemin, ceux qu'il ne frappera pas cette fois-ci. C'est le conteur qui lui a mis toutes ces idées noires dans la tête, avec ses dieux et ses hommes pourris.

Quand ils sortent de la gorge, l'esprit de Djanu s'en est allé construire un rêve éveillé. Il faut ce ciel très large pour accueillir tous ses songes car ils sont faits des mots de Chèvrebouc, de toute cette incroyable vérité. Djanu ne rêve pas de posséder un jour son propre poète. Il veut faire partie des histoires qui seront contées. Quitte à être un homme – et c'est son dû jusqu'à preuve du contraire –, autant vivre les choses. Affronter des ennemis. Ou des démons. Ou soi-même sous la forme du doute. Mais affronter. Vivre des aventures perdues d'avance, où le sang qu'on a vu dans un rêve prémonitoire n'est pas celui de l'ennemi, mais bien le sien.

Une évidence le saisit : il lui faut quitter ce camp. Au sommet des très hautes falaises, un ruban de feux allumés. Chèvrebouc pourrait sûrement nous dire ce qui est en train de se passer ici. Eux qui attendent sur leur montagne de pierre, en haut des falaises ; parfois on les entend chanter – il paraît qu'ils prient. Nous ici en bas qui attendons tout autant. Avec le bon droit, la force, la certitude de triompher. Eux, rebelles sanguinaires assoiffés de leur Dieu unique. Nous, la splendide armée romaine ; et tous ceux qui la servent, et prennent dans le cul.

CHAPITRE 3

Il est grand, pour un vieil homme, se dit Roxanne. Grand et droit. Le vieux poète se tient au centre de la pièce et ne l'a pas entendue arriver. Il fait un pas vers la table, vers l'énorme crâne bistre, luisant et hérissé de piques, rapporté l'autre jour par Djanu. Le poète tend la main et la pose sur le crâne comme pour lui parler.

Roxanne, immobile, contemple l'homme qui contemple le crâne. Quand elle avance vers lui, il se tourne vers elle.

— Vous voilà, dit Roxanne. Merci.

Chèvrebouc sourit. Sa main reste posée sur le crâne.

— J'aime beaucoup votre ami.

— Mon ami ?

Roxanne comprend. Elle rit.

— Moi il me fait peur.

Le vieux poète considère longuement les angles durs de la tête d'os. Roxanne aimerait demander à boire mais Musa brille par son absence. La maison n'est pas grande pourtant.

— Mon fils dit que c'est le crâne de la Chimère. Ou d'une hydre.

Elle rit. Un peu trop. Mais où est Musa ? Le poète l'impressionne. Il a posé son bâton contre le mur et la regarde à présent. Il n'a rien d'une chèvre, ni d'un bouc. Son regard n'est pas vieux, ni insistant, assez bienveillant finalement. Une longue barbe blanche et une tunique à la manière orientale, jusqu'au sol. Elle dit :

— Un scorpion y habitait.

Roxanne ne peut plus s'empêcher de parler.

— Un scorpion très gros et très noir.

— Oui, dit le poète. Il est toujours là.

Pendant un instant, elle le croit. Oui, le scorpion est rentré pendant la nuit. Il a retrouvé sa maison et se plaît dans les orbites creuses. Elle revient au poète ; elle a enfin épuisé sa réserve de rires.

— Vous vous occuperez de lui ?

Elle ajoute :

— Mon fils.

L'homme l'écoute. Elle doit en dire plus. Avec des boissons et une présence, ce serait quand même plus facile.

— L'amour d'une mère a ses limites. Je connais un peu le monde, mais… vous avez ce don. Tout le monde est suspendu à vos lèvres. Hier…

L'homme s'assied sur la banquette. Quelle bonne idée. Elle fait de même.

— Apprenez-lui la rhétorique.

— La rhétorique ? Qu'est-ce que c'est ?

— Convaincre les gens. Avec des mots.

Qu'est-ce qui lui prend ? Le vieux sage sait très bien ce qu'est la rhétorique. D'ailleurs il sourit.

— Convaincre les gens avec des mots…

Roxanne complète :

— Avec des images aussi. Les images qui sont dans les mots. Hier…

Il s'est passé quelque chose hier ; Roxanne revoit la soirée dans le désordre. Chez le légat. La tente d'apparat. Le conteur arrivé dans l'après-midi avec son âne. Invité. Les flammes des lampes ; il va parler. Tout le monde a deviné : ce sera l'*Iliade*. « Chante, Muse, la colère d'Achille… »

La belle, la splendide Roxanne, la favorite du légat, femme-lionne grande et fière, hétaïre sublime… Elle est assise au milieu de ses voiles, petite fille timide qui s'en veut de quémander. Apprenez-lui… C'est « Apprenez-moi » qu'elle voudrait crier. Redonnez-moi, ici, maintenant, un morceau d'*Iliade* ; je suis prête. Achille, Hector, j'en veux encore. Les bateaux. Je veux les bateaux grecs qui mordent le sable au pied des remparts de Troie ; tous ces hommes aux jarrets bronzés, luisants. Les dieux qui se penchent pour les regarder depuis l'Olympe. Les lances, l'orgueil, le sang. Une femme enlevée à son mari – belle à mourir – et c'est ce qu'ils vont faire, tous : mourir.

Le poète est d'accord. C'est ce qu'il vient de dire. Il viendra. Ah, bien, parfait. Ces jours-là, Roxanne sera derrière la tenture ; elle entendra chacun de ses mots et les conservera. Son esprit sera comme un coffret où elle rangera, comme elle l'a toujours fait, les notions, les formules, le pouvoir des mots.

— Le matin ? Le soir ? Arrangez-vous avec lui.

Le vieux poète lui sourit. Ça y est, Roxanne a trouvé : il l'intimide comme autrefois son père. Mais

Roxanne chasse les souvenirs d'un brusque mouvement de tête. Ils partent sous le crâne tenir compagnie au scorpion.

Elle se lève. Toujours pas moyen d'étancher sa soif, dans cette maison ? Quand Musa reviendra, elle lui arrachera la tête. Le vieux poète est face à elle.

— Nous allons bien nous entendre, dit Roxanne.

Elle a très envie de lui prendre une main. Qu'il la pose quelque part sur elle comme il l'a posée sur le crâne.

— Vous dormez où ? Sous un chêne ? Il n'y a pas d'arbres par ici, tout est sec et rabougri.

Roxanne fait quelques pas vers la lumière. Pas vraiment d'atrium dans ce campement de fortune qui leur sert de demeure. Une grande pièce en dur, quand même, puis cet espace extérieur où des voiles tendus tiennent lieu de portiques.

— Si vous aimez notre cour, elle vous sourit.

La maîtresse de maison réalise son manque de tact.

— Ou alors un lit…

— Merci. Je vais chercher un peu ce fameux chêne. Rabougri. Puis je viendrai quand même. Ce sera la nuit.

Est-ce qu'il a accepté ? Avec ces poètes, impossible de savoir. De nouveau les voici face à face avec entre eux quelque chose qui ressemble pour Roxanne à une absence d'air. Elle avance le bras, prend la main du conteur, ça y est, elle le touche - il la touche aussi. Une pièce d'or est déposée dans le creux chaud de cette vieille main qui va avec l'esprit que Roxanne vénère.

— Vous êtes porté sur le vin, j'espère.

Encore des mots pour empêcher les gestes. Roxanne, maîtresse du corps, des odeurs, de la chaleur et de la nuit, se sent perdue dans son propre palais. Ça lui plaît. Elle poursuit.

— Ici nous avons décidé d'être gais. Malgré cet environnement désolant.

— La guerre ?

— La guerre, oui. La guerre, le désert, l'ennui.

*

Quand Musa revient, très fière avec ses deux poules mortes cachées sous sa robe pour ne pas qu'on les lui prenne, Roxanne ne l'entend pas. Elle est allongée sur la banquette, un coussin sous la tête, sans aucun respect pour sa parure, ni pour sa coiffure, ni pour son statut. Elle se régale en jonglant avec les phrases prononcées plus tôt par lui, et par elle.

Djanu entre avec son dédain habituel, ce beau dédain romain qu'elle lui a appris. Sans la regarder il mentionne le nom de Chèvrebouc, croisé devant la maison. Ce nom ridicule qui, aux oreilles de Roxanne, n'entame en rien l'attrait de son propriétaire. Lui, comme professeur ? demande Djanu. Drôle d'idée. Pour les légendes, d'accord. Pour les récits. Mais pour les grands maîtres ? Pour les tragiques, les orateurs, les vrais poètes ? Sophocle et Eschyle ? Ovide et Virgile ?

Djanu, suant, affamé, boit directement à la cruche – cette cruche que Roxanne n'a pas trouvée tout à l'heure, mais qui était là. Il se sert en butinant, dattes, figues séchées. Roxanne remet un peu d'ordre dans ses voiles lorsque Vorenus fait son entrée. Comme tous les jours, le vétéran déclare que le petit s'améliore. Javelot, épée longue, épée courte. Un petit qui le dépassera bientôt par la taille, pense Roxanne. La taille à défaut des épaules ; de ce côté-là il faudra encore quelques mois.

Roxanne frémit ; une image l'a traversée : le bâton contre le mur, elle le cherche des yeux. Il y aurait là comme un signe, une promesse, la trace de sa présence, une réminiscence – mais le mur est nu. Ses yeux se posent au centre de la table, où cette chose prise au désert n'est plus la même. Le gros crâne bizarre est devenu un autel. Le poète l'a vu ; il l'a touché.

Vorenus a sûrement rejoint Musa dans le petit auvent de la cour, qui sert de cuisine. Il doit être en train de la prendre par-derrière – c'est son heure. Roxanne les imagine : la servante va et vient, les coudes râpant sur la table. Roxanne tend l'oreille. Aucun soupir ne lui parvient. C'est que Vorenus n'avait pas envie – ou pas le courage de s'y mettre. Car ce n'est pas la discrétion qui l'étouffe : comme tous les mâles, le vieux soldat est persuadé que sa semence est sacrée, émission royale de vie, fierté de l'Empire. Il est beau et bon de célébrer toute saillie, fût-elle accomplie dans la cour sordide d'une habitation de fortune, au milieu du désert de Judée.

Incapable de quitter sa banquette – pas envie de rejoindre trop vite ses congénères –, Roxanne sourit par-devers elle, car elle sait pourquoi elle est venue jusqu'ici. Pourquoi elle a accepté de suivre le légat, Lucius Flavius Silva, son bel amant officiel, dans un lieu aride et désolé, pour assiéger une énorme forteresse ; un lieu de mort, de sang, d'horreur – où le projet était de répandre plus de mort encore. Si elle est venue en ce jour, en ce lieu, c'était pour rencontrer le poète. Être transportée par la brûlure de sa parole, comme hier. Lui qu'on appelle mage, qu'on dit médecin, ancien prêtre capable de prophétie, voyageur, initié. Lui dont même les méprisants gradés romains prononcent le nom en baissant la voix, l'air soudainement préoccupé. Un nom qu'ils ne prononcent pas, d'ailleurs, car nul ne sait le nom du conteur.

Roxanne se lève. Oui, elle est venue jusqu'ici pour plaire au légat. Confirmer physiquement son statut de favorite, la demeure de Césarée mise à sa disposition depuis deux ans, les coiffures, l'argent, l'adoption prochaine de son fils. Surtout l'adoption, son entrée dans le monde puissant des régnants. Mais une nouvelle priorité s'impose désormais. Roxanne prend une grande inspiration, ses chers seins gonflés de vie regagnent leur place naturelle dans son corsage. Elle secoue légèrement la tête pour que les mèches retrouvent toute leur élasticité autour de son visage. Un immense sourire intérieur l'illumine. Le conteur ? Elle saura très bientôt son nom.

CHAPITRE 4

Quand Djanu se réveille, le monde lui tombe dessus avec toutes ses beautés ; ça le fait sourire les yeux fermés. Les beautés, ce sont des choses à prendre à bras-le-corps ; des corps, précisément, des aliments, des moments, des plaisirs. Une journée parfaite est constituée d'un savant enchaînement de plaisirs. Une vie parfaite, la sienne, sera l'agencement précis de ces journées-là.

Mais une autre réalité s'insinue parfois en lui. Assouvir, c'est bien, mais pour que le tableau soit complet, il faut assouvir avec une pointe de doute. Aller vers la conquête, par un chemin détourné, en ne dédaignant pas la lutte. Alors c'est encore meilleur. Il faut pouvoir échouer – un temps –, avoir semblé perdre du terrain, pour mieux dévaler ensuite sur la plaine du plaisir et du pouvoir – le plaisir et le pouvoir habitent au même endroit dans le monde de Djanu.

Et puis ça lui revient : il a encore rêvé de sa mère. Sa mère si fertile, si bienveillante, douée plus qu'aucune autre. Déesse des moissons, pourvoyeuse, jamais avare – ni de denrées, ni de bontés, ni de caresses.

Il aurait voulu un rêve libre où il la quittait, la frappait, l'assassinait. Mais il a encore rêvé d'elle souveraine : elle conduisait l'armée. Silva absent, elle ordonnait aux légions heureuses. Perchée sur un cheval blanc, elle ne portait pas les attributs du général, mais ceux de l'empereur. Sa cuirasse de bronze chatoyait, exhibant sa poitrine comme celle d'une victoire vivante.

Couché sur son doux matelas de laine, Djanu entend Isis qui chante, le chant de la prêtresse-prostituée suffit à chasser ses rêves. Isis, qu'on appelle l'Égyptienne. Sa mère l'a laissée s'installer juste à côté, avec son esclave noire. Cette esclave est la femme la plus foncée que Djanu ait jamais contemplée. Avec Ti Ritus, ils ne s'en privent pas. Elle est tellement noire que ses dents font peur quand elle ouvre la bouche. Elle ne sourit pas. Elle feule comme une hyène – comme s'ils étaient de vulgaires gamins, alors qu'il est le futur fils du légat –, elle devrait baisser la tête, tendre complaisamment la croupe, honorée qu'on s'intéresse à elle.

Oui, Roxanne a laissé s'installer Isis contre sa maison, la seule habitation en dur du village improvisé, à quelques centaines de pas en contrebas du grand camp. À part sa beauté et son esclave, Isis ne possédait rien. Vorenus lui a trouvé un lot de planches, quelques pieux, et elle a appuyé son campement contre le mur neuf. Les soldats du génie sont venus construire une maison pour la somptueuse favorite du légat et sa suite, et voilà qu'ils s'attaquent à un abri pour la voisine, pourquoi pas. Les prostituées sont belles, elles sont utiles, elles connaissent du monde. Chacun rêve du jour où il pourrait changer de menu, convaincre l'une de ces intouchables de faire une exception avec le gentil petit légionnaire que voici. Ça changerait des esclaves juives enchaînées à leur lit d'infortune, dans les longues tentes où on va planter sa verge dans le trou encore chaud du précédent, encore gluant.

Djanu pousse un soupir, s'étire pour la fraîcheur qui occupe les coins du lit, se tâte le sexe pour la confiance. Il se met sur un genou et glisse le doigt entre les tuiles, chair rose entre les chevrons. De vraies tuiles romaines qui contiennent à coup sûr un peu de civilisation. Djanu n'est pas n'importe qui. Il a droit au réconfort physique et à la protection architecturale. Il possède d'ailleurs une toge dont il pourra s'enrouler le corps et l'esprit tout à l'heure en montant vers le camp. Il marchera lentement pour indiquer que le jeune homme qui s'avance sera un jour citoyen romain. Respect et crainte, valeur ajoutée, puissance.

Isis apparaît. Nue ; brillante de milliers de gouttelettes qui restent collées à sa peau comme la rosée sur les feuilles de ces plantes grasses dont il oublie le nom. Les yeux de Djanu travaillent : il faut englober le tableau d'ensemble et tous ses détails. La femme abandonnée, l'esclave qui lui donne du plaisir avec ce filet d'eau très fin.

Briséis, c'est le nom de la Nubienne. Un nom grec pour faire passer toute cette noirceur. Briséis a réchauffé le liquide car le corps de sa maîtresse fume. Une main sous la tuile, l'autre à son entrejambe, Djanu est figé. Il n'arrive pas à décider s'il voudrait remplacer la servante et dévider lui-même le liquide sur la peau. Ou s'il préférerait apparaître là-bas soudainement, fracasser la jarre sur la tête de la Noire et posséder l'Égyptienne dans la flaque tiède.

Il mérite le meilleur de ce qui existe, et cette femme existe. Voilà qu'elle chante à nouveau, dans une langue inconnue qui détient sûrement des vertus magiques. La putain n'est pas vraiment égyptienne, c'est certain. Elle excite les haut gradés avec ses yeux sombres, sa démarche et son port de tête ; son mépris. Avec sa Noire sur ses talons, ses voiles, elle attire tous les regards et provoque une érection mêlée de crainte. On voudrait l'avoir, pour savoir. Elle pue le secret.

Égyptienne mon cul, pense Djanu sans pouvoir lâcher sa tuile ni le reste. Il l'a entendue pérorer dans sa langue barbare l'autre jour à la lisière du désert – elle se croyait seule. Il la possédera avant la fin du siège.

*

La mère de Ti Ritus est très gentille, se dit Djanu, très gentille malgré son absolue absence de dents. Elle officie un peu plus bas dans la rue. Les habitations sont presque toutes des tentes de toile : ici le tissu tendu essaie de dessiner comme une boutique, avec un portique. Une femme à genoux est peinte sur le fronton en guise d'enseigne. Djanu la contemple pour passer le temps. Bouche grande ouverte, tête basculée, elle engloutit un phallus géant, pourvu de deux petites ailes. Elle est fellatrice. Une profession pas trop mal considérée ; utile à l'armée. Rome adore les spécialités.

Quand elle aperçoit Djanu qui attend, ça ne rate pas, elle lui fait signe d'approcher, elle s'humecte les lèvres – l'habitude sans doute. Je suis à l'âge des expériences, se dit Djanu. Mais son regard tombe sur les callosités : les genoux de madame ressemblent à des sabots de chameau. Elle ne fait surtout rien pour y remédier, lui a dit Ritus. Elle ne voudrait pas retrouver les jambes bien lisses de ses vingt ans, pas pour tout l'or du monde. Ses genoux, c'est une maladie de peau comme les goitres des vieux qui poussent jusqu'à les étouffer. Mais qui dit corne dit pratique. Et qui dit pratique dit clients. Les légionnaires chérissent les signes : genoux rêches, langue de velours.

La femme lui sourit à nouveau. Elle aimerait rendre service, vraiment. Allonger Djanu sur ses coussins et lui montrer comment elle s'y prend. Il est le fils de sa mère, Roxanne la favorite. Une relation à choyer. Et elle sait que derrière son rideau elle maîtrise son art, derrière son rideau existe un lieu magique d'où l'on sort transformé, heureux, lavé.

Mais Ti Ritus émerge de l'arrière-boutique. Les deux amis remontent la rue, et Ritus raconte ses rêves alors qu'on ne lui a rien demandé. Toutes les femelles qui le voulaient, qui le réclamaient, sur les marchés, sous les porches – Djanu sait bien qu'il invente en racontant.

Les nuits de Ti Ritus sont peuplées de merveilles prémonitoires où se battent deux avenirs opposés : dans l'un il sera ce mercenaire habile, respecté, imprévisible, avec de l'airain autour des poignets ; dans l'autre lui reviendra une petite échoppe tranquille.

Grand et droit, Djanu avance de sa démarche ample, calculée, et le sautillant Ti Ritus lui tourne autour en multipliant les bons mots et les vœux. De la monnaie sous forme de métal précieux, voilà ce qui va garnir sa petite paume suante – il la montre –, et avant peu. Il crache par terre en guise d'offrande. Foi de Ti Ritus. Et pas question de prodiguer de lentes caresses buccales à de vieux estropiés, il ne mange plus de ce pain-là, c'est dit, trop fatigant, pas assez de reconnaissance.

La rue serpente le long d'un ancien torrent asséché qui se jetait dans la mer de sel toute proche, à l'époque où les Titans tranchaient les têtes des hydres avec leurs haches en or, pour passer le temps. Les deux jeunes gens sortent de l'ombre offerte par la petite falaise, et le silence se fait car la voici. Tant qu'on ne l'a pas contemplée quelques instants, c'est comme si la journée n'avait pas commencé. La montagne. Bien rouge. Avec son long ruban blanc tout autour, les remparts. Et le palais qui descend sans s'aventurer trop bas. Trois terrasses somptueuses, suspendues ; malgré la distance, on distingue les colonnes des portiques où autrefois se prélassaient Hérode et sa suite. Si on regarde longtemps on voit même les gens.

Djanu n'arrive pas à en détacher les yeux. C'est la 827e année de la fondation de Rome ; le quatrième jour avant les Ides de mars. La huitième année de la guerre contre les rebelles juifs. Vespasien est empereur à Rome, et Rome est ici. La dixième légion, soit cinq milliers de légionnaires, est sous le commandement de Lucius Flavius Silva, général en chef. Il est là avec ses auxiliaires, ses milices, ses préfets, ses tribuns, son secrétaire. Et Roxanne sa favorite. Et le fils de Roxanne. Tous ensemble ils viendront à bout des fantômes du désert réfugiés dans leur très haut repaire de pierre. Les pires assassins de Judée, les traîtres sanguinaires, ici rassemblés. Ils les délogeront jusqu'au dernier grâce au génie militaire, et à un miracle qui porte le nom de légion. La seule, l'unique, l'armée de Rome. Ils extirperont, et nettoieront l'endroit de ses vipères, feront place nette, ne laisseront pas pierre sur pierre. Rome régnera souveraine.

Djanu contemple et fait défiler les visions. Il ira à Rome avec Silva, oui, il sera là pour le triomphe qui proclamera solennellement la honte juive. Mais les images se détricotent : Ti Ritus parle trop fort, à quelques pas, avec ce mendiant qu'on croise sans arrêt, qui pousse sa jambe morte sur une vilaine brouette branlante. Djanu rassemble ses pensées pour en faire un joli bouquet : la montagne, Rome, victoire, civilisation. Mais à vingt pas un type bat son âne en s'épuisant. Il frappe l'animal avec une planche ; yeux rouges, langue pendante, il répète à chaque coup le mot

« saloperie ». À ce rythme-là il mourra avant sa bête, pense Djanu en reposant les yeux sur la citadelle. La citadelle… Bientôt vide, bientôt nue, pierreuse. Rome, elle, sera victorieuse, Rome heureuse, dispendieuse de largesses, oui, très bientôt.

CHAPITRE 5

Les Romains sont déjà morts. Tous.

Hagar a bien du mal à croire ce que dit Hannah. C'est juste quelque chose qu'on raconte parce que ça fait du bien. Une légende.

Mais Hannah est très savante, et elle donne des détails. Ils sont morts depuis longtemps. Ils marchent, ils boivent, ils tuent. Certes. Mais dedans, c'est comme du bois. Elle tient l'histoire de son père, qui en parlait l'autre jour avec Siméon.

Les filles sont en face du soleil qui se couche, contre le mur où personne ne les voit. Les tâches ont été accomplies comme il se doit. Il va falloir se décider à rentrer à cause du froid, mais l'heure est grave. Si les Romains sont morts, ça change tout.

— Tu vois, eux, avant d'être romains, c'étaient des gens comme nous.

— Ah ?

— D'abord, ils sont conquis. Après on sépare les hommes de leurs familles. Ensuite les Romains les mettent sur des bateaux. Ils les envoient très loin chez d'autres peuples, et là ils oublient leur langue, et même leurs noms, et même leurs dieux.

Hagar fronce les sourcils pour imaginer.

— C'est ça devenir romain, reprend Hannah.

— Oublier ?

— Oui. Les Romains n'ont gardé que leurs corps.

Hagar a enveloppé ses jambes dans sa robe pour garder plus de chaleur.

— Est-ce qu'ils rêvent ? demande Hagar.

— Quoi ?

— Les Romains. La nuit, est-ce qu'ils rêvent ?

— Je ne crois pas.

Hannah se lève et ramasse le seau. Il faut le ranger en rentrant. Les petites prennent le chemin qui passe entre les potagers. Hagar pense tout haut.

— C'est pour ça qu'on ne peut pas se rendre. Si on se rend, ils feront de nous des morts comme eux. Ils ne savent pas…

— Ils ne savent pas quoi ?

— Qu'avant ils étaient des hommes.

— Peut-être.

Hagar s'arrête brusquement, les sourcils froncés ; Hannah le remarque et fait de même.

— Est-ce que c'est une bonne nouvelle ? demande Hagar.

— Quoi ?

— Qu'ils soient vivants ou qu'ils soient morts, ça change quoi ?

— Morts c'est pire. Ils n'ont pas peur. Ils n'ont pas honte.

— Ton père a dit ça ?

Hannah reprend sa marche.

— Oui. Il a dit : « Rome c'est la nuit. » Ma mère s'est mise à pleurer, alors il a dit que nous étions la dernière lampe allumée.

— Qu'est-ce que ça veut dire ?

— Je ne sais pas, mais c'est ce qu'il a dit.

Les voici devant chez Hannah. À travers l'embrasure on aperçoit toute la pièce dans la pénombre. La mère d'Hannah est à genoux face au petit réchaud. Elle souffle et les flammes lui éclairent une moitié de visage.

Une voix fait sursauter Hagar. C'est Nathaniel qui rentre chez lui.

— Hannah. Hagar.

Il a posé la main sur la tête de sa fille, est entré, s'est accroupi. Hagar sent comme une pointe près de son cœur quand Hannah le suit. Elle aimerait bien habiter là elle aussi. La pointe disparaît quand Nathaniel lui parle.

— Tu veux entrer ? Mange avec nous.

Nathaniel s'est assis très simplement au milieu de ses couches de vêtements. Il discute avec sa fille bien souvent, de tout ce qui lui vient à l'esprit. Hagar aime quand il lui parle, à elle. Elle s'entend répondre :

— Une autre fois.

Nathaniel tire sur une mèche et allume une lampe à huile. Hagar est soudain remplie d'une certitude : c'est cette flamme-là, très précisément, la fameuse dernière lampe qu'évoquait Hannah.

Sur le chemin vers chez elle, Hagar pense à son frère. Ariel doit l'attendre. À l'ouest, une dernière trace claire est posée sur les montagnes. Ça a l'air fragile.

Elle se réjouit de lui raconter, à Ariel, cette histoire de Romains morts, pas en dehors, mais en dedans. Elle ne lui dira rien du reste, la dernière lampe et tout ça. Les Romains morts, ça lui plaira.

CHAPITRE 6

Ils ont emporté des grenades pour les manger quand ils auront faim, les boire quand ils auront soif. Allongé sur le sable, Djanu attend le moment où Ti Ritus commencera à jouer avec, à faire semblant que ce sont ses couilles, ses grosses couilles noires de centurion, *regarde, Djanu, je vais inonder le monde avec mon jus rouge et mes graines, regarde.* Il va fertiliser la plaine de son jus rouge et gluant, oui, la terre elle-même sera fécondée, et dès les premières pluies d'automne pousseront de nouveaux petits Ti Ritus en tous points semblables à leur géniteur, beaux comme des dieux, et prêts à conquérir toutes les femelles entre ici et l'Orient.

Pour le moment il se tient encore un peu tranquille. Un rayon unique pénètre leur crevasse et souligne les contours de la roche rose. C'est notre repaire, personne ne pourrait descendre ici, pense Djanu, personne à part un jeune cabri aventureux, quelques insectes ailés. Ou peut-être un serpent. Il n'aurait plus qu'à mourir, après avoir essayé toutes les pentes abruptes où son corps sans pattes finirait par glisser comme la miche sur une planche bien farinée.

Ritus partira à la chasse aux ossements et aux choses précieuses, tout à l'heure, après les grenades ; peut-être que Djanu le suivra, peut-être qu'il lira un peu de son rouleau. Il faut apprendre. À Rome, rien ne ferait plus provincial qu'un œil interrogatif, une bouche entrouverte d'où ne sortirait aucun son. Et puis il aime ça. Il veut comprendre comment les fils d'Énée sont devenus maîtres du monde.

Les discours de Cicéron sont chers à son cœur. Comment il a retourné les tribunaux, tous sans exception, l'un après l'autre. Le tribunal des extorsions ; le tribunal des plaintes civiles ; le tribunal des fraudes. À chaque fois l'avocat a trouvé la faille, ridiculisant l'esprit romain avec de l'esprit plus romain encore. Comme contre Verrès. L'homme avait pillé la Sicile dont il était gouverneur, dépouillant les honnêtes citoyens, emprisonnant ceux qui osaient se plaindre, torturant puis tuant les réfractaires. Quarante millions de sesterces en deux ans. Cicéron l'avait confondu. L'année suivante, le même Cicéron avait défendu un autre gouverneur tout aussi abject. Il avait prouvé la bonne foi, démontrant que le titre de gouverneur est une autorisation à prélever tribut sur les colonies, qui autrement pourraient oublier ce qu'elles sont. Il est légitime de s'enrichir quelque part, si on veut franchir les marches de plus en plus hautes qui mènent au consulat. Les deux fois, Rome l'avait porté en triomphe.

Djanu craint d'être naïf. Ceux qui prétendent pour de bon aux honneurs suprêmes et au pouvoir vrai sont les descendants de familles romaines connues depuis des siècles, les Jules, les Metelli, ils ont grimpé dans l'estime de la République, puis de l'Empire. Mais Rome aime aussi les hommes neufs comme lui, les aventuriers surgis d'une obscure province, qui créent la surprise. Cicéron venait de nulle part ; sans fortune, sans passé, il est descendu de son village de montagne avec sous le bras deux bagages invisibles : intelligence et éloquence.

Et puis la Judée n'est plus une province oubliée. Cette guerre a du bon. Silva reviendra à Rome avec l'aura de la victoire finale, symbolique, le dernier coup de glaive donné à la gorge du dernier fanatique. Et lui, il sera le fils de Silva. Si sa mère arrive à se faire mettre enceinte, à lui faire miroiter un fils, alors l'adoption aura encore plus de sens. Un certain Ianus Vitellus Silva, 15 ans, entrera à Rome par la grande porte, après avoir remonté toute la Via Appia dans un char de luxe avec de petits rideaux de lin rose.

De très loin, Ti Ritus hurle quelque chose de triomphant. La roche fait ricocher les voix. Djanu sourit : Ti Ritus est un enfant. Son enthousiasme intact inspire un curieux mélange de pitié et de respect. Son corps maigre est pourtant vigoureux, sa méchanceté possède quelque chose de sain. La première fois que Djanu l'a aperçu, Ritus aidait sa mère à installer leur barda ; il l'aidait en la houspillant, en se plaignant, avec une parfaite liberté, une complète indifférence pour les gens – que Djanu a trouvée assez séduisante. Depuis, Ti Ritus est son compère. Ensemble, ils ont un plan : la puissance. Devenir adulte le plus vite possible, mais pas n'importe quel adulte : du genre respecté. Djanu se voit haut fonctionnaire, intime des plus grands, ami personnel de l'empereur – ou de son fils.

Voici Ritus qui revient, Djanu l'entend ululer comme une chouette hystérique. Il a sûrement trouvé un authentique os humain, comme l'autre fois. Ou bien une pépite d'or véritable, regarde, Djanu, c'est de l'or, je te jure, c'est lourd comme un âne mort, regarde. Tu crois qu'on pourrait la fondre ?

CHAPITRE 7

C'est l'histoire du jeune berger et du géant.

L'histoire de quoi ? Quand Roxanne arrive au lieu du rassemblement, Chèvrebouc a déjà commencé. Elle répète sa question tout bas à un inconnu sur sa droite :

— C'est l'histoire de quoi ?

Au pied de la falaise rouge, il fait presque nuit. Le poète a allumé son petit feu qui fait danser les ombres ; les gens posent une branche sur le tas de bois en guise d'offrande, et gagnent le cercle sans faire de bruit. Chèvrebouc reprend pour les retardataires – ceux qui ont vu son feu dans la nuit.

Voici pour vous l'histoire du jeune berger et du géant.

Roxanne rajuste une mèche, elle a l'impression qu'il l'a vue. Elle ne pourrait en jurer pourtant.

Il était un jeune berger qui chaque jour partait avec ses moutons et ses brebis. Il en comptait sept fois sept le matin, et il en comptait sept fois sept le soir. Jamais il n'en cédait, ni au renard, ni à la hyène, ni au léopard. Pas même au loup.

Bon, se dit Roxanne. Ça change des héros grecs. Une histoire pour enfants, sans doute.

En ce temps-là, le roi du pays se faisait vieux. Avec la vieillesse, il avait perdu la sagesse. Alors le vieux sage du palais dit : il faut changer de roi. Il vient au village et veut parler avec le père du jeune berger, qui est quelqu'un d'important. Il dit : présente-moi tes enfants. Le premier fils est maçon. Il s'incline devant le vieux sage. C'est la fierté de son père. Le second est boulanger, lui aussi il est la fierté du père. Le troisième est ébéniste, et il s'incline face au vieil homme.

Le sage pose à chacun une question au creux de l'oreille. Chacun répond. Tu n'avais pas un quatrième fils ? – Oh, mais il est parti dans la montagne avec les moutons et les brebis. Ce n'est qu'un petit pâtre, vois-tu, vieux sage.

C'est une histoire de gens très simples, se dit Roxanne. Pas une seule femme à l'horizon, dommage.

Le soir, voici que revient le jeune berger. Il a les cheveux ébouriffés et des brins d'herbe sur la tunique. Le vieux sage lui pose une question à l'oreille, le jeune homme répond. Il sera roi, dit le vieux sage. Le père et les frères ont envie de rire, et aussi de se fâcher – mais ils ne le font pas car c'est là un très vieux sage.

Le petit feu crépite aux pieds du conteur. L'assemblée est silencieuse. Parfois un murmure d'approbation parcourt doucement la foule comme une vague.

Devant, un peu sur le côté, Roxanne aperçoit Djanu assis dans la poussière parmi les gens.

Un jour vient la guerre. Les fils s'engagent, le fils maçon, le fils boulanger, le fils ébéniste. L'armée s'arrête devant le village. On a aiguisé les glaives et sorti les boucliers. Mais les ennemis sont nombreux et on tremble derrière le mince rempart de bois. Deux soldats s'écartent, et une chose émerge. C'est un homme, grand comme un arbre. Il marche. Il s'arrête. Sort son épée et frappe son bouclier quarante fois. Qui viendra me défier ? Qui ? Si quelqu'un me bat, je partirai avec toute mon armée.

Roxanne a deviné. Qui se lèvera, qui se battra, qui vaincra. Mais elle a besoin de l'entendre de sa bouche.

Chaque jour, quand le soleil est au zénith, le géant s'avance. Il frappe quarante fois. Le quarantième jour, on n'a pas trouvé de champion. On entend une petite voix. Moi je me battrai, dit la voix.

— Je sais qui c'est, dit une petite fille.
— Chhttt, fait la mère.

C'est le petit pâtre. Pourquoi te battrais-tu ? demande son père. Pourquoi te battrais-tu ? demandent ses frères. Il a les cheveux ébouriffés. Et des herbes lui collent à la tunique. Par désespoir on le laisse faire. On trouvera quelqu'un d'autre pour mener les moutons et les brebis, si par miracle on survit à la guerre. Le petit pâtre s'avance. Le géant a envie de rire. Ses jambes : des colonnes. Ses bras : des troncs. Son glaive brille au soleil. Sur sa face, un vilain sourire. Le petit pâtre sort de sa poche une simple lanière de cuir. C'est avec ça qu'il protège son troupeau.

Le conteur s'approche du premier rang. Les enfants lèvent la tête vers la haute silhouette qui n'est plus qu'une ombre. Il s'adresse à eux comme en confidence, sans forcer la voix, comme s'il parlait de quelqu'un que tout le monde connaît. Il dit : *Jamais il n'en cède, ni au renard, ni à la hyène, ni au léopard*. Dans la tête de chacun les mots s'imposent : *ni même au loup*.

Le géant ricane. N'avez-vous pas honte de m'envoyer un enfant ? Derrière les remparts, le père regarde son fils. Il se dit : qu'ai-je fait ? Le jeune berger ramasse quelque chose. C'est une pierre. Ni trop légère ni trop lourde. Il la loge dans la lanière de cuir et la fait tourner. La pierre fend l'air comme un frelon, et claque dans un bruit net. Le géant plisse les yeux. Il porte doucement la main à son front. Sur ses doigts, du sang. Comme sous le coup d'une très mauvaise nouvelle, il tombe.

Roxanne sursaute quand quelqu'un pousse un cri juste à côté d'elle ; ça siffle, ça crie. Ti Ritus fait un bond au-dessus du feu en poussant un ululement. Comme le conteur ne bouge pas, le silence revient.

Quelques jours plus tard, le vieux sage revient au village. Il demande à rencontrer le petit pâtre. Quel petit pâtre ? demandent les villageois. Même le père, même les frères, tous disent : quel petit pâtre ? Surveille ta langue, vieux sage… Est-ce que par hasard tu parlerais de notre roi ?

À l'instant où Chèvrebouc a prononcé le mot « roi », Roxanne a été comme traversée d'une intime conviction. Ce roi, Chèvrebouc le connaît. Cette royauté-là, ce n'est pas juste une histoire.

CHAPITRE 8

Il ne fait ni jour ni nuit. Le dos de l'âne roule, les jarres tanguent, mal accrochées, celle-ci va tomber, il faut tendre le bras pour l'en empêcher, vite. La main heurte le bouchon de liège, il colle, noir, poisseux, puant. Ce n'est donc pas de l'eau ? Le bouchon est tout imprégné, il va céder entre les doigts comme une viande pourrie, libérer le liquide, c'est du sang. Une jarre de sang chaud, gluant. Une évidence : toutes ces jarres sont pleines de sang vicié, noir et chaud. Toutes les jarres sur les milliers d'ânes, tous les mêmes, qui se suivent sans un bruit dans le désert, tristes et souffrants.

Les yeux des ânes pleurent. Ils avancent sans conscience vers une mort certaine qui serait pour eux une fin et un commencement. Mais voilà qu'ils s'arrêtent. Dans son rêve Silva comprend : nous sommes au camp. La citadelle est là tout à coup triomphante quelque part dans les nuages, on n'en voit pas le sommet. Des légionnaires hilares déchargent les ânes et font des piles d'amphores en les brisant. Elles se fendent l'une après l'autre et leur liquide n'est plus noir, mais clair, il s'échappe par les fêlures, gouttant, mouillant le désert ; mais les hommes ne voient rien, ils rient et s'interpellent en se donnant du « centurion », du « cher tribun ». Toutes les amphores pissent et s'affalent les unes sur les autres à cause des gestes brusques des soldats qui se condamnent bêtement à mourir de soif – eux et tous leurs semblables.

Il faut réparer les amphores de toute urgence. Il faut recueillir l'eau dans d'autres récipients. Il le faut mais les milliers d'amphores pissent toutes en même temps et le désert a très soif. Les ânes déchargés gardent leurs figures tristes. Leurs os sont si pointus qu'ils vont percer la peau, celui-ci se dégonfle comme une outre crevée à cause des os de son bassin qui le tuent. L'âne finit dans une flaque, une flaque de lui-même, où il a chié, pissé, vomi, un liquide gris l'assaille et le fait fondre, un liquide produit par lui, et qui est lui.

Lucius Flavius Silva ouvre un œil. Tout est rouge. Il cligne et tout reste rouge, mais ce n'est pas du sang d'âne, c'est un rouge connu : le tissu tendu de sa tente d'apparat. Un rouge sec, et qui ne sent rien. Un rouge non de mort mais de gloire. Il a trop chaud. Il a rêvé. Respirer profondément. Chasser les reliquats des ânes, le liquide poisseux, les os durs et pointus mais friables, qui ne demandent qu'à percer – ces os d'ânes, comme ceux des poulets malades qu'on sert dans les échoppes sordides de Subure, et que croquent consciencieusement les pauvres comme des friandises qui leur cassent les dents.

Il a rêvé, comme c'est bête. Il va se redresser sur un coude mais se fige. Penché sur lui, le visage souriant d'un Juif. Un vieux Juif plein de barbe, qui l'observe la tête inclinée, en souriant. Le visage est tout près du sien. L'homme le contemple ainsi de son sourire obscène depuis des heures. Lucius tourne la tête mais très lentement car il sait ce qu'il va découvrir dans sa tente : ils sont tous là, des dizaines de Juifs. Presque semblables, immobiles, ils sourient comme des enfants débiles sans cesser de le regarder, voûtés sur lui comme pour lui parler à l'oreille. L'endormir et lui dire : on veille. Nous sommes tes enfants respectueux et nous sanctifierons ton nom après ta mort, Silva, ancien questeur, ancien édile, ancien préteur, aujourd'hui généralissime. Nous, tes enfants chéris, ton clan. Nous t'aimons et sommes légitimement dans ta tente, tous, pour ton dernier soupir, pour veiller sur ton sommeil qui mènera comme il se doit à l'étouffement muet et à la mort. Nous sommes descendus de la montagne très silencieusement avec nos pieds nus et agiles comme ceux des bouquetins dont nous partageons la barbe et le regard fou. Très silencieusement, très respectueusement, très pieusement, et nous voici pour consommer tout l'air de ta tente et ne t'en laisser rien.

Il n'ose pas remuer de peur que les silhouettes immobiles se mettent à bouger pendant ce temps. Mais les Juifs ont disparu. Silva respire. Ils ont accepté de le laisser tranquille comme il les en priait si fort mentalement. Il n'a pas dû murmurer, pas dû crier, ils sont partis à reculons comme ils étaient venus, repartis sur leur chère montagne avec leurs longs pieds maigres et silencieux.

*

Quelques instants plus tard, Silva parcourt le camp ; le ciel est gris mais il fait chaud comme dans un chaudron. La vallée a refermé son couvercle, un couvercle mat, hermétique. Marchons. Un peu d'air lui fera du bien. Inspecter. Réprimander. Sentir la peur des hommes autour.

Quand il revenait péniblement à lui sur sa banquette, il a pensé à Roxanne. Roxanne égale… paix. Voiles qui virevoltent, rires, une insouciance du soir savamment nourrie, pour chasser enfin les idées noires qui le grignotent et qui l'usent. Les soirées avec Roxanne sont sa seule consolation, une île au milieu de la mer écœurante où il vogue à l'aveugle depuis des mois. Depuis qu'on l'a fait légat, et donc généralissime. Un honneur dont il se serait volontiers passé. Cinquième général nommé par l'empereur pour en finir avec les rebelles, les quatre premiers ont terminé l'aventure écharpés par l'ennemi, assassinés dans leur sommeil, exécutés pour trahison, au mieux : fous. Sept ans de guerre, cinq chefs des forces militaires, c'est du jamais vu. Sans compter Vespasien en personne, et même Titus le fils chéri : tout le monde s'y est mis pour faire rendre gorge aux rebelles assoiffés de leur immonde Dieu unique – qui leur donne une sorte d'indécente foi en eux-mêmes.

Silva déambule entre les tentes. L'horrible statue le ramène à lui. Au milieu exact du camp, les hommes ont construit ce monstre. C'est l'empereur bien sûr – ça ne peut être que lui. Cuirasse de bronze, jupette, sandales : ils lui ont donné un air de légionnaire qui leur ressemble. Avec sa mâchoire serrée, son bras droit levé en un signe mi-protecteur mi-vengeur, et ses petites mèches qui lui collent au front, l'empereur fait peur. Son visage, ses avant-bras et ses mollets sont en plâtre, qu'un artiste motivé a tartinés de rose – avec un peu de bleu pour les veines. Silva a envie de rire chaque fois qu'il le croise, c'est-à-dire souvent ; il imagine la tête de Vespasien, son expression pour ordonner qu'on mette immédiatement feu au colosse.

Vespasien est l'empereur qu'ils méritent. Un homme de poigne, disent les amis nobles de Silva pour ne pas prendre de risques. Un soldat « très pragmatique » – « ce qu'il fallait à l'Empire »... Ces phrases toutes faites le fatiguent. L'Empire mérite mieux sans doute qu'un homme de poigne, mais en attendant, c'est tout ce qui reste. Les autres se sont entre-tués, les Agrippine ont empoisonné à tout-va pour placer sur le trône leurs fils – Caligula, Néron – qu'un culte impérial de plus en plus dément a pervertis.

Comme les ânes de son rêve, l'Empire est percé et se dégonfle. Il s'effrite à l'ouest : vite, envoyons les armées. Mais il s'effondre un peu aussi à l'est, il faut acheter les petits rois avec des titres. Au nord, sans traîner, expédions des émissaires – et des légions, car ça finit toujours dans le sang. Partout, il faut affirmer l'Empire en célébrant son culte. L'Empire est ce qu'il vous faut. L'Empire est là. Ailleurs, il n'est pas – les

Barbares grondent. Mais vous avez la chance d'y figurer. Si vous n'êtes pas avec lui, vous serez contre lui. En le ralliant, au contraire, vous serez au centre. Même sur la place idiote de votre village pourri du fin fond de votre contrée anonyme, vous serez au centre de quelque chose. L'Empire. Rome est venue jusqu'à vous. Buvez à sa coupe. Racontez son histoire. Proclamez votre appartenance qui sera dorénavant votre plus grande richesse.

Silva se voit comme un serviteur du bout du monde. Avec ses petits bras et sa grande légion, il aimerait pourtant servir une idée, qui le rend nostalgique. Derrière l'autorité aveugle existe la sœur jumelle séduisante : une certaine grandeur. Un espoir, qui n'est pas que splendeur et gloire, un idéal fragile qui proclame à la face du monde les belles idées grecques. Un peu de sens et de beauté ; tel est le petit cœur qui bat au centre du corps monstrueux qu'est Rome. Un peu de raison. C'est cette Rome-là qui souhaite la paix dans un lieu particulier nommé Canaan. Entre deux magnifiques cités comme Antioche et Alexandrie, on se croit chez soi. Mais pas du tout : un petit peuple fait du zèle. On lui a expliqué de nombreuses fois, mais il fait toujours la sourde oreille. Alors on lui explique autrement. Silva est cet autrement.

Le bon côté, c'est que le plus dur est passé. Il aurait pu tomber au pire moment, quand il fallait combattre en campagne, ou assiéger beaucoup plus grand. Avec des risques de désagréments comme la mort. Alors que lui n'a plus qu'à conclure. Et à s'enrichir. L'autre nuit, son rêve fut magnifique, parfaitement symétrique à celui-ci – Morphée s'amuse. Les ânes n'étaient pas chargés d'un sang vicié, mais de jarres remplies de baume. Des files immenses suivaient gaiement le général jusqu'à Rome, transportant la richesse inouïe de cet onguent infiniment précieux, mais perdu. Bien utilisé, le baume apporte une connaissance intime des choses et des âmes, il procure une sorte de pouvoir, de contrôle. Rome le voulait ; les Juifs l'ont caché, puis ils ont brûlé les derniers arbres à baume plutôt que de les livrer à l'ennemi.

Silva a chassé de sa mémoire la fin du rêve, il n'en a rien dit à personne, même à Roxanne : les ânes richissimes remontaient la Via Appia jusqu'à former son triomphe. Oui, lui, Silva, défilait dans la Cité sur un char d'or, acclamé par la foule comme *imperator*. Un Vespasien renfrogné tenait au-dessus de sa tête la couronne de lauriers, avec son œil terne d'homme de poigne.

Toutes ces pensées viennent à Silva, le traversent, et le travaillent, alors qu'il regagne la tente de commandement à pas mesurés. Silva sourit car lui sourit Roxanne en ses pensées. Roxanne est belle, libre, et drôle. Très drôle. Et cultivée. Elle croque le monde. Le soir après le repas, ils se retrouvent à deux, au camp, ou dans la maison qu'il a fait installer pour elle hors les murs, et elle lui dit des poèmes qu'elle sait par cœur. Elle en connaît tant, si vrais, si justes. Elle est unique. Toujours tirée à quatre épingles mais pure et simple à la fois, comme si ça ne lui avait pris qu'une seconde. Elle a tout misé sur son fils.

Oui, qu'il continue à s'occuper du fils, et il pourra tout avoir d'elle. Son corps et son âme. La vie en elle. Toute cette vie… Elle veut un enfant de lui. Pourquoi pas ? Et s'il décide, au moment de rentrer à Rome, que mieux vaut retourner à sa stérile Virginia, alors il gardera néanmoins Roxanne. Il l'enverra à Naples. Djanu, lui, le suivra – on en fera un sénateur pour qu'il échappe aux armées. Naples, quelle bonne idée. Il a toujours voulu sa propre villa dans la baie, et après tout cet affreux désert juif, ce sera bien mérité. Il aura eu son consulat. Sa province. Et puis, richissime, à Naples. Il ira se promener avec un vieux voisin épris de philosophie. Le soir il retournera à sa villa pleine de statues, et Roxanne sera là.

Il faut que j'organise une fête, se dit Silva en pénétrant dans sa tente. La fête, c'est l'arme parfaite du généralissime : pour brimer les responsables qui l'auront mal préparée, et pour flatter la multitude qui s'y imbibera. Silva s'affale sur le sofa, soupire. Il faut tolérer les excès. Les encadrer. Le légionnaire doit pouvoir se remplir et se vider dans une grande respiration animale – et sans bataille pour l'épuiser, il faut trouver d'autres issues. Le Nouvel An c'était il y a quinze jours, libations. Juste après : la fête de Mars, combats rituels. À peine le temps de vomir tout son soûl, le Feu sacré. Il a fallu trouver du bois au milieu du désert, on a mis le feu à tout ce qu'on a pu, les arbrisseaux, les racines, les ordures. On aurait mieux fait de cramer l'empereur aux veines bleues. Demain, c'est la fête aux forgerons. Les membres de l'ordre, disséminés dans les sept camps qui entourent la forteresse, ont demandé l'autorisation de se rassembler pour forger ensemble. Trop tard pour récupérer l'affaire à son profit, pense Silva. Il va tout miser sur le Quinquatrus. Dans cinq jours. Ça devrait aller. Mais où va-t-on trouver un taureau ? Il faudrait le faire venir de la côte. Ou d'une ferme, ou de l'endroit mystérieux où ces foutus Juifs gardent leurs foutus taureaux en secret.

Car à tous les coups ce sera secret. À tous les coups le taureau va lui donner du fil à retordre. Rien n'est simple en ce pays. Se payer un animal à cornes pour tranquillement lui trancher la gorge et voir jaillir son sang chaud et clair, quoi de plus banal ? De plus évident ? On lui prend sa vie – il n'a rien à dire. Qu'est-ce que tu veux qu'il dise, avec sa grosse langue de bœuf ? Eh bien, je te garantis que les Juifs auront à dire en son nom. Je te le garantis. Ils n'ont jamais entendu parler du Quinquatrus, ni de Minerve, ni de son culte, ni des trompettes qu'on purifie une fois par an, mais je te jure qu'ils auront beaucoup à dire à propos du taureau. Il ne faut pas qu'il soit trop noir, ni trop blanc. Ni trop vieux, ni qu'il ait trop de pattes, ou pas assez. Des prêtres à coiffes dont il n'a jamais entendu parler en dix ans de Judée viendront se mettre à genoux devant le foutu taureau, histoire de vérifier que ses sabots ne sont pas fendus, ou pas trop. Ils se disputeront, puis décideront de se réunir dans un lieu où nul arbre à épines n'a jamais pris racine en cent six années, puis on sortira des rouleaux afin de lire à haute voix la généalogie dudit taureau depuis la fondation de Rome, non, depuis que deux bergers galeux ont mis une pierre sur une autre pierre et ont appelé ça Jérusalem.

Silva étouffe sur son sofa. Il fait semblant d'en rire, mais ce relent juif lui coupe la respiration. Il appelle Djanu qui attend dans la tente voisine. Le jeune homme lui fera le plus grand bien. C'est son meilleur remède. Lui et la liste des biens amassés : il y accroche son esprit, et soudain ça va mieux. Les millions le rapprochent de Rome.

Djanu s'est mis à lire, Silva écoute la voix, ferme les yeux, mais déjà lui reviennent les Juifs. Que veulent-ils ? On leur propose des postes importants. Ils sont sensés, ça se voit. Mais eux ne voient rien. Le luxe les indiffère. Le confort : ils n'en sentent pas vraiment l'utilité. Ils ne deviennent pas dépendants de la beauté. En tout cas, pas de la belle beauté romaine. Ils regardent ça de loin, disent oui, disent merci, disent bien sûr, et puis reprennent leur route et refont tout comme avant.

Même les Nouveaux Prépuces. La première fois qu'il a entendu cette expression, Silva a cru à un surnom comique. Mais c'était vrai. Ils se font couper la peau du gland pour honorer leur Dieu, et d'ailleurs pourquoi pas. Et puis certains veulent montrer leur amour de Rome – un amour que Rome devine passager, et tout en surface, à force de se voir attaquée chaque jour des cent trente années qu'elle a passées ici. Mais mettons. Pour montrer leur amour de Rome, leur plus totale dévotion à l'Empire, que font-ils ? Courbettes et impôts locaux, comme tous les autres peuples ? Tous les autres peuples du monde, y compris les Thraces, y compris Carthage, y compris les horribles Belges ? Non, ils se font refaire un nouveau prépuce avec de la vraie peau prise on ne sait où, greffée. Comme si Rome allait demander à voir leur bite. On se satisfera des courbettes et des impôts ! Mais rien ne sert de crier : s'ils se font refaire la peau du gland, ce n'est pas pour nous, c'est pour eux. Parce qu'ils savent en leur for intérieur qu'avec la bite à nu ils ne seront jamais à Rome, ils resteront magiquement les esclaves de leur Unique – alors recollons la peau, cachons l'appendice, rejoignons Rome… À Rome de se demander, jusqu'à l'épuisement : pour combien de temps ?

CHAPITRE 9

Chèvrebouc est immobile dans le coin de la pièce. Il contemple le petit autel aux dieux lares, où Musa fait brûler une lampe jour et nuit. Plusieurs figurines en terre cuite, dont une femme avec un enfant sur les genoux, et un homme qui semble brandir une gerbe. Djanu se place à côté de lui. Le vieil homme tourne la tête.

— Vos ancêtres ? demande-t-il.

— Non, ce sont les lares, répond Djanu. Ils nous protègent des lémures.

— Ah ?

— Les démons. Les ombres. Les esprits des morts.

— Les morts ne vous protègent pas ?

— Les bons morts, si. Pas les mauvais morts, les déshonorés. Ceux-là, ils errent.

Djanu ajoute, plus bas :

— C'est Musa qui y tient. Celle-là, je ne sais pas qui c'est.

— La Bonne Déesse, dit le poète.

— Ah. Peut-être.

— Elle vous protège des lémures les jours où les lares sont inattentifs.

Depuis la terrasse où elle se repose à l'ombre d'un voile tendu, Roxanne sourit. Comme prévu, elle entend tout. Un étage plus haut, Ti Ritus est allongé sur les planches de la chambre de Djanu et se laisse lui aussi bercer par les phrases. Il attend son ami.

Dans l'appentis, Musa écrase des pois chiches dans le mortier qu'elle a emporté de Césarée. Vorenus somnole à côté d'elle sur un tabouret.

— Qu'est-ce que tu vas faire ? demande Chèvrebouc.

— Quand ? répond Djanu.

— À l'avenir.

— À l'avenir ?

— Qu'est-ce que tu vas faire de ta vie ?

— Ah, ça. Je vais faire carrière à Rome, j'imagine.

— Bien.

— Ma mère m'a dit que vous alliez m'apprendre la rhétorique.

Le conteur regarde le jeune homme. Il a les yeux clairs, se dit Djanu. Un peu verts. Presque jaunes.

— La rhétorique, dit Chèvrebouc. Elle m'en a parlé à moi aussi.

— Vous voulez que je vous dise ce que je sais déjà ? propose Djanu.

— Allons dans la rue.

Allons dans la rue ? Djanu n'est pas sûr d'avoir compris.

Roxanne soupire : s'ils vont dans la rue c'est fichu, elle devra imaginer ce qui s'est dit. Avec le peu que Djanu daignera lui rapporter, il lui faudra tricoter quelque chose.

« … dans la rue » : les mots font se lever Vorenus. Il va les suivre à distance ; éventuellement intervenir ;

c'est son rôle. Musa le regarde partir. Son air bougon la fait sourire. Quand il reviendra elle aura fini le repas et pourra s'occuper de lui, profiter encore un peu de sa présence tranquille avant la nuit.

Ti Ritus se retourne paresseusement sur le ventre et jette un œil entre les lattes. Roxanne, frustrée, fait les cent pas dans la pièce vide en parlant toute seule. Quelque chose la précède, comme si l'air était au courant de ce qui l'attend. Ritus se remplit des détails récoltés. Vu de là-haut, le corps de Roxanne se réduit à des formes abstraites : ses cheveux, ses épaules, ses seins, ses pieds. Tout cela s'agite alors qu'elle brasse l'air et finit par s'asseoir.

Roxanne a choisi l'exacte banquette où elle s'était installée la première fois. L'endroit lui rendra sûrement quelques images du conteur, tel qu'il lui a plu ce jour-là. Tel qu'il aurait pu s'offrir encore un peu aujourd'hui, s'il n'avait bêtement décrété que la leçon aurait lieu dehors. Oui, les idées et les ambiances vont lui revenir, il suffit qu'elle ferme les yeux. Les mots émergent, scorpion noir, chêne rabougri.

Couché l'œil entre les planches, Ti Ritus est aux anges. Voici Roxanne offerte, et c'est pour lui. Un jour Roxanne sera sienne, absolument. Il n'ose formuler la pensée complète, mais une partie de lui s'en repaît pourtant. Parallèlement aux sesterces par millions existe la possession de Roxanne, son corps mis en mouvement en même temps que le sien pour leur plaisir commun. Oui. Ti Ritus a envie de faire l'amour avec elle. Pas qu'elle l'initie. Pas qu'il doive la conquérir puis la posséder. Non, juste être avec elle, dans la simplicité du moment. Il la regarde là, frustrée comme lui. Ti Ritus sortira de sa condition, c'est certain. Le siège, c'est l'occasion d'une vie. Et Roxanne ne constitue pas un rêve inaccessible. Elle n'est pas dans l'ordre des possibles, elle est dans l'ordre des probables. Il en est sûr.

En bas, Roxanne pense à Chèvrebouc sans s'autoriser à voir les corps. Ce qu'elle appelle de ses vœux, c'est autre chose, de mieux, de plus complet, l'âme. Le corps viendra ensuite, s'il le faut. Ce qu'elle attend de lui, c'est d'être… initiée. Voilà. C'est le mot.

Chèvrebouc et Djanu descendent la rue. Le long des murs construits à la hâte, des couples se culbutent à la va-vite ; entre les tentes, les gens chient à leur aise. Certains rentrent du camp, d'autres s'y rendent les sourcils froncés, beaucoup portent des animaux vivants, canards, porcelets. Il y a des soldats en permission d'un jour, on les reconnaît à des morceaux d'uniformes qui dépassent, leurs sandales, leurs carrures, leurs cheveux courts. Le rideau de la fellatrice est tiré ; elle est occupée.

Chèvrebouc rit. Djanu a dû dire quelque chose qu'il ne devinait pas aussi drôle. Par association, il rit aussi. Le jeune homme est tout surpris d'être si à l'aise en présence du conteur.

— Comment dois-je vous appeler ?

Djanu s'attend à ce que ce soit « Maître ». Ou autre chose.

— Chèvrebouc, ça ira très bien.

Djanu est mortifié. Il observe très attentivement les pierres du chemin.

— On a dit ça parce que vous arriviez de loin avec votre âne. Ti Ritus a dit : c'est une chèvre.

— Et toi tu as dit : non, c'est un bouc.

Djanu rit.

— Oui, c'est ce que j'ai dit.

— Voici un exercice.

— Un exercice ?

— Convaincs-moi. Convaincs-moi de t'enseigner la rhétorique. Par quoi commences-tu ?

Djanu réfléchit.

— D'abord j'essaie de savoir si tu en as envie, dit Djanu. Ou pas.

Chèvrebouc regarde le jeune homme. Sa mèche claire, ses yeux. Il a de l'esprit. Djanu reprend.

— La cause donne les moyens. Si ça te tente, alors ça change tout. Je pense que tu es intrigué par ma mère. Que l'argent ne t'intéresse pas. Je pourrais te convaincre en te distrayant. À mon humble manière. Mais tout ça dépend de ton désir.

Chèvrebouc a poursuivi jusqu'à l'ombre de la petite gorge. Vorenus s'est arrêté lui aussi. Il aimerait se rapprocher, histoire d'entendre. Sa fonction ne l'empêche pas d'écouter une leçon de rhétorique, si ? Il a bien aimé le petit pâtre ; il s'est senti un peu à tous les endroits de l'histoire, qu'il connaissait déjà sans la connaître. Elle habitait quelque part en lui ; il a trouvé ça bizarre et agréable à la fois.

— Donc tu veux savoir si j'aime ça ? demande le poète. La rhétorique, comme on l'appelle.

— Oui. Je me préoccupe beaucoup de toi.

Djanu s'est adossé à la paroi rocheuse. Chèvrebouc est assis sur une pierre. On dirait le vieux sage de son histoire de l'autre soir.

— Comment savoir…

Djanu le regarde.

— Je le sais déjà. Tu as envie de me raconter des choses. Raconter, tu adores ça. Déjà tu as choisi cet exercice-là. Tu aurais pu me demander de vanter la beauté de la rue.

À dix pas de là, Vorenus est déçu. Ça va faire dix minutes qu'ils parlent, et il préférait de loin le petit pâtre. Djanu, lui, s'amuse beaucoup.

— Tu sais déjà tout ce que tu vas m'apprendre. Le maintien. Les yeux. La voix. Les gestes. Les silences. Ça te brûle les lèvres, et tant mieux.

Chèvrebouc regarde la rue. L'ancien soldat qui pousse sa jambe sur une brouette la remonte avec un air décidé, comme s'il devait apporter cette jambe à quelqu'un de très influent.

— Tu vas faire un bon orateur, dit Chèvrebouc. Ta mère sera fière.

— Elle est déjà fière.

Djanu s'enhardit.

— La bonne parole, ce n'est pas seulement avoir raison. Avoir tous les arguments dans le bon ordre. C'est même secondaire. Non, c'est dire à l'autre ce qu'il a envie d'entendre.

Chèvrebouc le regarde avec beaucoup d'attention, et un brin d'ironie - que Djanu n'a pas vue.

— Je ne suis pas partisan d'Aristote, annonce Djanu. Ni de Cicéron d'ailleurs. Aristote dit que c'est la vérité qui donne raison. Cicéron prétend que c'est la réalité. Or la vérité diffère selon chacun. La réalité est plus séduisante. Mais en apparence seulement.

— En apparence seulement ? demande Chèvrebouc en plissant les yeux.

— Oui. La vérité change à chaque pas, elle est dépendante du temps, de l'espace, et même des esprits en présence. La réalité, elle, essaie de sortir des contingences. Elle est le cœur, la fondation, la chose profonde. Mais elle n'est pas accessible à l'homme. La réalité ne concerne que les dieux.

— Et encore…

— Oui, et encore…

Chèvrebouc se lève. Vorenus s'apprête à repartir. Il n'écoute plus leur charabia. Il pense à Musa, la belle, la grande Musa à la peau si blanche. Il l'aime bien. Peut-être qu'il devrait la prendre avec lui quand tout sera fini.

— Reste la troisième voie, dit Chèvrebouc.

— La troisième voie ?

— Tu ne la connais pas ?

— Non. Elle est de qui ?

Le vieux poète ne répond pas.

— Écoute ça : les mots ne servent pas à persuader ni à avoir raison. Ils existent seulement pour eux-mêmes. Pour le plaisir qu'ils ont de se coller à d'autres mots.

Djanu fait quelques pas, les sourcils froncés ; ses pieds jouent avec des petits tas de poussière.

— J'aime bien la troisième voie, dit Djanu. Elle m'intrigue.

— Les mots veulent former une histoire et cette histoire, si on la laisse faire, prendra la forme d'un rêve.

— Ah ?

— C'est pour ça qu'on fait de la poésie, qu'on dit des contes, qu'on raconte les mythes, qu'on joue du théâtre. C'est notre façon de raconter les rêves sans avoir l'air fou.

À présent ils remontent la rue, et Djanu se demande s'il a déjà lu quelque chose d'approchant dans ses rouleaux. Il imagine ceux qui attendent à Césarée dans l'armoire, il espère que personne n'y touche. Sa mère ne lui a jamais beaucoup parlé des rêves. Chez Ovide, il y a les songes. Eschyle, évidemment, produit des visions. Chèvrebouc tend le bras et donne une pièce au mendiant qui pousse sa jambe ; l'homme en fait presque tomber sa brouette et remercie avec effusion.

— Il faudra que tu me prêtes ton Cicéron.

— D'accord, dit Djanu.

— Je ne l'ai jamais lu.

Djanu a parfois peur qu'on se moque de lui. Il reste prudent.

— Ah ? Et Aristote ?

— Lui, oui. Un peu.

— Cicéron, c'est un latin très pur. C'est ce qu'on dit.

— Je vais l'étudier alors.

Chèvrebouc lui prend le bras et chuchote :

— Je compte faire carrière à Rome.

Djanu le regarde un instant, puis part dans un grand éclat de rire. L'image du conteur s'impose, portant la toge, s'adressant au sénat. Vorenus râle : il n'a pas entendu la blague.

CHAPITRE 10

Encore au moins vingt jours, pense Isis. Peut-être un peu plus avec les mauvaises surprises. C'est ce que lui a confié Gallius, le tribun. La rampe se tasse au fur et à mesure qu'elle grossit, malgré les étançons et les milliards de pierres : elle s'effondre sur elle-même et entraîne dans ses remblais la file qui progressait sur son dos. On les en sort, les vies sont précieuses – mais les ânes ont la priorité. Si les esclaves juifs ont des os brisés, on les emmène à l'abri des regards et on les étrangle.

Isis est seule dans la nuit et ne se ressemble plus tout à fait. Elle a mis sa tunique la plus sombre, ses vieilles sandales qui ne font aucun bruit. Pas de bijoux même aux oreilles, sa chevelure est sagement attachée et frappe son dos à chaque pas.

Un concentré d'Isis, enfin, quel que soit son nom. Une voix pourtant bat en elle, tenace et régulière comme un cœur vivant : tu es Tsérèt ; tu es Tsérèt ; tu es Tsérèt. Mais il ne faut pas écouter, ne pas céder à cette vérité qui n'a aucun poids – tant qu'elle sera vivante, et agissante sous la forme d'Isis la putain.

Au moins vingt jours. Vingt jours, au moins. Ça lui laisse le temps. Sans doute que ça lui laisse le temps, le temps d'agir, de construire, de comprendre, de persuader. Dix jours pour la rampe, puis dix jours pour la terrasse, Gallius lui a tout expliqué – il sait tout, la rampe est sa grande amie. Car il est tribun des armées. La terrasse, elle, sera construite le long du rempart au sommet de la rampe. C'est là qu'elle sera édifiée : la fameuse tour. Isis n'a pas bien compris s'ils la construiraient en bas pour la faire ensuite grimper tout du long, tirée par des centaines d'ânes, poussée par des centaines d'hommes. Ou s'ils la fabriqueraient sur la fameuse terrasse, arrosés par les flèches juives incessantes qui se planteront dans leur cou. Elle sera bardée de fer, ça elle le sait, lourde de tout son métal et haute de trois ou quatre étages. Et dedans son cœur battant : le bélier.

Mais elle n'a rien à faire de la tour. Ce qui compte, ce sont les jours. Vingt au moins. Le temps de séduire, de corrompre, de payer et de convaincre. Certainement. Il n'existe aucune action humaine qui n'ait un prix. Il faut trouver qui.

Elle s'arrête un instant et respire l'air de la nuit, s'imprègne du silence. Là-bas, le feu des légionnaires qui patrouillent le long du mur d'enceinte qui relie les camps. Ne pas trop s'approcher. Faire le grand tour par-derrière, contourner, puis piquer à travers tout en suivant le sentier à chèvres à la faveur de la lune. Elle pourra alors s'approcher sans éveiller l'attention. Et savoir. La forteresse deviendra vivante avec ses sons et ses feux à elle – qui sont d'une autre couleur, d'une autre odeur. Une ligne claire se dessinera – oui, c'est la forteresse en personne qui lui indiquera comment la rejoindre.

Isis reprend sa marche, appliquée, concentrée, précise. Elle imagine la vie là-haut, ses moindres détails. Elle n'a jamais mis les pieds dans la forteresse, mais elle sait que c'était le palais d'Hérode, sa fierté personnelle. Le roi juif voulait impressionner ses nouveaux amis romains richissimes – leur montrer de quoi il était capable, lui le roi d'Israël. Il a parsemé le pays d'étranges palais somptueux, qui étaient en même temps des places fortes. Et tout au sud, la dernière, épouvantable sur sa montagne solitaire, presque au bord de la mer de sel, au milieu de nulle part, mais comme posée au centre de l'univers, sa préférée, son orgueil. Imprenable, et pourtant luxuriante. Un jardin d'Éden suspendu entre la terre et le ciel. Un vrai village. Des palais blancs, des colonnades, de l'ombre, de l'eau. Une île.

Isis jette un œil mais elle n'est pas encore assez proche. Là-bas, en contournant le bosquet, elle descendra dans la ravine, et quand elle en sortira, alors elle lui apparaîtra sur toute sa longueur, sa silhouette se découpera dans la nuit plus claire.

Ils sont rationnés. On raconte que les réserves sont innombrables, que certaines remontent au temps d'Hérode, cinquante ans et plus à l'abri des jarres géantes, à se concentrer, huile, dattes, miel, blé. Mais elle n'y croit pas. Ils sont rationnés, c'est certain, les femmes pétrissent avec en tête l'idée de ne rien perdre, et des images d'insectes volants par millions qui s'échappent des greniers – les graines sont gâchées. Dans les rêves des femmes de là-haut, les charançons rampent et trouvent tout ce qu'il y a à trouver.

Isis respire profondément, chasse les images et allonge le pas. Elle ne se laissera pas gagner par les souvenirs, les odeurs, le passé. Cela fait partie de son plan. Elle restera étanche à celle qu'elle fut, entièrement dévouée à l'avenir. Elle a accepté cette mission qu'elle s'est confiée à elle-même, elle a prêté serment à sa propre conscience. Jérusalem n'est plus. Ni là-bas ni en elle-même. Le feu a fini par tout nettoyer, il faut qu'il en soit ainsi – aucune énergie ne sera dévorée par les images parasites qui s'imposent pourtant encore à elle, déflagrations rapides qui la frappent au ventre. Des bouches. Ce sont toujours des bouches. Elles appartiennent à ses enfants. Elles sont entrouvertes et noires. Quelque chose en elle espère très profondément – exactement comme ce soir – qu'un peu d'air y passe pour donner la vie. Et toujours de la bouche noire sort une grosse mouche – alors elle sait.

Isis chasse l'image, serre les poings, convoque une pensée forte. Tout à coup une belle certitude est là – Isis la sent dans ses bras comme une énergie qui circule et qui réchauffe. Elle met un nom dessus : le vieux conteur. Il leur a raconté le roi David. Comme ça. Et comment David tua Goliath, le géant, le héros des Philistins. Elle s'y revoit. Elle était là, oui, dans l'ombre. Elle aurait pleuré de bonheur quand elle a compris ce qu'il disait, ce qu'il proférait.

Elle le remerciait très fort en pensée alors que les mots sortaient de ses lèvres – elle en devinait certains. Il n'a pas peur de la mort, le vieux conteur, avait pensé Isis ce soir-là, pas peur des Romains et de leur crucifixion. Il raconte tranquillement alors que se trouvent là des sympathisants romains sans doute pas dupes, et des Romains vrais ; lui il s'en fout, il raconte les frères, le troupeau, la fronde. Il sait que pour eux ce n'est qu'une histoire ; il a raison, ils ne comprennent rien à la puissance des mots, pour eux la puissance est ailleurs, dans les humeurs, le sang, les symboles, les gestes.

Elle l'aurait embrassé. Oui, elle lui aurait baisé les pieds. Il lui rendait un morceau d'enfance et d'innocence et de foi, tout à la fois, avec ses phrases et sa voix. Il est ici pour une raison très précise, se dit Isis en sortant de la petite ravine. Il n'est pas là par hasard – lui non plus. Elle va lever la tête, et c'est alors qu'elle aperçoit la lame qui luit dans la nuit, et qui va s'abattre.

CHAPITRE 11

Djanu ne dort pas. Il s'est installé à l'endroit douillet où ils se blottissent avec Ti Ritus certains soirs pour regarder le ciel et écouter. Cette nuit, silence. C'est alors qu'elle passe. Noire sur fond d'étoiles, un frémissement, une urgence. Djanu est déjà debout et la suit des yeux. Elle va disparaître et ça, il ne le veut pas ; voilà qu'il marche à sa suite, presque aussi silencieux qu'elle.

Il se cale dans son rythme, petits pas pressés, précis. Il faut garder une certaine distance : si elle s'arrête pour se retourner, il est prêt à s'accroupir entre les rochers. Djanu porte sur le dos une couverture de laine, trop claire pour cette nuit et cette lune. Il la laisse glisser sur un rocher, il la retrouvera demain, blanche sur la roche rouge. Où va-t-elle ? C'est important. À son allure, à sa mise, il a su tout de suite que c'était important, pas un banal rendez-vous avec un galant, un client. D'ailleurs ce soir elle n'est pas Isis l'Égyptienne, pas du tout même. Pas de serpents d'or serrés à ses bras, pas de perruque qui lui encadre le visage, symétrique et noire. Ce soir, c'est une femme d'ici.

Djanu a envie de s'approcher pour entendre ce qu'elle dit. Il aimerait capturer des morceaux d'elle, ses chevilles, ses poignets, son air. Il repère toutes les pierres, choisit les lieux sableux pour son pied, s'applique. En même temps, ses yeux vont chercher là-bas des bribes : muscles, mouvements, peau. Que raconte-t-elle ? Il doit savoir ce que veut cette femme, cette sœur jumelle d'Isis. Au bout du chemin il y aura une escorte en armes, ou quelqu'un qui attend avec un cheval sellé ; ou alors un feu.

Djanu imagine sans la quitter des yeux. Un rituel… Alors ce serait vrai : la voisine ne serait pas une simple putain qui embobine avec des lampes, des parfums, des chants, et sa servante noire. Elle aurait un pouvoir, bel et bien. Ou est-ce un homme qui l'attend ?… Pas ceux de l'armée : son homme à elle. Descendu de la forteresse par un passage secret. Isis, la Juive déguisée, prépare une action d'éclat. Vendue aux rebelles, non, rebelle elle-même depuis des années. Son esprit pervers. Son drôle d'air. Tout cela apparaît à Djanu, qui écarquille les yeux pour ne pas la perdre, pour sentir dans sa démarche la confirmation. Une trahison imminente ; une ignominie.

Tout cela provoque en lui une excitation, et pas seulement celle de la chasse. Cette nuit va lui donner un pouvoir sur elle ; il n'arrive pas à décider la nature de ce pouvoir espéré. Doit-il la tuer sur ce chemin ? Le veut-il ? Il désire chacun des muscles qui forment son corps, oui, ces muscles devraient lui appartenir – et toute la volonté qui va avec. Il les mangerait un à un après les avoir découpés, après avoir dépecé ce gibier qui resplendit de la beauté de la vie dans la nuit – la vie qu'il faut éteindre pour s'en emparer.

Depuis le début, les yeux d'Isis se dérobent lorsque Djanu et elle se croisent à l'improviste. Elle ferme la porte sur son secret. Comme si le jeune homme allait lire en elle. Elle se durcit, lui rend son regard avec moquerie. Se referme. Mais ce soir, ce n'est pas Isis, c'est la femme qui habite en elle. Djanu va se l'approprier – quitte à plonger dans les yeux d'une femme mortellement blessée après avoir été prise en flagrant délit.

Elle a contourné le mur, puis le camp, elle connaît les chemins, c'est bien. Mais elle avance encore et Djanu se dit qu'elle a tort. Par là, c'est le début du Sentier du Serpent. Elle ne va pas se mettre à monter ? Le sentier, il le connaît. Instinctivement, Djanu a ralenti le pas. D'abord il faudrait frôler le groupe de légionnaires qui en garde le départ. Mais ce n'est pas une bonne idée – Djanu l'avertit en pensée : très étroit, sinueux, traître, le sentier c'est la mort assurée.

Avec Ti Ritus, ils l'ont déjà emprunté. Impossible d'y grimper le jour : les sentinelles romaines te repèrent et t'allument sans sommation. Mais Djanu est déjà venu ici de nuit, exactement comme elle. Lui, c'était sans raison, pour le frisson. Avec Ritus, ils sont allés jusqu'aux citernes.

Une fois passé le bastion, les sentinelles ne font aucun zèle : elles meurent de peur, dos à dos deux par deux, avec l'idée du Juif qui pourrait descendre. Le Juif c'est la mort silencieuse. Ça fait bien longtemps qu'il s'entraîne, le Juif : depuis que le Romain a posé le pied en terre d'Israël. Le jour, le Juif te parle et t'écoute comme un être civilisé. Et la nuit il revient dans ta chambre et te plante doucement sa fine lame dans le cou, pour approfondir ton bienheureux sommeil et t'envoyer au paradis des Romains.

C'était le début du siège, Ritus et lui étaient encore innocents, se dit Djanu à présent. La journée, ils étaient venus compter les lacets pour ne pas se retrouver dans le vide trop vite. Un pied qui glisse – chute, mort, soirée gâchée. La nuit était sans lune. Au bout de vingt pas, ils se sont pris la main comme des enfants pour éviter les glissades et les paroles. Il fallait que ça devienne automatique comme le sabot d'un âne qui tombe toujours à l'endroit où il doit tomber. Après huit lacets silencieux, le chemin disparaissait derrière une colline de roc, et à coup sûr il y aurait là une sentinelle. Ils ont bifurqué, c'était plus pentu encore, Ritus a pris la tête et Djanu l'a agrippé par les hanches en tâtonnant, ça faisait quatre pattes à leur bête à deux dos. Quelques pierres ont bougé et dévalé la pente en se mêlant aux bruits de la nuit.

De là-haut ils entendaient les deux légionnaires qui se chuchotaient des mots doux, pariaient sur des trucs idiots pour peupler leur esprit vide. Plus rien ne les en empêchait alors Djanu et Ti Ritus sont montés encore, onze lacets de plus en plus courts, jusqu'aux citernes. Il y avait une échelle dans la première, ils n'ont pas pu s'empêcher d'y descendre. Il faisait frais ; chaque pas, chaque gravillon déplacé sonnait, donnant au lieu des allures de salle du trône. Ti Ritus a imaginé qu'un légionnaire enlevait l'échelle parce qu'il en avait besoin pour s'empaler dessus avec ses copains jusqu'à jouir, alors ils sont vite remontés et la lumière de la lune pâle les a rassurés, comme s'ils étaient restés là pendant huit années, ou trente, des milliers de jours à vivre comme des araignées dans une quasi-absence de temps.

Mais Djanu ne reprendrait jamais le sentier cette nuit où la lune se voile ; alors que le siège dure, que tout se concentre – ce n'est plus un jeu désormais. Devant lui, à trente pas, Isis s'est arrêtée et écoute. D'ici, on voit leurs feux. On croit parfois entendre des voix, qui se mêlent à celles de sentinelles beaucoup plus proches. Déjà, cette nuit-là, Ritus et lui avaient écouté.

Ils avaient d'abord contemplé la plaine sous leurs pieds, les feux des camps, et très clairement le mur d'enceinte en zigzag, la seule chose droite de toute la contrée, qui barrera la route aux enfermés, eux qui ne sortiront jamais. Parce qu'il ne leur reste rien. Aucune force morale, aucune énergie. Ils ont choisi leur souricière, le repaire d'où ils terrorisaient depuis des années d'autres Juifs, les paysans des villages. Djanu sourit en imaginant quels fantômes en sandales dévaleraient pour envahir la plaine. Oui, ils sont prisonniers de leur montagne chérie, de leur sentier où, si tu presses un peu le pas, tu arrives en bas sous la forme d'une molle chose morte. Ils vont se terrer là-haut jusqu'à se faire déloger, jamais ne sortiront pour un combat à la loyale. Trois ou quatre ombres pourraient à la rigueur parvenir au pied des murailles, des hommes-esprits qui descendraient sans bruit empoisonner l'eau comme le craint Silva. Ils assassineraient encore quelques gradés en espérant ralentir le cours des choses, alors que l'histoire est en route.

À présent, à quelques pas de lui, Isis chante entre ses lèvres. Djanu gagne du terrain, un pas après l'autre. Ça ressemble à une prière, quelque chose d'important, presque un serment. Il a envie de se boucher les oreilles pour résister à l'envoûtement : entendre, c'est laisser la place au suc qui pénètre en toi comme un poison. Mais Djanu ne s'arrête pas. Il est attiré par les jambes galbées : leur harmonie témoigne d'une excellente santé qui ne ment pas. Un bijou à sa cheville gauche brille dans la nuit, une chaînette qu'elle a oubliée de son attirail égyptien ; le bijou indique clairement le lieu où elle aime qu'on la saisisse, qu'on la serre. Djanu voudrait l'attraper dans un piège qui serait sa propre main.

Isis reprend sa marche. Djanu hésite. Un instinct lui dicte qu'il est temps de s'arrêter : qu'elle emporte ses secrets, la mystérieuse putain juive, tant pis. Elle avance toujours de son pas mesuré, urgent. Elle va sortir du ravin, déboucher dans la plaine nue, traverser les lignes, emprunter le sentier interdit.

Mais quelque chose bouge dans le bosquet sur la droite, une présence, et au lieu de s'immobiliser, les jambes de Djanu se sont mises en action. L'homme porte un glaive qui brille sous la lune. *Attention au glaive*, dit la voix de Vorenus en lui. Djanu tient une pierre dans chaque poing et ne se souvient pas les avoir ramassées. Isis a fait un pas de côté. *Vise le cou*, dit la voix du maître d'armes. Djanu obéit. L'homme écarquille les yeux. Djanu sent la masse de son poing alourdi qui s'enfonce dans les cartilages, il guette le froid de la lame quelque part plus bas mais ne sent rien, il tombe emporté par son propre poids et entend Isis qui pousse un cri. Djanu roule dans la poussière. Quand il se relève, deux silhouettes se font face : l'homme, sur un genou, va se dresser. Isis est face à lui, immobile. Le soldat grogne, il est debout, il avance et tient sa dague devant son visage, le coude tendu pour parer les coups. Donner la mort est son lot, et il va la donner. Djanu prend une nouvelle pierre. Un éclair, un cri. Isis a-t-elle donné, ou reçu le coup ? Djanu se rue et frappe.

Djanu tâtonne dans la nuit. Voici le corps sous ses doigts. Alors Djanu frappe et frappe encore. Parfois les corps reprennent conscience. La vie se réfugie dans des zones inconnues, il faut la débusquer. Il enchaîne les coups avec méthode.

Quand il revient à lui, Isis le regarde avec effroi. À ses pieds, un être inerte, endormi. Sauf la tête qui fait comme un grand soleil rouge informe ; au centre, une pierre remplace la forme du crâne. Glaive à la main comme une Athéna mécontente, Isis est immobile sous la lune, aussi offerte, aussi nue que le matin sous la douche de Briséis. Elle le regarde. Aucun son ne sort de sa bouche. Elle reprend son souffle sans le quitter des yeux. Plusieurs voix : la patrouille du mur marche vers eux. Djanu espère qu'Isis saura courir sans bruit. Ils repartent par le même chemin vers la petite ravine. La main d'Isis se glisse dans la sienne, toute collante de sang.

CHAPITRE 12

Vorenus encaisse les coups. Le vétéran n'est pas fier, mais préoccupé. Le changement est brutal chez Djanu. Il ne l'a pas vu venir.

La différence est mince. Le vrai guerrier n'est pas là pour la beauté du geste, ni pour la solde, ni pour la gloire. Il cherche la mort à chaque coup. Son esprit entre dans sa propre lame, il visualise où pénètre son épée, le dégât précis qu'elle crée. Il ne s'arrête pas au muscle, ni à l'os, ni au sang ennemi. Sa conscience entre profond, elle est froide et sincère, elle voit éclater la rate, elle perce le rein, lacère les viscères. Et passe à l'ennemi suivant.

Djanu enchaîne les gestes comme tous les autres jours. Les techniques sont connues sur le bout des doigts, comment le bouclier fait parade, comment poursuivre avec une attaque au menton, comment le glaive embusqué jaillit tout à coup. Le corps ne réfléchit plus, il offre des mouvements possédés jusqu'à l'oubli.

On va pouvoir dépasser la pratique, pense Vorenus. Entrer dans le vif du sujet : la mort. Donnée, reçue…

Mais la mort est un art compliqué. Avant de l'avoir rencontrée en face, l'entraînement à la mort est un peu gratuit. Aujourd'hui Djanu ne s'entraîne plus, il s'exerce. S'exercer, c'est imaginer sous quelle forme ça adviendra, en sachant déjà. C'est plus riche.

Sous la blondeur et la sueur, sous le casque et les mandibules, les yeux de Djanu ne mentent pas. Jusqu'à hier il parlait de la belle mort, recherchée au combat par les héros. Celle qui donne un sens à la vie. À présent il sait que la mort n'est pas très belle – vue de près.

Vorenus le revoit petit. À neuf ans, premier entraînement.

— J'ai deux ans de retard, disait Djanu. Les Spartiates commencent à sept ans. Tu sais qu'ils sont enlevés à leurs parents ?

Vorenus savait, mais il prit une mine étonnée pour en apprendre un peu plus. Dans l'air désolé de Djanu, il devinait le rêve d'un enfant qui aurait été élevé loin de sa mère, par des soldats érudits.

— Les enfants de Sparte allaient pieds nus, lui raconte Djanu en contemplant ses sandales neuves. Ils ont la tête rasée, et ne reçoivent qu'un manteau par an.

— Ils frappent pour tuer, ajoute Vorenus.

Le vétéran ne sait pas trop d'où lui est sortie cette phrase, mais elle produit son effet.

— Ils frappent pour tuer, répète Djanu, pénétré.

Il ajoute :

— Leur roi s'appelle Ménélas. Tu le savais ? Il était dans le cheval, à Troie.

L'enfant parle de Troie comme si c'était la bourgade voisine. Pendant des années, Vorenus l'a appelé Ménélas, pour marquer le coup. Le blond Ménélas. Aimé d'Arès. Rapide à la course. Doué pour la lance.

Vorenus encaisse les coups de Ménélas, doué pour la lance. Il va falloir qu'il change le programme des entraînements. Le gamin est prêt pour l'étape suivante, et ça le rend un peu triste.

CHAPITRE 13

Elle est là. Djanu se relève sur un coude. Isis. Ce n'est pas une vision.

Elle a apporté sa propre lumière, une petite lampe qui ne révèle pas toutes les couleurs.

Qu'est-ce qu'elle lui veut ?

Quand elle était nue de l'autre côté de la tuile, c'était plus simple. Un corps, quelques symboles. À présent elle s'impose à lui avec des relents : du sang, de la nuit, du gâchis. Quelque chose de suspendu au-dessus de lui, qui pourrait tout compromettre, le pouvoir, l'avenir.

Djanu n'a pas le temps de se mettre les idées en place, elle parle.

— Je te dois beaucoup, dit Isis.

Les yeux donnent du poids aux mots chuchotés. Dans les mots, Djanu perçoit : tu es à moi.

Il s'est assis et la regarde comme une sorte de présage funeste, incarné pourtant. Ses bracelets luisent à ses poignets, ses boucles d'oreilles multiplient la flamme.

— J'ai une dette, sache-le.

Je le sais, pense Djanu.

Tout le corps d'Isis lui parle, la respiration contenue, l'urgence dans les yeux, le ton, les sous-entendus.

Ce que ce corps devrait lui dire c'est : demande-moi ce que tu veux.

Mais autre chose en Isis affirme : c'est impossible. Je suis très occupée, vois-tu. Je n'ai pas le temps pour les serments ni pour ton bon plaisir. Mais je suis venue quand même car je sens que tu représentes un danger.

— J'ai une dette envers toi.

Elle se répète, pense Djanu.

— Je te garantis mon silence, dit-elle ensuite.

Une autre manière de dire : garantis-moi le tien.

— J'ai quelque chose à te proposer.

Djanu devine. La putain vient offrir ses services. Il va avoir droit à diverses jouissances déguisées en révélations. Le prix de la vie d'un légionnaire romain. C'est tout ?

Isis s'approche. Elle s'agenouille silencieusement au bout de la couche. Elle se trouble. Les idées bien préparées se dérobent – Djanu le voit quand elle baisse les yeux.

— Je te dirai un secret.

Djanu sourit. C'était ça ? Un secret ? Un instant il a eu peur qu'elle veuille passer à l'action tout de suite, là sur son lit de laine. Il ne se sentait pas prêt.

Au fond, il n'avait pas envie qu'elle achète son silence si vite.

Elle se relève. De là-haut elle semble le toiser, mais Djanu remarque dans ses yeux une sorte d'intérêt.

— Sache…

Elle ne sait pas comment finir.

— Sache que j'aurai encore besoin de toi, dit Isis.

Djanu reste sans réaction.

Le noir est revenu sur lui quand il sourit de son outrecuidance. *J'aurai besoin de toi.* Comment ose-t-elle ? Un mot de moi et ton joli corps est au désert dans un trou, raide et sec.

Il l'écoute qui descend l'échelle presque sans un bruit. Elle est douée, pense Djanu. Elle est douée pour la nuit.

CHAPITRE 14

Il fait de plus en plus chaud. Le soir, les odeurs qui montent sont nombreuses : jasmin, pins d'Alep, et puis ce parfum métallique qui émane des pierres surchauffées. Quand le vent est à l'est, la mer de sel amène ses astringences : les yeux piquent, les lèvres sèchent et les poumons brûlent. On raconte que, quand la tempête se met à souffler depuis la mer, c'est l'enfer : le sel pénètre le vent et se mêle au sable. Tout ce qu'il touche sèche et s'effrite : l'eau quitte tout ce qui vit. Les plantes meurent en quelques heures. Les animaux et les hommes en quelques jours. Les oiseaux disparaissent en nuées, les chamois grattent et se réfugient tout au fond des grottes, les insectes creusent et s'enterrent.

En attendant les tempêtes, le camp s'active. On prie pour que ça n'arrive pas trop vite, et on fait tout pour avoir décampé quand ça finira par arriver. C'est beau, un camp romain, tout le monde est d'accord là-dessus. C'est la civilisation dans ce qu'elle a de plus assumé : ordre impeccable, couleurs franches et drapeaux qui claquent. C'est symétrique. C'est démontable. Et pourtant ça ressemble à une cité. Périclès serait fier : c'est plein de citoyens heureux, travailleurs. Il y a des chefs éclairés. Des festivités récurrentes où s'expriment la culture et la foi. L'important est de ne pas trop s'approcher, au risque de voir apparaître certains détails qui nuisent à l'harmonie générale. Ces détails, heureusement, ne concernent pas le camp, mais ses serviteurs. Les esclaves, les animaux, les fournisseurs, les sous-fifres, les enfants et les femmes.

Dans la tente de commandement, Djanu n'arrive pas à se concentrer sur le sujet du jour. Les esclaves juifs et comment ils posent problème. Ils chantent des chansons au sommet de la rampe, et on a peur que, par ce truchement, ils transmettent des informations à leurs frères assiégés.

Les mines sont graves. On pourrait prendre des esclaves au Nord, propose un préfet. Est-ce qu'ils ne se détestent pas, entre ceux du Nord et ceux du Sud ? Mais si, ils se détestent, c'est connu, répond un jeune tribun. Ça remonte à cette rébellion, du temps de Crassus, les Iduméens ont alors pactisé avec nous, et depuis ils sont détestés de tous les autres. Ou alors était-ce du temps d'Hérode ? Quelqu'un se souvient ? En tout cas, ils ont pactisé.

— Donc si on met des Iduméens au sommet de la rampe, ils ne vont pas s'entraider ? demande Silva.

— Normalement pas, répond le jeune tribun en soupirant.

— Mais ils ne vont pas nous les tuer non plus ?

— Non, dit le tribun. Ils sont Juifs quand même. Ils ne vont pas s'entre-tuer. Normalement.

Djanu n'écoute pas. Il pense à la voisine, à la putain. Elle l'a entraîné à sa suite, et il a tué. Espèce de putain juive. Les mots tournent dans sa tête comme une rengaine. Je ne veux pas de tes trucs, espèce de sale putain juive, je ne veux pas de ton sexe, toi qui viens la nuit, je ne veux pas de tes serments.

Et pourtant. Profondément, Djanu sent déjà qu'il sera tenté. Il sera tenté par les sous-entendus, et par cette espèce de grande volupté qu'elle trimballe. La putain juive.

Plus tôt, Silva a mentionné le meurtre, et Djanu a frémi. Il n'a pas revu le corps du légionnaire dont on prononçait le nom, Publius Quelque chose, il l'a revue, elle, dans sa chambre, hier à la nuit. Avec sa lampe. Avec sa langue et les mots qui allaient avec. *Je te garantis mon silence.* Vous autres, vous vous prenez pour les plus intelligents, pense Djanu, à toujours vouloir contrôler le destin des gens. Vous les Juifs. Vous pensez avoir plusieurs coups d'avance.

Oui, il a frémi en entendant le nom du soldat dont il a fracassé la tête. Ça le gêne, parce qu'il ne sait pas trop ce que ça fait de lui. Tuer pour une femme, c'était bête. C'était mettre en péril toute sa vie. En même temps, le meurtre lui donne une nouvelle image de lui-même ; il est enfin dépouillé de Roxanne, il agit, et tue dans la nuit.

Silva parle de la fête de Pâque. Les premières tempêtes de sable pourraient arriver plus tôt que prévu.

Il faut absolument que tout soit fini avant la satanée fête de Pâque.

— Je ne sais pas ce qu'ils ont tous avec leur Pâque, dit Silva.

— C'est une fête qui donne du courage, assure le tribun, pénétré. Ils célèbrent le jour où ils ont battu le pharaon il y a une éternité.

S'ils croient vraiment avoir défait le roi d'Égypte tant mieux pour eux, pense Silva. Mais il ne faudrait pas que ça leur donne des idées de grandeur. Ni aux assiégés, ni surtout aux esclaves. Méfions-nous des esclaves. Il ne faudrait pas qu'ils nous prennent pour des Égyptiens - et moi pour le pharaon.

Djanu revoit ce soir-là. En rentrant avec du sang collé aux doigts, il n'avait fait aucun bruit. Dans l'embrasure de la porte, Musa se tenait immobile. Elle chuchotait, voulait voir ses mains blessées à la lueur de la lampe, lui proposait à manger, à boire. Le bruit attira Roxanne. *Tu t'es battu ?* Pour en savoir plus, elle parle d'exploit, et lui il se met à raconter ; des bribes. À mesure qu'il parle, il voit dans l'esprit de Roxanne les idées qui s'empilent. Elle comprend que les faits sont graves ; décrète que l'argent ne suffira pas à acheter les témoins.

— Les gens sont bêtes, ils finissent toujours par changer d'avis, et il faut les faire taire quand même.

Roxanne sourit dans son châle nocturne. Pour les témoins de cette nuit, elle a choisi la mort. Que des avantages. Ses yeux réveillés disent : laisse-moi faire.

Je n'aurais pas dû lui raconter, pense Djanu. L'Égyptienne est en grand danger. J'aurais dû garder tout ça pour la solitude, et mon action souveraine. Je suis souverain désormais. Il faut que je voie Vorenus sans tarder, qu'il ne se mêle pas d'agir sur ordre de Roxanne, de faire place nette ou que sais-je. Djanu s'imagine déjà qui dit au soldat : *Oui, la voisine était là ce soir-là, mais tu n'y touches pas, elle n'a rien à voir avec le légionnaire mort. Ça me concerne.*

Les mots d'Isis lui reviennent dans le désordre. *J'aurai besoin de toi.* Mais tu ne crois pas si bien dire, pense Djanu alors que les voix lui parviennent de loin – dans la tente de commandement, ça s'échauffe autour de la table où trône la maquette du siège. Sans moi, c'en est fini de toi. J'ai ta vie entre mes mains, intelligente petite putain juive. Je ne veux pas de tes tours ni de tes serments, ni de ton sexe aux délices. Moi, c'est ta vie qui me concerne. J'ai tué pour toi et j'ai bien senti ce que ça t'a fait. Cette nuit-là, mais aussi hier dans ma chambre alors que tu voulais le cacher. Tu disais : *je t'offrirai un secret* mais c'est ton ventre qui parlait, et il disait : *offre-moi. Donne-moi quelque chose de toi.*

Djanu a trop chaud.

— Ce qu'il nous faut, déclare le préfet avec un air supérieur, c'est des esclaves pas du tout juifs. Mais qu'on ferait passer pour juifs. Comme ça ils travailleraient même le jour du sabbat, on gagnerait du temps.

— Mais alors les assiégés pourraient les cribler de flèches, dit le jeune tribun. Ils diraient : ce sont de mauvais Juifs, tirons.

— Est-ce qu'ils ont le droit de tirer ? demande Silva. Ce jour-là ?

Personne ne sait. Silva soupire. Trop de monde dans cette tente. À présent le tribun s'est mis à expliquer très doctement que lors du siège de Jotapata, les prêtres juifs avaient assuré aux fidèles que s'ils ne touchaient pas la flèche, ça allait. Il n'était pas vraiment impur de tirer.

— Ils prennent les flèches avec des gants ? demande le préfet.

— Oui, répond le tribun. Quelque chose comme ça.

Silva ferme les yeux. Depuis son coin, Djanu constate que le légat va se trouver mal. Lui autrefois beau, et brun, et droit, si à l'aise quand il parcourait les rues de Césarée avec sa mère, le voici adipeux, et avachi.

— Ce qu'il nous faut, c'est un véritable expert, déclare Silva.

— Absolument, renchérit le jeune tribun. Je viens de le dire.

— Mais pas comme celui qui disait oui à tout, poursuit le légat. Pas comme celui qui avait peur de déplaire - et qui ne servait à rien.

— Celui qu'on a crucifié ? demande le tribun.

— Non, l'autre.

— Moi j'ai l'homme qu'il vous faut.

Tous les regards se tournent vers Djanu. Dans le silence, sa phrase reste en suspens. Djanu est étonné - la tête ailleurs, il a parlé sans réfléchir, pour remplir.

Une heure plus tard, et en quelques phrases, le poète met tout le monde d'accord. Il a fallu le convaincre d'entrer dans le camp - il a surtout compris que, désigné, il n'avait plus le choix. En peu de mots, il prouve son expertise au-delà des espérances. Ce n'est pas la flèche à proprement parler qui donne la mort, dans l'esprit aiguisé des sages juifs. Pas la flèche, mais l'extrémité en métal. Et dans le cas précis d'un siège, les combattants reprennent les flèches qu'on a tirées sur eux, voyez-vous, et ça c'est permis ; ils peuvent s'en servir : puisqu'ils n'ont pas manufacturé le métal eux-mêmes, ils n'ont pas brisé le sabbat.

Le regard triomphal de Silva dit : voilà. Regardez mon futur fils. Il a pensé au conteur qui sait tout. Voyez.

Il fait soudain moins chaud. Ce soir, un peu d'air circulera. Silva s'assied et détaille la mise du poète. Il ressemble à la fois à un vieux berger sans le sou et à une sorte de notable, d'érudit. Quel que soit le bout par où on le prenne, se dit Silva, ce pays fuit.

CHAPITRE 15

— Arrête de bouger, tu m'énerves.

Comme chaque soir, les filles sont assises les unes contre les autres et forment un cercle. Les filles, et aussi Ariel, mais lui ne fait rien. Il est trop petit, il n'a pas la patience. Zia épouille Ariel, Hagar épouille Zia, et Hannah épouille Hagar. Ensuite on change l'ordre, que tout le monde y trouve son compte. Parce que la plus douée, c'est Zia. Elle les débusque là où ils se cachent, derrière les oreilles, même les plus jeunes qui sont presque transparents. Elle les attire avec des paroles – viens mon trésor, viens voir maman. Puis on entend le petit bruit mouillé quand elle les fait éclater ongle contre ongle. Viens mon bébé ; viens mon dodu, mon préféré, viens.

Chaque matin les femmes inspectent les crânes des enfants. La pire, c'est Esther. Celle qui leur sert de mère, à Hagar et à son frère. L'épouse de leur père, devrait-on dire. Hagar lui dénie le nom de mère, le rôle de mère. Une mère, le corps d'Hagar a oublié ce que c'était – mais son esprit sait que ce n'est pas ça. Chaque jour de sa vie de femme, elle se souviendra d'Esther et fera tout le contraire avec ses propres enfants.

Esther est aimée de tous. C'est une femme exemplaire, qui fait tout parfaitement. Debout la première. Toujours impeccable, le visage impassible au milieu de son voile triste. Seules dépassent ses longues mains pleines d'os qui sont toujours travailleuses. Jamais elle ne rit en montrant ses dents. Quand elle est très gaie, sa bouche se plisse et s'allonge. Mais elle n'est jamais gaie bien longtemps, parce qu'elle pense que la gaieté éloigne de Lui. Hagar sait bien qu'elle ne pense jamais à Lui. Elle ne pense qu'à elle. La longue figure qu'elle arbore ce n'est pas pour Dieu, c'est pour dire à tous : voyez comme je fais partie des méritants.

Un jour il faudra se débarrasser de cette femme. Hagar attend. Ce jour viendra comme les autres. Pour l'instant on s'épouille en silence et on guette les petits impacts mouillés des poux qui meurent.

La pièce d'à côté servait d'écurie il y a longtemps, mais on a mis les mangeoires à la porte, et maintenant c'est là que se rassemblent les hommes pour discuter, et pour prier. C'est pour ça qu'on vient discrètement se chercher les poux ici : pour la distraction que donnent les voix, et pour que les pères nous aperçoivent en sortant. Les filles entendent ce qui se dit à côté, et aujourd'hui comme à chaque fois on comprend au ton que l'heure est grave.

Les mots qu'on emploie ne sont pas faits pour les enfants. Hagar écoute quand même ; elle sait qu'Hannah écoute aussi, et elle, elle comprend. Demain elle leur dira ce qu'elle déduit, en quelques phrases. Ainsi va le monde. Les hommes parlent, courroucés, les femmes attendent et travaillent. Puis elles doivent déduire ce qu'ont dit les hommes. Puis elles travaillent encore, s'occupent du manger et des enfants. Et enfin, avant que la journée ne s'achève, elles peuvent poser une ou deux questions l'air de rien, qui fermenteront pendant la nuit et corrigeront les décisions des hommes.

C'est Nathaniel qui parle. Hagar aime sa voix. Lui et son père sont cousins, ils étaient même amis autrefois. À présent ils ne se supportent plus. Plus personne n'aime personne, depuis qu'on a fermé les portes. Nathaniel est grand. Il est patient. À le voir marcher on pourrait le prendre pour un simple paysan. Mais quelque chose dans sa douceur raconte qu'il a tué beaucoup d'hommes. Hagar a mis du temps à comprendre ce qui la rassure chez lui : son calme cache un tourment qu'il a maîtrisé en menant ses compagnons au combat.

Il n'était pas soldat avant la guerre. Hagar ne sait pas ce qu'il faisait. Il faudra qu'elle demande à Hannah. Hannah a la chance d'être sa fille. Hagar évite d'y penser, parce qu'elle n'a pas cet homme-là en guise de père, mais Jonathan. Jonathan est rond, un peu dégarni, et il cherche toujours un arrangement. Il est très intelligent, tout le monde le dit, mais c'est pire. Hagar aurait préféré, pour elle et son frère, un père bête et bienveillant.

Derrière le mur, Nathaniel parle de la volonté de Dieu. Au ton de sa voix, Hagar devine qu'il est excédé.

Quelqu'un dans l'assemblée a mis en doute son autorité, Nathaniel doit se justifier. Elle imagine sa présence animale, ses yeux sombres, ses gestes posés, et comment il va les gagner à sa cause. Il dit :

— Vivre est Sa volonté. Nous défendre est Sa volonté.

Quelqu'un répond :

— Non, Sa volonté est que nous soyons prêts pour le jour dernier. Que nous soyons purs et préparés.

Hagar n'arrive pas à trancher. Elle aimerait être pure, tant qu'à faire. Mais elle aimerait vivre – vivre lui semble une bonne idée, surtout avec les accents que ça prend dans la voix de Nathaniel.

Elle revoit ce jour où il est passé les voir. Quand Nathaniel se penche vers toi, tu te sens quelqu'un de très important. Derrière sa barbe, il cache un visage d'enfant. Il a le sourire aux lèvres par-dessous les poils, Hagar le sait parce que le sourire remonte dans ses yeux. Quand il rit, on voit la blancheur de ses dents.

Avec Courageux, leur âne, ils étaient sur la grande étendue herbeuse à remplir d'eau les petits abreuvoirs du troupeau, des bassins disséminés qui servent aussi de réserve pour les potagers. Elle avait aperçu Nathaniel de loin, il marchait en compagnie de lui-même. Il ne reste jamais en place. Et quand il lui arrive de croiser le petit groupe, il leur dit toujours qu'ils travaillent bien. Hagar l'appelle « Oncle », ça date du temps où tout le monde se connaissait ; et quand elle dit « Oncle » ça lui fait un bien très profond – car à l'instant même surgit l'image de sa mère.

Nathaniel marchait, Hagar espérait qu'il passe avant le dernier abreuvoir, là-bas. Et le voici. Il les regarde sans faire de commentaire. Puis il a un geste amical vers l'âne, il lui dit quelque chose comme un encouragement à l'oreille ; Hagar entend dans le murmure que Nathaniel a retenu le nom de Courageux, ça fait chaud au cœur.

— Vous travaillez mieux que les garçons, dit Nathaniel comme une confidence. Mais il ne faut pas leur dire : en plus d'être lents, ils sont orgueilleux.

— Hé, je suis un garçon, moi, dit Ariel.

— Tiens, un garçon, répond Nathaniel en se retournant. C'est vrai, tu es un garçon. À quoi ça te sert d'être un garçon ?

Ariel réfléchit en gardant la tête penchée vers l'avant comme un petit bouc.

— Je défends ma sœur.

Nathaniel sourit.

— C'est bien. Tu as tout compris.

— Et un jour je serai comme toi.

Alors qu'il regarde Ariel avec attention, quelque chose traverse Nathaniel.

— Tu crois ? Je ne sais pas.

Tout en rattachant l'amphore à l'armature de bois qui épouse le dos de Courageux, Hagar se dit : je le crois. Moi, je le crois. Elle n'aimerait pas que son frère se mette à ressembler à son père. Mais ça n'arrivera pas, heureusement, ils seront tous morts avant. C'est interdit de le dire, et même de le penser, mais ils vont tous mourir bientôt, « sous le glaive ». Sous le glaive, ça veut dire que les légionnaires vont entrer dans la forteresse, d'abord un puis deux, puis cent, puis mille.

On se battra. Des légionnaires mourront. Mais à la fin, les Romains les tueront tous. Alors, tous les possibles seront là. Ariel ressemblera à Nathaniel si ça lui chante – il n'aura plus ni futur ni passé.

Nathaniel et Jonathan ont été enfants dans la même rue de la même ville il y a longtemps. Ils font partie des Neuf, comme on les appelle. Les conseillers d'Éléazar, leur chef qu'on ne voit presque jamais. Ils prennent beaucoup de décisions mais se disputent sans arrêt. Nathaniel veut faire croire à tout le monde qu'une victoire est encore possible. Hagar sait bien qu'il a tort. Hannah, sa propre fille, le sait aussi. Elle dit que convaincre les autres, c'est le moyen qu'il a trouvé pour se le faire croire à lui-même.

Hagar aimerait mieux être la fille de Nathaniel : elle n'a pas honte de cette idée. Elle s'en sert même pour défier son père en pensée. Son père, toujours poli, toujours gentil, mais de cette gentillesse absente qui veut dire : j'ai mieux à faire. Son père qui veut toujours satisfaire tout le monde, avec l'espoir d'être indispensable à chacun. Derrière cette façade se cache un être froid, dur, ambitieux, qu'Hagar peut contempler quand il lui adresse son petit signe de la main. Il passe et fait un signe qui dit : tu travailles, c'est bien, tu appartiens à un groupe et moi à un autre ; chacun son chemin.

Avec Esther ils forment un couple parfait – bien que stérile. Elle, pieuse parce que laide, méchante jusqu'à la bêtise. Esther veut être un exemple pour tous ; Dieu la méprise, Hagar en est sûre, elle compte sur Lui pour négliger toutes les Esther de la terre. Et lui, son gras mari si intelligent. Hagar aimerait le détester comme elle se permet de détester Esther, mais elle ne peut s'empêcher de sentir ce pincement au cœur qui lui enlève toute force chaque fois qu'il passe. Chaque fois qu'il passe, elle espère un autre geste, plus appuyé, une parole. Alors, elle le regarderait comme elle regarde Nathaniel et tout serait bien. Il suffirait d'un rien.

En attendant, elle se console en s'imaginant fille de Nathaniel. Ou même de Benjamin. Benjamin lui aussi est un cousin. Il est jeune et blond ; il a toujours le sourire aux lèvres, mais son sourire ne s'entend pas bien avec son regard illuminé. C'est lui qui répète qu'il veut « être prêt » ; il parle de la Jérusalem qui n'est plus, il dit : *tant mieux*, ce qui fait se lever certains hommes qui crient au blasphème. Benjamin les calme avec une autre Jérusalem, la Jérusalem céleste – Hannah lui a expliqué que c'était une ville dans le ciel qui descendrait un jour à la rencontre de la Terre pour emporter à l'intérieur de ses murailles les justes parmi les hommes.

Et précisément, de l'autre côté du mur, c'est sa voix. Hagar s'est levée, le petit groupe des chercheuses de poux se reforme sans elle. Elle marche jusqu'au trou dans le mur et regarde. Benjamin est face à Nathaniel au milieu de la pièce. Dans un geste solennel et faux, il lui met la main sur l'épaule. Silence. Gêne. Chacun craint que la fureur de Nathaniel déborde, sous une forme inconnue.

— Tu ne sens rien, Nathaniel ? Alors peut-être que nos ennemis ont gagné une bataille de plus. Mais ils ne gagneront pas la dernière. Ce n'est pas une bataille qu'on remporte en combattant.

Nathaniel le regarde sans comprendre.

— Encore des paraboles ? Dis ce que tu as à dire.

Benjamin soupire.

— Pourquoi je parle de tout ça avec toi ?

Il fait quelques pas dans la pièce et pose la main contre le mur.

— Je sais qu'Il est là.

« Je sais qu'Il est là. » Avec ces mots, Hagar rejoint les autres et s'agenouille derrière Hannah. Elle pense à Courageux. Avec lui, tout à l'heure, ils étaient de corvée d'eau et ils sont descendus tous les quatre aux citernes. Hagar aime aller aux citernes avec l'âne. C'est elle qui lui a trouvé ce nom. Courageux est romain. Les gens de Massada l'ont recueilli il y a des années, alors qu'on l'avait laissé pour mort sur la route d'Ein Gedi. Il porte encore sa marque à l'arrière de la cuisse, de drôles de lettres romaines qui sont aussi des chiffres, à ce qu'on dit. Parfois Hagar les frôle et sent leur relief dans la peau à travers les poils.

On l'a soigné ; il avait de la gale partout, de grandes plaies vives à la place des poils – les Romains ne savent pas soigner la gale des ânes. Ils les usent et les épuisent et puis les abandonnent. La grande force de Courageux, c'est qu'il ne sait pas qu'il a été romain. Il ne sait pas non plus qu'il est juif. Il est un âne. Il va chercher l'eau sans rechigner à la tâche. C'est un âne très adroit et très malin. Il ne glisse jamais sur les pierres, n'a pas peur du vide et protège ses amis. Quand le chemin devient très étroit, il se place comme un remblai tout au bord du gouffre, et il attend que les enfants soient passés du côté de la paroi en frôlant son corps chaud. Puis il les suit, rassuré. L'autre jour pour la remontée, on s'est disputées pour une bêtise, et puis on n'a plus vu l'âne. Quand on l'a retrouvé, il avait parcouru toute la route seul ; y compris la porte, y compris les escaliers. Il attendait à côté de la réserve, la petite réserve du haut où on entrepose l'eau des prochains jours. Oui, il attendait sagement qu'on le décharge du poids des amphores pleines, juste à côté du puits, car il sait tout ce qu'on attend de lui. On a raconté l'histoire à Esther, mais elle n'a rien compris. Elle a dit qu'il ne fallait pas laisser seul un âne.

*

Le soir. Hagar va s'endormir tout contre son frère dans la petite pièce où elle leur a fait un nid avec les affaires de leur ancienne vie. Elle repense à ce qu'elle a entendu, et ça crée des images en elle. Elle dit à son frère qu'elle y croit. Ce qu'a dit Benjamin, elle y croit tout à fait. Il va se passer quelque chose. La victoire. La délivrance.

Parce qu'il n'y a pas que lui, il n'y a pas que Dieu. Il y a aussi l'autre : son fils. Hagar chuchote tout près de l'oreille de son frère presque endormi. Il va venir, c'est sûr. Il va descendre du ciel et au pire il les emportera avec lui, elle et lui. Ils retrouveront leur mère. Ou alors il descendra en guerrier de feu.

— Il descendra du ciel comme un oiseau ? demande Ariel.

— Non, répond Hagar. Comme un homme.

— Les hommes ne savent pas voler.

— Lui, si.

Hagar réfléchit.

— Et s'il ne nous emporte pas, c'est qu'il a décidé autre chose.

— Quoi ?

— S'il descend en armure, alors ça ira aussi. Il a un char d'or.

— Et une épée ?

— Non, il n'a pas d'épée. Il tend la main et cela suffit à disperser ses ennemis.

— Ah.

Ariel se retourne et regarde le plafond pour mieux imaginer.

— Ils prennent feu, poursuit sa sœur. D'abord leurs cheveux, puis le reste.

— Il va chasser les Romains ?

— Pas seulement les Romains. Les menteurs, les voleurs. Eux tous.

— Ceux qui font du mal aux ânes…

— Aussi. Ceux qui font du mal aux ânes, il les frappera.

Hagar aussi s'est mise sur le dos. Les mots murmurés résonnent dans la pièce.

— Tous ceux qui font du mal, ils paieront. Ceux qui font du mal aux ânes, et aux chiens, et…

— Et aux enfants.

— Oui. Les faibles, il les protège. C'est ce que disait maman. Il viendra.

Silence dans la chambre.

— Allez, dors maintenant.

Hagar est toute aux images qui planent au-dessus d'eux. Elle sent venir le sommeil, mais Ariel dit quelque chose de sa voix endormie.

— Et s'il nous prend pour des méchants avec tout le tumulte ?

— Le quoi ?

— Le tumulte.

— T'en connais des mots, toi. T'as quel âge ?

Ariel ne répond pas. Il veut savoir.

— Hein, s'il nous prend pour des méchants ?

— Ça ne se peut pas, je te dis.

Hagar sourit en composant sa phrase, la dernière d'une longue journée.

— Lui, il voit à travers les gens.

CHAPITRE 16

Isis se réveille toutes les nuits dans un corps en souffrance. Ses poumons sont trop petits, l'air pas assez riche, il lui en faudrait plus, beaucoup plus, pour trouver un début de rémission. Sa nuque raide tiraille dans tout son crâne, jusque derrière ses yeux. Mais c'est sa conscience qui, nuit après nuit, ravive le feu. Des questions sans réponse l'attendent dans le noir. Est-ce qu'elle est folle ? Est-ce que tout cela a fait d'elle une femme usée jusqu'à la corde, désormais incapable d'un apaisement vrai – sans parler de ce qui ressemblait autrefois au bonheur ?

Jonathan l'a répudiée et laissée pour morte. C'est ce fait qui constitue le pilier de l'édifice. Et plus elle lui dénie le droit de régenter sa vie, plus le pilier grossit. Laissée pour morte. Des mots. Il l'a répudiée, battue, il a quitté les lieux avec les enfants après l'avoir enfermée inconsciente dans le cellier, à se faire dévorer par les rats. Oui, ces moments la définissent désormais ; cette vérité qu'on pourrait raconter autrement. Parfois elle adopte son point de vue à lui pour minimiser tout ce qui s'est passé. Minimiser, c'est donner plus de chances à l'avenir, une guérison, un nouveau départ, une vie.

Tsérèt a abjuré. Tsérèt, c'était son nom. Dans l'intimité de son âme et de son rapport à Dieu, elle a fait preuve de faiblesse. Une porte s'est entrouverte où le doute a coulé comme une eau invisible. Elle a laissé la fondation de sa vie s'imbiber d'une humidité grandissante, perverse. Elle aurait dû s'en ouvrir à son mari ou à son père, mais elle a préféré se bercer d'illusions et d'orgueil. Des fadaises. Des contes pour bonne femme. Des propos bons à exciter les foules, conçus par des agitateurs à deux sous.

Elle a trahi. Dieu, qui lui donnait tout. Elle a trahi sa communauté ; sa famille ; et le pacte fondateur qui la reliait à la vie. Elle a tout abandonné pour des chimères, et s'est réveillée un jour transformée, idiote, subjuguée par des sentiments nouveaux au fond de son cœur. Satan lui a parlé à l'oreille – sans doute qu'elle possédait depuis toute petite une fêlure presque indécelable, un défaut qu'elle n'a pas réussi à réparer. L'amour. C'est l'amour qu'elle a laissé grandir en elle – pas un amour sain et sincère, celui qui se teinte d'humilité, mais l'amour débordant qui fait peur, qui n'est plus de l'amour vrai comme l'Éternel nous en offre à satiété, mais l'amour prétentieux des hommes. Cette voie-là, c'est celle prêchée par les faux prophètes. Des démons qui prennent l'apparence de la sagesse et de la foi, détournent les phrases des prêtres à leur profit, mettent en scène de petits miracles de village, font croire à une autre vie.

Celui qu'elle a rencontré s'appelle Éphraïm. C'est un vague suiveur de Jésus le Galiléen, cet illuminé qui campait hors les murs, singeait le prophète Élie, et qui a fini liquidé par les Romains. Ce Jésus allait sur les routes de communauté en communauté et profitait du malheur des gens pour se faire payer à manger. Il leur racontait ce qu'ils voulaient entendre, leur disait des contes où chacun projetait son propre petit malheur, ses rêves étriqués, ses faiblesses.

Une femme pieuse. Une femme parfaitement au fait de la Loi. Issue d'un bon milieu où la prière et la vérité lui ont été inculquées dès le plus jeune âge, par d'autres femmes dévouées, pures… Souvent, c'est en utilisant les enfants que procèdent les charlatans. Ils parlent d'avenir, de lumière, de renouveau, dessinent des villages de conte où personne n'aurait faim, où les riches ne voudraient pas le rester. Là régnerait un printemps éternel, les travaux des champs se feraient tout seuls, les artisans se prêteraient leurs outils. Là, les filles et les fils grandiraient main dans la main.

En vérité, ils confisquent à leur profit la parole de Dieu. Ils montrent Ses bienfaits comme s'ils étaient leur création personnelle. Ces pervers s'adressent aux femmes, et à leur faiblesse congénitale, à ce doute mal étouffé qui leur fait croire en leurs qualités spécifiques, et en celles de leurs filles. Ils s'adressent à elles non comme à des mères pieuses, mais à des volontés indépendantes, des entités pensant par elles-mêmes – perdues pour Dieu : orgueil, orgueil, orgueil.

Tsérèt a cru. Lentement. Elle s'est mise à rêver à ce Jésus mort il y a longtemps, tel que le racontait

Éphraïm. D'abord, elle a parlé d'amour. De partage et de renouveau. De la fin de la guerre. Ensuite, il a fallu qu'elle se mêle de politique et qu'elle critique les prêtres. Puis ce fut le tour des autorités. Plus personne en ville ne trouvait grâce à ses yeux. Elle était devenue l'une de ces harpies prétentieuses qui prétendent avoir droit à des jours meilleurs – et qui les attendent de pied ferme, et de leur vivant.

Bientôt, sa voix ne se contente plus de commenter la vie quotidienne, mais se teinte des vrais préceptes de la vraie Loi. Et là le divorce éclate. Jonathan ne reconnaît plus celle qu'il a épousée, un grand dégoût est tout ce qu'il éprouve désormais. Tsérèt est mise à nu, elle et les sentiments obscènes qui l'habitent. Jonathan a l'impression de vivre à côté d'un succube, une créature de la nuit imbibée de tout ce qui tente et qui compromet.

Chaque nouvelle journée est une épreuve, au milieu des enfants qui sont petits et qui ne comprennent pas. Parler, parler, alors qu'il faut se taire. Elle fait preuve d'une fierté insolente, utilise des mots interdits, étale des rêves impies, rompt le pacte. On discute des jours entiers, mais le ver est dans le fruit. On prévient ; on fait intervenir la famille, l'entourage, on exhorte. Et puis il faut à contrecœur trancher dans la chair, sauver les enfants de leur mère affreuse, malade, aveugle. Leur mère enfiévrée et compromise.

Il aurait dû obtenir un jugement et la faire lapider. C'est la loi. Mais il a été faible, et puis c'était le chaos.

La guerre les avait laissés tous à moitié fous – c'était sur ce terreau miraculeux que le venin avait trouvé sa voie jusqu'à la conscience affaiblie de sa femme. Jonathan l'a laissée au cellier comme dans un tombeau, la chair symboliquement mortifiée, en compagnie des pierres et du noir. Peut-être que le cellier la ramènerait à quelque chose de pur qu'elle n'aurait pas dû perdre de vue ; que sa chair meurtrie la réveillerait enfin. Dieu ferait comme bon Lui semble.

Tsérèt s'est réveillée. Elle s'est relevée. Le noir et le froid lui tendaient les bras. L'absence, la perte, la honte préparaient le chemin pour l'oubli. Mais en ouvrant les yeux elle n'a pas ressenti seulement le mal dans son corps. Un unique rayon de lumière passait sous la porte. Elle a entendu la voix. Très distinctement au-dessus d'elle, la voix a dit : JE SUIS TON ROI. La voix utilisait le permansif : « Aujourd'hui et pour toujours, je suis ton roi. » Ce n'est pas la voix qui lui a donné la force de se relever, ni le sens des paroles : c'est celle à qui la voix s'adressait. Une femme. Une personne vivante, consciente. Elle a vu cette femme, et en elle existait le droit de se lever, la nécessité. Elle s'est mise à genoux, elle a craché des caillots de sang. En elle s'imprimait comme une liste semi-consciente, celle des actions qui l'attendaient.

Depuis des mois, elle se nourrit de l'énergie qu'elle a trouvée ce jour-là dans le filet de lumière. Elle concentre en elle la volonté, convoque la certitude, efface le manque, encore et encore. Mais toutes les nuits, le doute lui revient et lui donne mal aux côtes, la prive d'air, vrille son crâne et grignote sa résolution. Elle ne peut s'en empêcher : son éducation revient sournoisement et il faut qu'elle se raconte l'histoire en se donnant le mauvais rôle.

Quand vient le petit jour, ça la quitte enfin. Elle peut de nouveau revendiquer. En fait, elle est redevenue humble comme le désirait Jonathan. Mais pas de cette humilité soumise qu'on leur impose : plutôt concentrée. Elle ne désire plus qu'une seule chose : redevenir elle-même pleinement, pour un instant. Pleinement, c'est-à-dire avec eux – les deux êtres qui lui furent enlevés cette nuit-là, la nuit de la séparation, cet instant où on lui a fait descendre les cinq marches froides en la traînant par les cheveux, où on lui a pris ses membres et son air, la laissant atrophiée, amputée.

Chaque matin, désormais, à son réveil, la voix est là en elle, et les tourments de la nuit perdent leur chair. Elle va puiser dans le jour, dans les sons, la lumière, et les autres hommes, sa force à lui. Il se disait proche de Dieu, suiveur, rénovateur, refondateur, simplement fils. Elle se nourrit de sa certitude et de sa chaleur pour dire qu'elle existe. Qu'elle a droit à la vie comme toute créature. Elle est sortie du cellier après trois jours, avec une grande soif, une seule soif : retrouver ses enfants. Leur dire qu'elle n'est pas morte, d'ailleurs la voici. Elle ne les a pas abandonnés, jamais. Elle était avec eux, chaque heure de chaque jour, sur la route qui la mènerait jusqu'à eux.

Oui, se dit Isis derrière ses paupières alors que la lumière apparaît enfin à l'est. Tu es Tsérèt. Tu es vivante, agissante. Tu les retrouveras, tu verras. Ta présence effacera tous les doutes. Tu es celle qui est sortie du tombeau.

CHAPITRE 17

Ti Ritus est amoureux. Ça fait trois fois qu'il raconte. Ça s'est passé au camp des esclaves juifs, où Djanu lui a trouvé un travail officiel dans l'approvisionnement. Un vieil édenté s'approche, et lui serre l'épaule jusqu'à faire mal. Ritus a envie d'appeler un garde, mais le vieux veut lui offrir quelque chose, et c'est « la dernière merveille d'Israël ». Est-ce qu'il en a entendu parler ? demande le vieillard. Ritus s'attendait à ce qu'on lui propose une misérable pièce de bronze chiée d'un anus meurtri, et on lui parle d'un véritable trésor, sous la forme d'une énigme.

L'horrible bonhomme attrape par les épaules une silhouette cachée sous un châle miteux. C'est une petite jeune fille même pas pubère. Ti Ritus va s'encourir, mais voilà qu'elle plonge ses yeux brillants au fond de son âme. Et ce sourire. Ce sourire intelligent qui le juge sans honte au milieu du camp, des mouches et des gencives noires des femmes. Ce mince sourire lui a vrillé le cœur – Ti Ritus montre en se frappant la poitrine.

Ensuite, Ritus a été appelé pour surveiller le service de la soupe, et il l'a perdue de vue. Mais il ne pense plus qu'à lui sauver la vie. Plus de rampe à construire, plus de pierres à ramasser, plus de soif, plus de panier, ni de légionnaires qui t'enculent le soir venu.

Alors il va retourner au camp, seul, une de ces nuits. Il va la racheter au centurion responsable, après avoir dérobé les pièces nécessaires. Voilà, c'est tout. T'as pas besoin de me croire, Djanu. Elle sera libre, c'est ce qui compte. Elle sera libre grâce à moi.

CHAPITRE 18

Djanu vient ce soir. Isis n'arrive pas à savoir. Est-ce qu'elle va tout miser sur lui ?

Son âme a décidé. Mais sa raison n'est pas encore d'accord. Sa raison lui dit : il a tué par réflexe. Lui aussi était en danger, et il a tué. Il t'a suivie. Curiosité et consommation gouvernent sa vie ; comme les autres.

C'est un gamin. C'est un enfant. Un prétentieux. Un insolent. Ne va pas croire. C'est la peur qui te domine. L'attendrissement aussi. La peur qu'il te trahisse – mouillée dans un meurtre de légionnaire romain, donc de citoyen, c'en serait fait de ta petite vie. Crucifiée pour l'exemple. Lui est intouchable, évidemment.

Une autre voix murmure à l'oreille d'Isis : Il ne l'a pas fait. Il n'a pas trahi ton secret. Il a tué pour toi. Il vient ce soir.

Il t'a défendue cette nuit-là près du chemin de ronde. Le soldat t'aurait violée longuement avant de te trancher la gorge. Mais il a déboulé avec son caillou et ne s'est arrêté que lorsque l'homme n'avait plus la moindre trace de tête.

Depuis, Isis le voit bien, il espère confusément une intimité. Est-ce qu'il vient pour elle, ou pour l'Égypte ?

Les hommes lui parlent d'Horus ; contre leurs belles drachmes d'argent ils espèrent être aveuglés par ses rayons, propulsés dans cette dimension de plaisir à laquelle tous n'ont pas accès. L'Égypte une fois conquise, les gradés pensent soumettre tous les peuples et faire jouir toutes les femmes.

Mais lui ? Est-ce qu'il cherche ? Est-ce qu'il possède une âme sincère ? Isis le pense mais elle n'a plus toute sa tête. Dans son ancienne vie elle croyait à la pureté de l'âme. Elle pensait qu'on avance sur un chemin difficile où doit travailler l'esprit. Jacob seul face à Dieu toute la nuit : c'est l'image qui s'impose. Elle se voit comme Jacob, pas juste pour une nuit : pour toutes les nuits. Jacob sort vainqueur de son combat avec l'ange et il reçoit le nom d'Israël.

Ce combat contre Dieu, contre soi-même, Isis le livre nuit après nuit. Elle est devenue ce combat. Mais elle s'épuise. Est-ce lui ? Un enfant de Rome, imbu et imberbe, pour lui permettre d'achever sa quête ? Isis sourit.

Elle saura ce soir. Ce soir, elle saura. Elle a choisi l'amour des corps parce que c'est son ange à elle. Elle est devenue en six mois tout ce que Jonathan abhorrait. Prêtresse et Égyptienne. Elle s'est vengée de lui, s'est faite créature charnelle, pour mieux oublier son ancienne vie et se punir de celle-ci. Tout ce qu'il l'accusait d'être, elle l'est devenue : les femmes ne saisissent pas la hache pour chercher Dieu dans la nuit. Elles filent et nettoient et prient humblement entre leurs lèvres. Mais pas elle.

Blessé, Jacob enserre l'ange ; il enserre son Dieu et combat sans lâcher à travers la nuit. Le jour se lève, l'ange dit : lâche-moi. Jacob ne lâche pas. L'ange lui donne le nom d'Israël, qui veut dire « Fort contre Dieu ». La vie est un combat, pense Isis. Dieu revient chaque nuit.

CHAPITRE 19

Quand elle vient, Silva fait ouvrir le sommet de la tente, et ils mangent sous les étoiles. Les serviteurs disparaissent ; on laisse la vaisselle sur une table basse. Roxanne parle.

Elle prétend qu'elle raconte mal. Qu'il lui faut les mots des autres. Le jeu consiste à dire des poèmes, mais sous la tente, la nuit, tous les poèmes ne semblent parler que d'elle et de lui.

Silva adore ceux qu'il sait par cœur. Les odes d'Horace le rassurent, avec leur clairvoyance, et les syllabes serrées qui tombent toujours juste. À présent, c'est une prière à Artémis. Je la connais depuis toute petite, a dit Roxanne. Elle l'a apprise hier après-midi.

Il est question des bois noirs de Thessalie, où vit une femme d'allure guerrière. La lune est sa grande amie, et elle chasse. Ça manque de lumière sous les frondaisons, juste des reflets bleus sur les contours, elle apporte sa propre clarté avec ses flèches de lumière lunaire – la déesse est à la fois chasseresse et lune, arme, gibier, course et clairière. Mais voilà qu'elle tombe sur un très beau chasseur mâle, certes un peu moins rapide, certes un peu moins divin.

Silva a fermé les yeux. Il faudra qu'il demande à Roxanne pourquoi c'est toujours la même histoire. Exactement la même histoire. Les hommes se rêvent dieux, les dieux se rêvent hommes. Tout n'est que tentations, accouplements entre dieux et mortels. Pour cet orgueil qui prend la forme d'un état hybride, les hommes paient. Les dieux pendant ce temps cèdent à leurs petites passions, se disputent, se vengent. Des trucs d'hommes, au fond. Eux aussi, ils paient. Le principe est le même : la conquête de l'autre nature, celle qui se dérobe.

Dans la bouche de Roxanne, des prêtres et des prêtresses vivent chastement dans la forêt maudite et attendent Artémis pour la vénérer. Ils parlent avec un grand cerf très fier et semblent ignorer que c'est elle. Silva se verse un peu de vin de palme, une larme aussi pour Roxanne. Ils ont dégusté un agneau cuit sous la cendre, puis un gratin de pêches au miel. Les fruits sont restés juteux et frais malgré le four.

Cette tente est son lieu secret. Silva l'a remplie de statues à taille humaine. C'est son point faible : les doubles parfaits. Ni trop grands, ni trop petits : ceux qui nous ressemblent. Des dépôts se remplissent pour lui en plusieurs lieux de Judée. Les plus beaux spécimens. Humains, divins, il ne fait pas de différence. Son préféré à ce jour est cette statue-ci. Nyx. C'est la Nuit. La créature de bronze, alanguie, écoute elle aussi Roxanne. Ni mâle ni femelle, elle rêve et caresse un songe qui a pris l'apparence d'elle-même, en plus petit. Les deux jeunes gens en miroir, flanc à flanc, gardent les yeux clos, mais un demi-sourire laisse deviner leur rêve.

Roxanne a fini. Elle regarde son légat. Le silence dans la tente est chargé des odeurs des forêts. Ce soir, il ne sera pas question d'adoption, ni de carrière, ni de Rome. Il sera question d'elle, et de lui. Le reste suivra.

Ce soir, elle est Artémis. Elle chasse sous la lune en solitaire. Délaissée, pour un temps, cette Aphrodite qui lui ressemble trop. Aphrodite rassure, Artémis grandit. Il faut savoir se plaire aux clairières.

CHAPITRE 20

— Donc, Osiris est pharaon.

Djanu raconte. Lui et Ritus ont rejoint leur faille secrète dans la roche.

— Son frère veut sa place, poursuit Djanu. Son frère Seth.

— Le dieu du mal, complète Ritus.

— C'est ça. Il lui offre un sarcophage pour son anniversaire et Osiris s'y couche.

— Un sarcophage ?

— C'est un piège. Seth referme le sarcophage, l'envoie dans le Nil, ça flotte jusqu'à la mer, on le perd. Mais sa femme le cherche.

— Isis.

— Oui. Pour mieux voir, elle prend la forme d'un petit rapace femelle. Elle parcourt toute l'Égypte, toute la mer, elle le retrouve dans un marais. Mais Seth l'a suivie.

— Il fallait voler plus haut.

Djanu lève les yeux au ciel.

— Tu écoutes ? Osiris n'est pas mort. Seth sort son épée et coupe son frère en vingt-quatre morceaux.

Ritus réfléchit.

— Pourquoi vingt-quatre ?

— C'est comme ça. Il enterre les morceaux partout à travers l'Égypte.

— C'est elle qui t'a raconté l'histoire ?

— Bien sûr que c'est elle.

Djanu regarde le ciel entre les pierres loin au-dessus d'eux. Ils sont affalés sur le sable.

— Pendant des années elle cherche. Seth est pharaon. Le pays va mal. Mais elle n'abandonne pas. Un jour Isis sent quelque chose en survolant Abydos. Elle se transforme en très vieille femme pour ne pas se faire remarquer. Elle creuse dans le sable et qu'est-ce qu'elle trouve ?

— Le sexe d'Osiris.

Djanu soupire.

— Non. Elle trouve des bandelettes. Elle ouvre, c'est une tête. La tête se met à parler. Elle lui révèle où sont les vingt-trois autres morceaux.

— Ensuite elle les recolle, dit Ritus. Ça je connais.

— Mais il manque le sexe.

— Alors elle lui en fait un avec un jonc, propose Ritus.

— Un quoi ?

— Un jonc.

— Tu gâches tout avec ton jonc. Elle reprend son apparence de femme. Elle se concentre. Et de ses mains elle lui refait son phallus manquant. Ils s'aiment. Et leur descendance règne sur l'Égypte.

— Ils s'aiment… Ils s'accouplent, tu veux dire. Et Seth ?

— Seth ? Seth est aux enfers. Il règne aux enfers.

Djanu se retourne. Il boit un coup à l'outre placée contre la roche.

— Parfois dans les villages d'Égypte on voit passer une très vieille femme solitaire, et on dit que c'est elle. Encore aujourd'hui. Parfois aussi on l'aperçoit très haut sous la forme d'un petit rapace femelle.

Les deux garçons font deux taches foncées au milieu de la petite plage claire, comme si un orage avait apporté là leurs corps alanguis. Plus tôt, Djanu a raconté la mort du légionnaire. Ti Ritus a dit :

— C'est bon, ça. C'est très bon.

— Quoi ? a demandé Djanu.

— La mort du soldat. Ça te la lie à jamais, l'Égyptienne. Ça rapporte toujours, la mort de quelqu'un. Argent, pouvoir, petits services, petits plaisirs. T'as pas remarqué ça, Osiris ? Elle te construit un sexe avec ses mains, et toi tu crois que c'est pour tes jolis yeux ?

Ritus somnole. Djanu pense. Un jeune homme qui attend de revêtir la toge virile. Jusqu'à hier, c'est ce qu'il était. Djanu trouvait ça fascinant, complet. Aujourd'hui, il guette ce qui fera éclater les limites de cet horizon soudainement minuscule.

Hier, il est allé la voir pour être officiellement initié, mais elle ne lui a construit aucun sexe, elle est restée assise sur ses coussins à lui parler. Elle est bel et bien magicienne, car elle lui a envoyé une vision. Au fur et à mesure que la soirée passait, il s'est comme détaché de lui-même sous l'influence de sa voix, et certainement d'une boisson mystérieuse qu'il a bue sans méfiance.

Tout est grand comme à Babylone. Isis descend à sa rencontre un escalier de pierre qu'encadrent des blocs monumentaux et des arcades jusqu'aux nuages. Elle sourit mais son visage reste impassible ; elle parle mais ses lèvres sont immobiles. Elle vient à lui, pénètre en lui et le traverse ; il sent une chaleur très nette. Il veut lui emboîter le pas, mais elle se faufile dans une grotte étroite. Il devrait la suivre, une solution l'attend, mais il s'arrête. Isis n'est plus là, mais elle est là pourtant. Djanu tend la main, il entend un rire.

Dans le rêve éveillé qu'elle lui donne, le palais laisse la place à une petite plage, un morceau de côte découpée. C'est Kessos. Il reconnaît la crique de Kessos ; il avait plongé du bateau en cédant à un appel impérieux, les autres avaient ri. Souvent il a pensé à la crique de Kessos, et la lui voici rendue. L'eau verte, et comme un monde dessous qui l'attend, roches, algues, coquillages. La décharge de l'eau fraîche qui le prend partout à la fois. Ses vêtements collés alors qu'il arrive à la petite plage en s'agrippant aux rochers. Sur le pont les autres rient mais il ne les entend pas, il les voit seulement. Il rit avec eux et salue. L'avenir est nu et radieux. Depuis cette petite crique, tout sera possible.

Djanu chasse les images de la veille. Il ferme les yeux et joue avec les éclats de lumière qui restent dans ses paupières. Il essaie d'organiser sa pensée, mais des sensations défilent et lui échappent. Il existe une dimension morbide au centre de tout ce qui concerne Isis. Un espoir éteint, un volcan endormi. Oui, quelque chose d'endormi, et de féminin. Le sang colle leurs mains quand elle prend la sienne.

CHAPITRE 21

Isis est furieuse. Elle n'est pas capable de lire en elle-même quelle piste suivre. Ni en elle ni dans les autres. Les heures passent, les chances s'amenuisent, les traces s'effacent. Le temps est une flaque qui s'étend, une flaque d'événements qui lui sont néfastes ; pas seulement là-haut, mais ici, tout autour du camp.

Elle est sortie seule ; que Briséis reste à la maison et fasse le pain, elle n'a pas besoin d'elle. Isis s'est habillée comme l'autre nuit : couleurs sombres, pas de bijoux. Elle a emporté, caché, son couteau dans son fourreau. Elle va lui parler. Elle lui dira : j'ai besoin de toi. Viens. Est-ce qu'il viendra ?

La route sera fréquentée. Arrivés là-bas, ils monteront sur le plateau et elle trouvera les bosquets en fleur ; avec un peu de chance les lieux seront encore clairs à son esprit. Oui, elle trouvera le chemin vers les arbres à baume et les fleurs seront là, un peu en avance, au moins quelques bourgeons. La lame du couteau dessinera son incision très fine. La sève coulera dans les fioles spéciales – elle en a cinq bien emballées dans sa besace de toile. Elle aurait dû prévoir sa petite lame aiguisée – enfin, le grand couteau fera l'affaire, la pointe est acérée comme il faut.

Le voici. Djanu remonte la rue, suivi par son compère et par Vorenus. Il la regarde avec son air tourmenté, le visage trempé par sa jeune sueur. Elle lui dit :

— Tu ne sais pas où je pourrais trouver un âne pour la journée ?

Elle espère qu'il comprend bien ses paroles. Elle s'entend qui dit :

— Je vais à Ein Gedi.

— Tu ne veux pas un cheval, plutôt ?

Il a compris, pense Isis.

— Un cheval ? demande-t-elle. Quel cheval ?

— Je vais chercher un cheval au camp. Je t'accompagne.

Isis regarde Djanu.

— Va pour le cheval…

Elle ajoute :

— Je suis pressée.

À présent Djanu avance sur la route qui monte vers le village d'Ein Gedi. À quelques heures à peine du camp, il y aura de la vraie vie. Des familles, des oliveraies qui profitent de l'eau providentielle, des vergers, des champs. Djanu progresse le long de la mer de sel, avec Isis assise derrière lui. Il a pris un cheval réservé aux officiers en exhibant le sceau du légat. Une immense bête, noire comme la nuit ; tout le monde regarde ce garçon trop jeune pour son cheval et pour la femme derrière lui, qui se cache sous son voile.

Il sent ses mains autour de sa taille. Cette journée n'aurait rien pu devenir d'autre ; c'était écrit. Le soleil s'est levé, il a illuminé les pierres du désert l'une après l'autre. Et tout le monde savait. Le cheval, qu'on viendrait le chercher. Ce chemin savait qu'il serait parcouru. Lui, Djanu, sentait depuis l'aurore que le jour serait faste. À l'entraînement, tous ses coups tombaient juste. Puis Ritus lui a expliqué avec son air douloureux que c'était aujourd'hui qu'il retournait au camp pour acheter la gamine aux yeux clairs, malgré les Romains qui ne veulent pas.

Ça sent le pin. À partir de cet instant, toute sa vie va sentir le pin. Il suffira qu'il imagine la mer salée sur sa droite, la chaleur du cheval entre ses jambes et les mains d'Isis accrochées à sa ceinture. Djanu se souvient des murs qu'il a construits pour rester hors de portée de cette femme. Comme il les haïssait, elle et ses secrets.

Ils se dirigent vers le nord avec devant eux toute la journée – pour faire ce qu'ils ont à faire. Il est sous-entendu qu'il va l'aider. Il va trouver les solutions. Il sent dans son dos le manche du couteau, qui leur sera peut-être utile. Djanu baigne dans un plaisir invisible tout imprégné d'une simple notion : leur accord tacite – elle compte sur lui.

Le baume est la première marche, pense Isis. Le baume la gardera active et intrigante, Égyptienne puissante. Elle va s'adresser au légat, il l'écoutera. Elle ne parlera pas des jarres ni des candélabres, pas de la vaisselle prélevée au temple de Jérusalem et que personne n'a jamais retrouvée. Bien plus que l'or, elle évoquera le secret. La vraie puissance juive. Leur Dieu. Leur satané Dieu, celui qui leur donne cette incommensurable certitude. Ce Dieu de puissance, cet invisible qu'on aimerait savoir de son côté. Même si les Juifs sont aujourd'hui presque vaincus, on donnerait tout pour l'avoir avec soi car il donne – dit-on – cette confiance que tout le monde cherche.

Tsérèt inspire l'air et se rend à l'évidence. Elle est à cheval avec Djanu. Elle avance vers Ein Gedi. Une décharge de confiance se diffuse en elle – un sentiment qu'elle n'a plus connu depuis des mois. Elle a envie de déposer la tête sur l'épaule du garçon. Elle le fait sans réfléchir. Aucun regard ne la jugera, aucun plan ne s'écroulera, rien ne sera insinué, chargé de cette tension insupportable qui est devenue sa seule, son écœurante compagne.

Et si c'était ce qu'elle avait cherché, ce qu'elle avait attendu tous ces jours ? Un peu de paix… Et si cette paix fragile était la condition même de son action ? De sa réussite ? Tsérèt laisse courir son regard sur les immenses montagnes dorées de l'autre côté de la mer, qui miroite en contrebas. Doit-elle se méfier de cette confiance enfantine qui englobe tout ce qui est là : elle, le cheval, le fils de la voisine et la lumière sur la mer ? Elle devrait sans doute. Mais au contraire, elle se remplit une nouvelle fois le torse et rajuste sa prise à la ceinture de Djanu. Ça sent bon le pin d'Alep et la sueur séchée du jeune homme.

*

C'est fou comme on oublie vite. Une autre lumière, un autre décor, et voilà qu'on se découvre différent, avec un rôle important à jouer, et le goût heureux qui va avec. Je n'attends rien que la minute suivante, se dit Djanu. La seconde d'après. Tu m'apportes des présents par ta présence ; et tout est oublié. Ma mère, le siège, l'armée, l'avenir. Même les habitudes humaines sont floues quand j'y pense. Les devoirs et les silences qu'on s'impose, la politesse des rapports où il faut écouter, parler, écouter encore ; l'âge ; l'argent ; le respect des aînés et la crainte des dieux.

Elle marche devant lui sur le chemin de sable. C'est la même allure déhanchée, rapide, que cette nuit-là sous la lune, la nuit qui s'est finie dans le sang ; mais ce n'est pas la même femme. Celle-ci ne met pas à distance. On ne craint pas les mots qu'elle va prononcer, les regards qu'elle va lancer ; on les attend et on les espère, on les devine, on les sait.

Elle a trouvé un moyen de le laisser entrer. Et voilà qu'il se promène en elle avec aisance et liberté. Il a fallu qu'elle lui demande de l'accompagner, qu'il lui trouve un cheval. Il était prêt.

Il se demande si elle se baladera en lui avec le même plaisir que lui en elle. Elle est un vaste pays – et lui une toute petite province. Il lui sera toujours accessible. Ce qu'il ressent en cet instant, au milieu des arbres où elle disparaît parfois, est là pour durer. Il sait aussi que sa jeunesse n'y est pas étrangère –, sa jeunesse est le ciment qui va figer son sentiment et en faire une architecture. Dans cette demeure qui se crée aujourd'hui, il pourra vivre toute sa vie.

Isis lui a tout dit alors que le cheval montait le chemin. Elle lui parlait comme à sa propre conscience. Cette transparence semblait lui raconter, à elle aussi, où elle se rendait. Ils cherchent les arbres à baume. Ce n'est pas une richesse perdue. Le secret du baume existe – d'autres connaissent peut-être eux aussi la route vers les petits arbrisseaux qui donnent la connaissance. Une goutte de baume suffit. Une goutte chasse la peur et te révèle que tu as droit au monde, parce que tu en fais partie.

Isis a ôté ses sandales. Elle sent le sable chaud sous ses pieds ; parfois de petites pierres plus dures lui procurent une douce souffrance, celle qui te rappelle que tant qu'on souffre, on est en vie.

Elle ne lui a pas encore dit son nom. Elle le garde pour plus tard. Elle n'a pas non plus décidé que faire de lui – pour la simple raison que cette décision lui échappera. Cette fois elle n'aura aucune prise.

Le garçon. Sa présence lui est précieuse et naturelle comme celle d'un frère. Son corps lui est familier et agréable. Ses mots sonnent juste. Elle lui connaît encore bien des défauts, mais ils sont plus loin sur la route. Sa vanité, ses caprices, ses certitudes de petit homme, ses ambitions romaines. Tout cela le rendrait presque plus proche à son cœur – c'est juste de la jeunesse qui va fondre avec le temps, qui va s'affiner au contact du monde –, à son contact à elle. Oui, c'est elle qui lui montrera. Il s'affirmera dans une forme plus claire et plus vraie, puisqu'il s'affirmera pour elle, avec elle – dans une lumière féminine moins ostentatoire, plus subtile, commune.

Elle cherche les fleurs. Elle cherche du blanc. Un seul point suffirait à son bonheur, mais les bourgeons sont fermés. C'est ici une petite vallée à l'écart – personne n'y venait autrefois, même pas les meneurs de chèvres. Des chênes-lièges tortueux ont poussé ici très lentement. Là-bas, des thérébinthes ressemblent en plus grands aux arbres qu'ils veulent trouver. Ceux-là sont petits, on ne les distingue qu'à peine dans le paysage. Leurs fleurs ne sont pas vraiment blanches, elles offrent un léger reflet rose. Mais il est trop tôt dans l'année.

Djanu est monté sur un rocher un peu à l'écart, pour mieux voir. Il faut qu'il trouve toujours un point haut et qu'il y grimpe le plus vite possible. Ça lui fait du bien de scruter l'horizon, de se convaincre de l'absence d'ennemis. Isis prospecte – il s'imprègne de sa silhouette concentrée. Elle pèse un certain poids si on additionne les parties qui la constituent. Son muscle, son ossature, ses humeurs, ses organes internes et externes, son âme. Ses membres, ses mains, ses ongles, ses dents, sa volonté. Tout cela existe séparément et ensemble. Ces parties excitent immédiatement son appétit : il suffit qu'il y songe. Et ça date d'avant le rendez-vous nocturne où elle l'a drogué. Djanu y repense souvent, ça s'impose à lui sous forme d'impressions très profondes qui lui échappent comme des filaments de rêve ; surtout il se remémore l'évidence précédente – celle où il pensait la détester en l'adorant.

J'espère qu'elle trouvera son arbuste, pense-t-il. Le baume est à l'intérieur. Il suffirait d'un seul, lui a-t-elle dit. Un petit bosquet qui ne paie pas de mine. Comme tous les trésors, celui-ci est caché aux yeux du profane. Isis n'est pas profane ; elle sait. Le baume est à l'intérieur de l'arbre : il est son sang ; non pas rouge, mais blanc. Un lait qui ne demande qu'à dégoutter, pour peu qu'on ait incisé le tronc au bon endroit. Qu'on ait suspendu la petite fiole par son ruban, la bouche tout contre l'écorce, patiente.

Le cheval est attaché à un arbre, très bien caché dans un val un peu comme celui-ci, plus bas. Djanu aimerait escalader la montagne qu'il voit là-bas, avant la nuit. Il verrait de là un autre territoire s'offrir. Il désire tous les pays. Il pourrait monter au sommet de l'Olympe, dans la neige qui règne là même en été. Il n'aurait ni froid ni peur. En route il croiserait peut-être les dieux, Aphrodite, Athéna. L'une cacherait sa chair rose et ample dans une magnifique cape cousue dans la peau d'une bête très douce – une bête qui serait encore vivante, encore consciente autour du corps de la déesse. Athéna, elle, existe dans sa simple tunique plissée. Son esprit puissant est le moteur de l'univers ; il lui tient chaud.

Elle a crié quelque chose. Djanu cherche des yeux. Elle est tout en bas de la vallée et lui fait un signe. Derrière, toute la plaine, tout le pays. La mer salée. La route. Et là-bas, la citadelle, minuscule. On la voit. C'est un point mais on la voit parfaitement. Aucune trace, par contre, de l'armée romaine. Djanu dévale à sa rencontre. Il freine de ses jambes et glisse sur les rochers qui glissent avec lui. Elle le regarde venir à elle. Quand il s'arrête juste à côté, elle pose les yeux sur le petit arbre à épines où les feuilles sont rares. Il n'y a pas encore la moindre fleur mais Isis tend la main et dit :

— C'est lui.

*

Quand elle s'est mise nue, il a trouvé ça normal. Tout à fait étonnant – mais parfaitement normal. Elle est descendue dans l'eau sans un mot. Elle a disparu de sa vue en ne laissant pas de trace. Une fois Isis engloutie, il aurait pu éprouver un pincement au cœur, sentir l'air qui s'arrête, douter : tout ça n'aurait été qu'un rêve éveillé – il allait revenir à lui dans sa crevasse secrète, en train de faire défiler des idées dans sa tête confuse, avec Ritus qui se balade plus loin – en un temps où Isis lui est encore un objet de convoitise et de soupçons.

Mais il a admiré son corps et son aisance, il a envié – et aussitôt ressenti – la fraîcheur de l'eau comme si le liquide attrapait son propre corps de ses mille mains fines. Il s'est mis nu à son tour, regardant sans les voir ses vêtements qui prenaient place à côté des siens sur le rocher blanc. À ses pieds, il a senti le fond minéral de cette vasque de pierre. Il a pris l'air profondément. En s'immergeant, il a su qu'il la rejoignait ailleurs qu'en Judée. Il acceptait et revendiquait de la rejoindre dans sa vérité à elle, totalement, vraiment. Il serait transfiguré par l'eau qui l'entourait et le portait, le purifiait.

Il veut lui dire qu'il connaît les chants qu'elle va écouter la nuit – il les a entendus, est-ce qu'elle le sait ? Il veut lui dire qu'il connaît la nuit ; qu'il connaît le jour, qu'il connaît. Il ouvre les yeux sous l'eau en espérant une tache plus sombre quelque part qui serait elle, une tache à rejoindre en retenant son souffle. Oui, il va retrouver l'air à côté d'elle. Ce qu'elle offrira sera là, vivant, drôle – à la fois distant et sien. Une chevelure de dos avec des gouttelettes prisonnières. Des yeux fermés dans un visage détendu sur le bord, offert à la voûte. Un rire avec des lèvres et des dents dont il connaît chaque détail, un rire à cause de sa présence à lui, révélée. Ou un regard plus grave à cause d'une pensée.

Djanu retient sa respiration et nage, et cherche. Ses mains frôlent la pierre, sous l'eau le bord remonte très lentement, Djanu sent sa courbe parfaite comme un sexe de femme. Il repense à sa vision, la grotte où il n'a pas osé entrer pendant sa soirée avec elle. Ce lieu qui se dérobait, il était doux, rond et invitant comme cette pièce d'eau, comme ces bords polis par la main patiente d'un dieu inconnu. Personne ne vient ici – ce qui lui donne un frisson car les y voilà ensemble. Ce lieu vide existe seul – il est beau et pur comme l'antre d'un être sublime qui se rit des hommes. Les voici qui passent. Excuse-nous, éternité. Si tu veux, regarde-nous passer.

Avant d'arriver, ils ont marché longtemps. Ça montait. Isis avait dit, après avoir disposé ses fioles sur le petit arbre : il faut que ça coule. Elle a vu qu'il regardait vers les grandes montagnes brunes au nord, leurs parois raides, leurs falaises, le mystère de la vue merveilleuse qu'on aurait de là. Elle a dit :

— Je vais te montrer un endroit.

Il n'y avait pas de chemin, sauf celui suivi par certaines bêtes, la nuit. Des sentiers étroits presque invisibles. Au début, on sentait encore les bienfaits des petits cours d'eau, des fougères qui poussaient par touffes géantes au pied de grandes corniches de pierre. Parfois il fallait enjamber un ruisseau ou le traverser à gué. Elle l'attendait pour lui montrer les cailloux plats où elle avait marché. Elle n'a pas hésité une seule fois, elle lui a fait penser à ces rares animaux nocturnes qui s'étaient imposés à lui, plus tôt.

Parfois ils s'arrêtaient pour profiter de la vue. Pas de la vue autour : de la vue de l'autre. Elle explorait son visage radieux tendu vers elle, simple, et quelque chose s'allumait alors en Isis. Djanu lui trouvait une santé magnifique, une certitude nouvelle qui grandissait au milieu de son ancien tourment. Ils passèrent sous de grands tamaris très vieux, voûtés, où l'ombre était bienvenue. Les plantes croissaient à leur aise à cause d'une faille mouillée où elles prenaient racine. On aurait dit une salle du trône, très longue, mais sans fin, et sans trône. Au bout il n'y avait que le chemin d'Isis qui se poursuivait. Djanu repensa à quelque chose sans savoir quoi, et puis il comprit dans un rire : elle était chercheuse, travailleuse. Elle ne doutait jamais ; toujours elle avançait, concentrée, efficace, sûre d'elle. Il s'arrêta un instant sans qu'elle le sache et dans le ciel il chercha très sérieusement la présence d'un petit rapace femelle.

Plus rien ne poussait. C'était un paysage de désert désormais – que de la pierre, noire, brune, rousse, hérissée d'angles durs. Cela ressemblait à la faille où ils s'isolent – un peu aussi au crâne qu'il avait ramené avec Ritus au début du siège pour l'installer sur la table comme des enfants fiers de leur trouvaille. Isis marchait toujours et se retournait rarement. Dans son dos, sous la tunique foncée, la forme du couteau qu'elle manie comme un homme. Djanu suait. Il ne savait plus si le paysage était grand ou petit, proche ou lointain. Le roc les enfermait dans un labyrinthe. Le sommet semblait se dérober toujours. Puis Isis se mit à redescendre. Les parois se rapprochaient à droite et à gauche. À son pas, il a su qu'on arrivait.

C'est un lieu unique au monde. Djanu n'a pas encore voyagé loin. Mais des endroits comme celui-ci il n'y en a pas beaucoup – ça se saurait. Juste avant de s'arrêter à cause du vide immense, la faille où ils marchent s'arrondit de chaque côté et crée une caverne à ciel ouvert, où le soleil passe à demi. Là, au centre, pas de sol mais le miroir invitant d'un trou d'eau providentiel. Une aberration dans l'univers de pierre chauffée. Un vert clair qui devient presque jaune vif sur les bords moins profonds, et d'une transparence telle qu'on doute parfois de la présence de l'eau. Autour, tout est rond et poli presque comme un marbre. Au-dessus, les strates plus foncées de la pierre brune, orange, rouge, ocre qui s'étagent. La pierre s'arrête pour laisser la place à la vue terrible : les autres falaises, plus loin la mer, et très loin derrière la mer, comme un autre pays inatteignable, d'autres montagnes comme celles-ci.

Au début, on croit qu'on n'osera jamais. On n'osera jamais souiller le lieu de sa présence – on est ici dans la salle d'eau d'un dieu jaloux, le refuge d'une nymphe puissante, l'endroit où le Phénix vient boire en secret. Et puis Isis te prend la main et se met à faire le tour par la droite en cherchant une pente plus douce à petits pas serrés, et tu la suis sans un mot. Tu descends jusqu'à une plage étroite. Tout cela n'est qu'un seul rocher, un seul, pas une pierre ne traîne : un seul rocher et tu es à l'intérieur. Au soleil il fait chaud comme au désert : à un pas à peine règne l'ombre, le froid te rince la tête comme une douche – tu es quelqu'un d'autre. Mais tu retournes au soleil pour le plaisir que ça donne, ensuite tu alternes, et tu explores chaque parcelle. Isis s'est assise et s'imprègne de la vue – elle est grave à cause de son passé.

Son passé l'attendait ici ; elle le savait. Mais c'est sans conséquence. Il est arrivé quelque chose ce matin, un commencement. Elle a vu Djanu et lui a parlé. C'était là que s'embranchait fort bizarrement le chemin qu'elle cherchait. À présent elle est à la grotte secrète avec lui. Les Romains croient au destin, mais Isis sait bien que le destin c'est quelque chose qui n'existe qu'après. Avant le destin, il y a la foi. Et les actes qu'elle permet aux hommes.

La foi est en même temps un état et un exercice. Elle est constituée d'un mélange très étrange d'espérance et de volonté ; de recherche et de certitude. Elle réclame action et passivité. Il faut la posséder pour ensuite la trouver. La foi t'indique quelle route prendre. Mais si tu ne t'es pas mis à marcher, tu ne seras jamais sur la route. La foi est si forte qu'elle te permet de douter – tout en effaçant une autre forme de doute. C'est ici, à la grotte secrète, qu'Isis a senti pour la première fois la présence de Dieu – jusque-là elle s'en voulait secrètement de mentir et d'attendre. C'était en montant. Elle était seule. Beaucoup d'oiseaux l'escortaient à cause du printemps. Au détour du chemin, elle a aperçu une forme. C'était une antilope très belle.

La jeune fille a su tout de suite que Dieu vivait dans cette antilope – il l'occupait très puissamment. L'animal ne bougeait pas. Il regardait Isis avec beaucoup de confiance, et lui parlait de tous les autres animaux vivant autour d'elle. Parmi toute cette vie figuraient également les hommes ; les membres de sa famille, tous les autres hommes, dans les pays qu'on ignore, au-delà des mers. Mais il y avait surtout l'antilope et son incroyable présence.

Ils sont nus au soleil, les pieds qui clapotent dans l'eau sacrée. Djanu regarde Isis. Des millions de gouttes lui donnent un aspect irréel, comme une peau de serpent, des écailles, une mosaïque très fine où pas un morceau ne manque. Elle lève les yeux vers lui.

— Je m'appelle Tsérèt, dit-elle. Mes enfants sont là-haut, une fille et un fils. Je suis venue les chercher.

CHAPITRE 22

— Hagar et Ariel. Tu les as vus ? demande Hannah.
— Ils sont au puits, répond Zia.
— Ah.

Hannah reprend sa route. Elle veut rejoindre Hagar, elle a des choses à lui raconter. Ça fait du bien. Raconter, c'est répondre à des questions qu'on ne s'est pas encore posées ; mais qui sont là pourtant.

Au début, elle chantait les psaumes. Puis elle est devenue celle qui chante les psaumes, on lui en réclamait pendant les travaux de l'eau, pendant l'entretien de l'âne, pendant les poux et le temps qu'on passe au champ. Aujourd'hui, elle va leur dire la vision du Livre d'Ézéchiel, celle avec les squelettes. Ariel va adorer les squelettes, c'est étrange que je n'y aie pas pensé avant, se dit-elle.

Ça y est, elle les voit. Ils sont au-dessus du grand bassin, avec l'âne. Esther est là, droite comme un piquet. Il va falloir attendre qu'elle déguerpisse. En un instant, Hannah décide que sa propre mère a besoin d'Esther urgemment. Tu ne savais pas ? Doumia te cherche pour une histoire de métier à tisser… Esther pince les lèvres et disparaît.

Il faut remplir le bassin aux ablutions, où les hommes viennent se purifier. L'eau ne peut rien avoir touché depuis le ciel ; il faut qu'elle arrive immaculée. Mais comme il n'a pas plu depuis tout un temps, les sages ont trouvé un arrangement : si elle coule assez longtemps dans les rigoles prévues qui captent les ruissellements de pluie sur le plateau, alors ça va. L'eau des jarres prise aux citernes se repurifie en prenant le même chemin que son amie la pluie.

Hagar déverse et déverse encore. Ariel regarde l'eau qui part en courant le long de sa petite route creusée contre le mur puis disparaît à l'intérieur d'un bâtiment. Elle emprunte un chemin secret et finit sa course dans le bassin très lisse où descendent les marches. Ariel aimerait bien y plonger, mais il faudra attendre d'être un homme avec beaucoup d'impuretés. Hagar lui a expliqué. Hannah en a remis une couche : le bassin c'est pour ceux qui ont été en contact avec le corps d'un mort, ou avec une femme en menstrues qui perd son sang. Est-ce que c'est ton cas ? Non, avait fait Ariel en hochant la tête, les yeux agrandis. S'il fallait toucher un cadavre pourrissant ou une femme en train de se vider de son sang, non merci. Je me contenterai de regarder l'eau courir et d'imaginer la sensation des marches qui te font descendre jusqu'à disparaître – sauf la tête, qui te tient en vie en respirant.

On ramène Courageux à sa petite étable. Il faudra encore lui ôter son armature de bois, le frotter avec les mains faute de paille, lui apporter à boire une jarre pleine d'eau - Esther veut qu'on lui donne l'eau de la vaisselle mais Hagar lui verse de l'eau du réservoir -, après tout c'est lui qui la porte, oui ou non ?

Dans la petite écurie où le soleil n'est plus que des points dorés entre les tuiles branlantes, la voix d'Hannah.

— Elle est sur moi, la main du Seigneur, prononce-t-elle comme si elle la sentait dans son dos. Il me dépose au milieu du ravin, qui est plein d'ossements. Il me fait passer sur eux, autour d'eux : ils sont très nombreux aux faces du ravin ; très nombreux et très secs.

Des os très secs. Ariel reste tout contre l'âne et sa chaleur, parce qu'il sent monter la peur. Hannah reprend. Les mots dans sa voix font comme un chant.

— Il me dit : fils d'humain, ces ossements vivront-ils ? Il me dit : sois inspiré sur ces ossements. Dis-leur : ossements desséchés, entendez la parole de votre Seigneur. Moi, je fais venir en vous un souffle, vivez ! Je vous donne des nerfs, je fais monter sur vous de la chair, je vous gaine de peau, je donne en vous un souffle, vivez ! Et vous pénétrerez en moi, oui, en moi, le Seigneur.

Je vous gaine de peau. Qui a inventé un truc pareil ? Ariel se colle à sa grande sœur et frotte le flanc chaud. Au travers des poils, il sent les os de Courageux. Des os vivants, utiles. Il n'ose se décaler pour voir Hannah de l'autre côté de l'animal. Sa voix suffit.

Hannah jubile. Elle parle en Son nom. Sa bouche prononce les mots prononcés par Lui. Elle se sent remplie du pouvoir de réunir les os, de redonner la vie, de rassembler ses troupes.

— Je suis inspiré comme j'en ai reçu l'ordre. Et voici un tremblement. Les ossements se rapprochent, l'ossement va vers son frère l'ossement.

À présent ils sont assis au soleil couchant devant la petite maison qui sert d'écurie. Hagar est au centre, son frère presque couché sur ses genoux pour être plus proche d'Hannah, qui est d'accord pour répéter. Les yeux fixés sur la mer dont on devine les reflets en un fin ruban, elle redit les mots :

— J'ouvre les sépulcres, dit le Seigneur avec la voix d'Hannah. Je fais ce qui est interdit, mais j'ai tous les droits. Je suis la Loi. J'ouvre les sépulcres et je vous fais monter de vos sépulcres, vous, mon peuple. Je vous donne mon souffle, et vous vivrez.

Hagar sent qu'on s'adresse à elle. Elle sortira du sépulcre, oui.

— Moi je prends les fils d'Israël d'entre les nations où ils sont allés. Je les groupe tout autour, j'en fais une seule nation sur la terre, sur les montagnes d'Israël.

Elles sont là, les montagnes d'Israël. Jamais elles n'ont été autant là qu'en ce soir : le soleil les transforme et leur donne à chacune une identité en les découpant de stries où il fait déjà nuit.

CHAPITRE 23

La tenaille chauffée à blanc est plongée dans l'eau, et c'est un spectacle toujours fascinant que celui de la vapeur et du bouillonnement. La pointe de flèche retrouvera toute sa dureté dans ce froid brusque, ses côtés barbelés seront solides et ne plieront pas au moment d'entrer en contact avec de la chair romaine, des os ennemis.

C'était un bassin d'agrément autrefois. Nathaniel imagine les poissons qui vivaient là. On les avait choisis pour leurs couleurs vives. Cette cour était fraîche et silencieuse, entre le palais et les thermes. Nathaniel imagine les gens. Des hommes et des femmes passaient sous les portiques, le dos courbé, trimballant la peur de déplaire au responsable, qui pourrait déplaire à l'intendant, qui pourrait déplaire au maître. Certainement qu'un esclave bien vêtu occupa autrefois la fonction de préposé aux poissons, aux poissons et à la bonne santé qui garantissait leurs couleurs vives, et le plaisir des invités lorsqu'ils jetteraient, peut-être, un coup d'œil furtif au bassin.

Nathaniel, sans un mot, admire les gestes du forgeron. Il constate les faisceaux de flèches bien rangés. Il y en a tant. Mais les flèches partiront très vite, elles ne servent qu'une seule fois. Un seul archer peut en tirer plusieurs centaines par jour. Et ils seront des dizaines d'archers. Et avec un peu de chance, le combat durera. De la chance, oui, c'est ce qu'il leur faudra pour que la citadelle ne tombe pas. Beaucoup de chance. Nathaniel s'en veut de penser à la chance, car chacun sait qu'elle n'a pas de place en ce monde, où tout existe déjà dans l'esprit de Celui qui est.

N'empêche. Nathaniel lui aussi se fait une idée assez précise de la suite. Les actions des Romains sont connues. Le plus compliqué, à présent, c'est de jongler avec les intentions de ses propres amis, de ses cousins, de ceux que voici rassemblés ici. Ici en toi, Massada.

Massada : tes syllabes chantent quand je les laisse sonner à mon esprit. Je les murmure et elles suffisent à me faire du bien. Tu es la forteresse de montagne. La haute retraite. Tu es l'Imprenable. Ta beauté rend les gens jaloux. Par le passé, elle a suffi à en décourager beaucoup. Ta beauté et le lieu où tu existes – ce qui revient au même.

Ceux-ci ne se découragent pas. Ceux-ci ne sont pas venus pour ta beauté, ils sont venus pour ton symbole. Eux aussi font résonner les sons qui forment ton nom et ils se félicitent d'avance d'être ceux qui t'auront fait tomber. Non pas tomber, tu ne tomberas pas, tu resteras hautaine sur ton socle. Ceux qui t'auront forcée.

Je sais où tu céderas, pense Nathaniel. Il sait très bien où la rampe se déposera contre la montagne, où la terrasse sera construite, combien de temps cela prendra. Il voit déjà la tour qui grimpe, coudée après coudée. Il sent déjà dans tout son corps les vibrations puissantes du bélier, comment elles te remontent dans les jambes et secouent jusqu'à ton cœur.

Ce jour viendra. Le Romain n'abandonne pas. Sa bêtise est sa puissance. Il est dur à la tâche, c'est un teigneux de la vie, un abruti. Mais sa méthode est la bonne pour celui qui veut soumettre. Celui qui a su soumettre son propre village pourra soumettre le monde.

Nathaniel fait le tour des anciens magasins. Il prépare ses phrases. Cet éternel quémandage est épuisant. Il pensait être le premier, mais Benjamin est assis sur la colonne qui sert de banc. Il prie et se retourne en levant les yeux.

— Désolé d'interrompre ta prière, dit Nathaniel.

Benjamin lui offre son beau visage et son sourire de miel. Tout cela était prêt.

— Tu ne peux pas interrompre ma prière, Nathaniel. Toute ma vie est une prière.

Ne pas répondre. Ne pas s'épuiser. Garder sa bonne énergie pour l'utile de la discussion qui s'annonce.

— Tu voulais me parler ? demande Nathaniel.

— Non, je voulais t'écouter.

Nathaniel convoque le calme en lui.

— Attendons que Jonathan soit là, propose-t-il.

— D'accord. Si c'est ton souhait.

— Tu vas me rendre fou.

Benjamin ne reprend pas sa prière, mais il garde au fond des yeux une sorte de tourment fabriqué qui indique qu'il n'est pas tout à fait là. Il reste dans des strates très hautes, où chacun n'a pas accès. Nathaniel se souvient du jeune homme très beau qu'il était, très calme, très réfléchi. Mais une certaine hésitation fébrile enveloppait déjà tout cela. Benjamin a subitement guéri sa fébrilité il y a huit années, lorsqu'il a rejoint ceux qu'on appelait les bandits, puis qu'on a appelés les rebelles, puis les sauveurs. Et qu'il s'est mis à tuer au nom du Puissant - des Romains et des Juifs indifféremment, ramenés en bouquet sous le nom d'ennemis.

On attend Jonathan, toujours en retard, toujours débordé, et on parle du dernier temple. Celui d'Alexandrie, dont Vespasien a fait clouer les portes. Il n'a pas interdit le culte, n'a pas brûlé le bâtiment, ne l'a pas rasé, et dans cette magnanimité on peut lire encore, avec un peu de bonne volonté, une trace d'espoir.

— Oui, conclut Benjamin avec un sourire supérieur. Il n'y a plus que nous.

— Il reste Babylone, dit Nathaniel. Là-bas, il y a des cousins très heureux, et bien introduits. Les Juifs sont encore nombreux. Aux dernières nouvelles, le culte était permis.

— Quelle ironie.

Benjamin soupire et se lève. Il fait quelques pas comme s'il était seul dans la pièce.

— L'Égypte et Babylone… Les lieux où il reste un peu de nous sont ceux qui nous ont vus esclaves.

— Les lieux qui nous ont vus esclaves… Tu parles trop bien pour moi.

— Ne joue pas les complexés du verbe, Nathaniel. Tu aurais pu être un grand sage. Un philosophe, même.

— C'est ça. Le nouveau Philon. Il disait qu'Israël recouvrirait un jour toute la Terre.

Cette fois Benjamin le regarde dans les yeux. Il n'aime pas ce qu'il entend.

— Il ne parlait pas d'une nation, Nathaniel, ne te trompe pas. Il parlait de la foi.

— Je ne me trompe pas. Moi aussi je parlais de la foi. L'Éternel serait là pour tous. Pour chacun.

Benjamin sourit.

— Je ne sais pas si c'est un blasphème.

— Quoi ?

— Ce que tu viens de dire. Le Tout-Puissant pour tous, dilué. Je crois bien que c'en est un. En d'autres temps, en d'autres lieux, il aurait fallu trancher.

— Le Puissant partout, un blasphème ? Israël qui recouvre la terre ? Ce n'est pas le souhait suprême ? Le blasphème est peut-être d'en douter.

Nathaniel soupire, le plus bas possible. Mais où est Jonathan ? Chaque phrase l'épuise. Benjamin revient à la charge.

— Tu espères encore défaire Rome ?

Nathaniel se dit qu'il aurait dû rester plus longtemps à la forge. Ou s'approcher à pas feutrés et ne pas révéler sa présence.

— Non. Je n'espère plus défaire Rome. C'était un espoir. Une idée. Tu ne comprends pas ?

— Je n'aime pas les idées. Je l'aime Lui. Je laisse les idées à ton Philon et à ceux qui le servent.

Un empressement, une respiration annoncent l'arrivée de Jonathan. Il était temps. Benjamin prend la pose, un pied sur la colonne.

— Nathaniel espère battre les Romains, déclare-t-il. Il aimerait qu'Israël recouvre le monde. Chacun pourrait connaître l'Éternel.

Nathaniel a envie de lui planter une tête de flèche dans la gorge.

— C'est bien ça ? demande Benjamin.

— C'est juste une idée. Elle n'est pas de moi. Tu le sais très bien.

Benjamin poursuit.

— Je lui ai dit que c'était une pensée impure. Qu'en penses-tu ?

Au tour de Jonathan de soupirer.

— Je suis venu parler des pigeons.

— Pour ce qu'il en reste, commente Nathaniel.

Benjamin n'en a toujours pas fini.

— Et moi je te parle d'Israël. Est-ce que ça te dérange ?

Jonathan s'enquiert avec son sourire d'homme habitué à parlementer :

— Il est comme ça depuis longtemps ?

— Depuis sa naissance. Ou plutôt sa renaissance. Avant la guerre c'était un garçon charmant.

Benjamin se compose un sourire.

— Vous espérez tous les deux que je me mette en colère. Mais je ne me mets plus en colère.

Nathaniel soupire.

— Bon. Pour les pigeons…

Jonathan se veut pragmatique.

— Tu voudrais en garder combien ?

— Tous. Ils servent.

— Ces messages sont parfaitement inutiles, dit Benjamin. Personne ne viendra.

Nathaniel lève les yeux au ciel.

— Personne ne viendra, répète Benjamin comme si c'était une excellente nouvelle. Nos frères sont dispersés. Les autres s'occupent de leurs petites affaires, à Alexandrie et à Babylone. Et parfois tout près d'ici. Ils nous ont tourné le dos. Nous sommes seuls.

Jonathan se tourne vers Nathaniel.

— Bon. Tu envoies encore des messages ?

— Évidemment. Il faut faire empoisonner l'eau. Il nous reste des frères, à Ein Gedi. Et pas seulement.

— Empoisonner l'eau, répète Jonathan comme si c'était une idée nouvelle.

— Oui, dit Nathaniel. Un petit groupe suffirait. On peut aussi espérer les tempêtes. Prier pour une intervention divine.

Benjamin se lève.

— Une intervention divine. C'est ça que tu souhaites ?

Il se place tout près de Nathaniel avec sa belle chevelure claire et plisse les yeux.

— Ou tu te satisferas d'un peu d'eau empoisonnée ? Tu mélanges tout. Avec beaucoup d'impiété.

Jonathan ne sourit plus.

— Attention, Benjamin.

Mais Benjamin n'a pas terminé.

— Ton problème, c'est l'espoir, déclare-t-il à Nathaniel avec un vilain sourire. Abandonne l'espoir. L'attente d'une intervention divine, ça c'est riche. Mais l'espoir c'est autre chose. Contente-toi de l'attente et tu grandiras. L'espoir c'est l'orgueil.

Nathaniel explose.

— Tu vas me rendre fou avec ton orgueil !

Benjamin ne tient pas compte des mots. Il se place calmement face à Nathaniel ; lui met la main sur l'épaule. Jonathan s'est approché, prêt à intervenir.

Mais Benjamin baisse la voix, comme pour un secret.

— Il est ici. Nathaniel, Il est ici. Son peuple est dispersé. Son temple est détruit. Mais Il est avec nous. Tu le sens comme moi. Ici les gestes sont encore assurés, ici Il est en sécurité, ici Il peut régner.

— Pour combien de temps ?

— Si on vient Le déloger, que va-t-il se passer ? C'est ça que tu me demandes ? Si toi et tes soldats vous n'arrivez pas à nous protéger ? Je te réponds : la fin des temps. Et le début des temps. Je te réponds : Hallelujah. Voici la Réunion annoncée par tous les prophètes.

Jonathan et Nathaniel échangent un regard. Benjamin poursuit :

— Tous les signes sont apparus, les uns après les autres. Êtes-vous aveugles ? Les prophètes avaient raison. La compromission, le stupre, le pouvoir. Le temple… Il fallait que le temple disparaisse, et le temple n'est plus.

— Tu viens de dire que le temple était ici, dit Nathaniel.

— Oui, pour un temps. Regarde autour de toi. Son nouveau temple est magnifique.

— Je ne trouve pas. Tu crois que l'Éternel est heureux ici ? Il est furieux. Il est mécontent. Il est parti, d'ailleurs, Il a trouvé mieux, et on ne peut pas lui en vouloir.

— Impie ! Impie !

Jonathan reprend la parole.

— Pour les pigeons, je propose de les diviser en deux. Une moitié pour les messages et l'autre pour les sacrifices.

Benjamin n'est pas aux pigeons. Il marche en tous sens. Quelque chose d'impérieux s'agite en lui.

— Qu'il garde ses pigeons. Nous n'avons que faire des pigeons. Nous serons Son sacrifice. Nous serons Ses sacrifiés.

Benjamin quitte les lieux à grandes enjambées. De l'extérieur, on l'entend qui crie :

— Impie !

Jonathan soupire.

— Nathaniel, tu prends les pigeons ?

— Je prends les pigeons.

— Tu as besoin d'autre chose ?

— De poutres.

— Pour quoi faire ?

— Gagner du temps.

— Avec des poutres ?

— Oui. Souviens-toi de Jérusalem.

— Je me souviens. Nous pensions que c'était la fin. Tu as construit cette espèce de rempart. C'est vrai.

Jonathan le regarde.

— Tu crois qu'on peut encore espérer ?

— Il ne faut plus espérer, Jonathan. Il faut agir.

Pour singer Benjamin, il ajoute avec un fin sourire :

— L'espoir c'est l'orgueil.

Jonathan ne sourit pas. Il disparaît avec sa silhouette rondouillarde de marchand.

Bon, se dit Nathaniel. Je garde les pigeons.

Il se sent très seul.

CHAPITRE 24

Ses légionnaires meurent et ce n'est pas encore le moment de mourir. Pourtant, tout se mettait enfin en place, pense Silva. Et voici que ces abrutis décèdent de manière totalement désordonnée, et beaucoup trop tôt. Et la nuit. Et sans se battre – ce qui n'est pas du tout ce qu'on attend d'un légionnaire.

Ça a commencé par l'homme sans tête. Un certain Publius, dix-neuf ans de service, que la patrouille a retrouvé en tenue civile, près du mur. On s'est acharné sur la tête du pauvre soldat, réduite en bouillie à l'aide d'une grosse pierre. Ces Juifs sont malins, ils utilisent leurs dernières armes : des assassinats spectaculaires sur les honnêtes citoyens romains afin de semer la terreur.

Et maintenant ce Quirillus. Lui, c'est bien pire : on l'a retrouvé avec juste une petite plaie au cou, vidé très proprement de son liquide vital dans son sommeil, sur sa paillasse, dans sa tente, en plein milieu du camp. La fine entaille, c'est signé. C'est la marque d'un assassin juif, un adepte de la *sica*, leur jolie petite lame acérée, qui ne fait presque pas mal au moment même, mais qui ne te laisse aucune chance. Les rebelles ont commencé avec leur manège dès le début de la révolte. Ils se joignaient aux assemblées officielles avec des mines de tout-venant. Puis dans la foule ils repéraient les collaborateurs notoires, s'approchaient, poignardaient. Les collabos se retournaient brusquement comme piqués par un frelon. Puis mouraient dans une flaque de sang ; la foule s'écartait en hurlant, le frelon était déjà loin avec sa fine lame cachée sous sa tunique.

Les sicaires prennent leur nom de leur petite arme fourbe ; ils s'attaquent à ceux qui se souillent en pactisant avec l'occupant. Bien plus que le Romain, on déteste l'immonde créature parjure – celui qui a trahi son Dieu d'exception pour le confort d'un panthéon entier, bourré de dieux qui ne pensent qu'à se disputer, pour l'honneur de se faire protecteurs des hommes, des cités, des saisons, des objets et des sentiments. En rejoignant Rome, on perd un Dieu et on en gagne mille. On abandonne au passage son encombrante mauvaise conscience ; on y gagne la richesse. Et le pouvoir. Et le confort. Une place sous le soleil – qui, lui, est le même pour tous.

Ce second meurtre était signé. En voilà un troisième ce matin : encore le petit couteau au travail, cette fois le corps est littéralement couvert de plaies minuscules. De sang dans le légionnaire, plus une seule goutte. Les esprits s'échauffent. Silva est contrarié. Comme s'il n'avait pas assez de travail avec la rampe, la terrasse, les tours d'assaut, et le temps qui passe.

On parle beaucoup de l'esclave très noire de cette espèce d'Égyptienne, moitié prêtresse, moitié putain. Oui, on parle beaucoup d'elle, non seulement dans les petits villages entre les camps – mais dans les camps eux-mêmes. L'esclave très noire fait peur à tous ceux qui la croisent. Elle ne ressemble pas à une simple Nubienne de bon aloi : elle est beaucoup plus noire encore. Comme s'il avait fallu plusieurs Nubiennes pour la fabriquer, elle.

Elle se transforme en lionne la nuit venue. Voilà ce qu'on raconte. Elle se métamorphose au désert, des griffes lui poussent, ses dents s'aiguisent, ses muscles s'allongent. Sous cette nouvelle forme, elle est heureuse. Elle saute sans aucun bruit au-dessus des palissades de bois grâce à sa puissance féline. Elle erre dans le camp à la recherche de son innocente proie. Puis elle incise son cou de ses dents très pointues et suce le sang sans rien en perdre.

L'histoire est absurde, pense Silva, mais le moment où elle éclôt n'est pas anodin : ce moment où les hommes sont prêts à croire à des animaux transformistes et à des esclaves assoiffées. Vorenus a déjà dû intervenir plusieurs fois pour protéger la Noire ; au marché, les gens voulaient regarder dans sa bouche pour inspecter ses dents – si ç'avaient été des dents de lion, ou l'idée qu'on s'en fait, on l'aurait tuée sur place.

Elle a pour nom Briséis, lui a dit le tribun qui lui fait chaque jour son rapport. Comme l'information le faisait rire, Silva s'est senti obligé de lui raconter que

Briséis est la belle Troyenne qu'Achille et Agamemnon se disputent comme tribut au début de l'Iliade. C'est elle qui déclenche la colère d'Achille. « J'espère que ta femme-lionne ne déclenchera pas ma colère à moi », a conclu Silva. Il a souri intérieurement, heureux d'avoir osé se comparer à Achille, comme ça, en milieu de journée.

*

Pour profiter un peu de l'air, Silva et Djanu se sont installés devant la tente, sous l'auvent. Djanu porte l'écritoire : le légat désire qu'on prenne des notes, en vue du mémoire qu'il présentera à l'empereur.

On a sorti le grand canapé rouge. C'est le moment où vient le conteur. Silva adore les heures qu'il passe avec lui. Djanu lui a raconté les leçons prodiguées par le vieil homme, comment il enseigne des matières complexes au moyen d'images très simples. Et Silva a été jaloux.

Il ne s'agit pas seulement d'incarner l'ennemi. Silva veut comprendre. Il lui semble qu'au fond du mystère juif l'attend une lumière. Certains vont à Éleusis chercher les confidences de la Pythie. D'autres vont à Delphes. À lui, Silva, la fortune a réservé une surprise : ce sont ses ennemis qui lui ouvrent les yeux ; qui lui ouvriront l'âme. Même avec Roxanne, même avec Djanu, il n'ose prononcer les mots qui décrivent son espoir secret. Un pouvoir absolu, qui ne proviendrait pas de l'or ni du commandement, mais d'un chemin, d'une compréhension.

Le rêve que caresse Silva se rapproche de la notion d'empereur. Il ne veut pas de l'Empire, s'il envisage le pouvoir suprême, c'est abordé par l'autre chemin ; le chemin détourné, la moitié spirituelle qui préside à cet empereur-dieu, à la tête de Rome. Derrière les ordres, l'autorité vraie vient de la connaissance intime des puissances - ces forces en présence dans l'univers. Cette connaissance, les Juifs en possèdent, semble-t-il, un bon morceau.

Silva s'interdit d'y penser en termes trop clairs. Mais en ces temps troublés, tout est possible. N'oublions pas que Vespasien a d'abord été proclamé par les légions d'Asie, dont celle-ci, la dixième. D'autres candidats se dressaient un peu partout, mais le destin a fait le reste. Après l'année aux quatre empereurs, celui qui l'a emporté, c'est lui.

— Tu disais : ils sont de plusieurs sortes ?

— Oui, répond le poète, qui a préféré rester debout.

Silva est aux anges.

— Eh bien, développe, je te prie.

— Il y a ceux qui ne pensent qu'à Dieu. Ils veulent vivre dans la pureté, toujours. Toute leur vie est placée sous le signe d'un grand rituel.

Chèvrebouc détache bien les mots comme s'il s'adressait à un enfant capricieux qui n'écoutera pas jusqu'au bout. Mais Silva écoute.

— Comme des prêtres ? demande-t-il.

— Oui. Mais ce ne sont pas des prêtres. Juste des hommes et des femmes qui souhaitent vivre dans le regard de Dieu. Pauvrement, sans ostentation, dans la prière.

— Des hommes-prêtres, en quelque sorte.

Silva savoure. Ça lui rappelle quand son père lui racontait Circé la magicienne ; elle purifiait ceux qui abordaient son île, pour en faire les prêtres de son propre culte - les transformant parfois en lions ou en loups.

Le poète poursuit.

— Ceux-là, ce sont ceux que les Romains aiment torturer.

— Les Romains aiment torturer ? Première nouvelle.

Le légat adresse un sourire ironique à Djanu. Le conteur reprend.

— Ils sont prêts à toutes les extrémités pour ne pas trahir Dieu. Les Romains ont tout de suite trouvé ça très amusant. Jusqu'où ils vont, comment ils meurent. Je vais vous raconter l'histoire des Sept Frères.

Silva n'est pas sûr d'avoir très envie d'une histoire qui, il le pressent, ne tournera pas à l'avantage de Rome.

— En ce temps-là, les Grecs occupent le pays. Certains refusent de se soumettre. Sept frères défient les autorités. On les attrape. On va les tuer. Contre leur vie, on ne leur réclame pas grand-chose. Ils sont placés devant leur mère, et à chacun on demande de poser les lèvres sur quelques viandes.

— C'est tout ?

— C'est tout.

— Et alors ?

— Ils meurent sous le glaive. L'un après l'autre. Devant leur mère et leurs frères restés dans la file. Leurs corps formaient une petite pile. On dit qu'ils mouraient le sourire aux lèvres.

Silva est fasciné.

— Qu'est-ce qu'il vaut mieux ? demande le poète. Abandonner son dieu, ou être abandonné de lui ?

Silva médite. Djanu prend note. Il espérait glaner des informations. Une solution concrète pour entrer dans la place, en sortir. Mais aujourd'hui le légat veut apprendre. Souvent, il lance un regard à Djanu pour vérifier qu'il profite autant que lui de toute cette foi qu'on leur dépeint, qu'on va bientôt finir de conquérir. Après il n'y en aura plus.

Silva se lève, s'approche du poète. Il aimerait lui mettre la main à l'épaule pour marquer le moment mais il retient son geste.

— Vous pensez que votre Dieu est là pour chacun de vous, dit Silva. Très… personnellement. Nous appelons ça la vanité. Notre vanité à nous est beaucoup plus simple. Les dieux, c'est nous. Hein, Djanu ? C'est ce que tu disais l'autre jour.

Djanu opine. Il se tourne vers Chèvrebouc.

— C'est ce que Sénèque fait dire à Atrée. Nos dieux ont des soucis : tout comme nous. Ils se querellent, ils parlent, ils mangent comme nous. Au début, nous leur ressemblions. À force, nous nous sommes mis à les imiter. Aujourd'hui, nous les remplaçons.

Silva sourit. Il dit :

— Exactement. L'Empire a conquis le monde. Chaque citoyen est un des fils de Rome. Vous pensez que Dieu est là pour chacun de vous. Nous avons fait mieux. Nous abolissons la frontière. Nous affirmons que nous sommes chacun un dieu.

— Tant qu'à faire, répond le poète.

— Tant qu'à faire, dit Silva. Poursuis.

— Il y a aussi les combattants.

— Bien. Je m'en doutais. Avec juste des hommes-prêtres qui vivent comme des pauvres, je serais rentré à Rome depuis longtemps.

— Ils ne pensent qu'à Dieu, eux aussi. Mais se battre est Sa volonté. Ce sont des guerriers. Ils veulent libérer le pays. Remettre Dieu sur Son trône. Rebâtir Son temple.

Djanu ne peut s'empêcher de prendre la parole. Le temple, il en parle souvent avec le poète. Ça va intéresser Silva, si on va de ce côté-là. Autour du temple détruit se construit un des piliers de la pensée juive, quelque chose de très compliqué à exprimer, parce que l'absence se mêle à la présence comme dans un tour de passe-passe effectué par la pensée. Le creux devient plein, le plein devient creux. Il aimerait que Chèvrebouc explique encore.

— Raconte, dit Djanu. Comment votre dieu construit en détruisant.

— Qu'est-ce que c'est que cette histoire ? demande Silva tout en commandant diverses choses à grignoter.

Le poète se tient debout, et il hésite. Djanu veut absolument qu'il leur parle du temple. Qu'il leur livre ce que Silva pourrait prendre pour le secret qu'il cherche. Chacun en sortirait grandi. Djanu, exaucé. Silva, flatté. Et Chèvrebouc lui-même, d'avoir illuminé l'esprit de son ennemi. Djanu perçoit dans sa barbe un mince sourire, dans ses yeux une connivence qui le pince au ventre. Le poète fait un pas, baisse les yeux sur Silva.

— Au commencement, dit Chèvrebouc, Dieu se tait.

Le poète parle très bas. Silva tend l'oreille.

— Dieu se tait, répète Chèvrebouc sur le souffle. Il n'a rien à dire. Il règne, et voilà tout.

Le poète s'assied près de Silva, surpris, comme pour lui raconter une histoire très simple.

— Les hommes aiment les belles demeures et comme Dieu règne ils disent : il faut construire. Ils choisissent la plus belle colline. Ils l'appellent Jérusalem. Mais Dieu leur apporte des épreuves. Il éprouve leur foi, leur dit sans cesse qu'il est dur de vivre sous Sa loi. Je veux que tu sacrifies ton enfant. Fais-le. Ne le fais plus. J'ai su que tu le ferais et mon cœur est content.

Djanu ne note plus. Il se souviendra. Le regard de Chèvrebouc est posé sur les lointains.

— Dieu envoie son peuple en exil. Il lui fait subir l'esclavage. Partout et par tous les moyens, il lui rappelle Sa loi, donne des idées de meurtre sur son frère, envoie des démons, perd les enfants au désert. Rien n'est oublié, ni la famine, ni la guerre, ni l'épidémie, ni les faux prophètes.

Le poète prend une datte.

— Un jour, Dieu est lassé de mettre son peuple à l'épreuve, il jette un œil à ce temple que lui ont construit les hommes, et il ne peut s'empêcher de le trouver beau. Mais Dieu réfléchit : cette demeure que mon peuple construit à ma gloire, n'est-ce pas pour sa gloire à lui ? Alors Dieu décide que sa demeure sera un moyen de plus.

Avec beaucoup de plaisir, Djanu suit les yeux de Chèvrebouc qui se sont posés sur Silva. Le silence dure.

— Dieu dit : le temple sera un moyen de connaître le cœur de mon peuple, et de le faire grandir.

Le conteur baisse la voix comme pour une confidence.

— Dieu a observé les prêtres, plus nombreux qu'une armée. Parés d'or, ils sacrifient les animaux par centaines et par milliers. L'odeur de la viande grillée flatte les narines des hommes – les prêtres se disent qu'elle flattera les narines de Dieu.

Chèvrebouc sourit.

— À présent, écoutez bien ceci, car il s'agit du secret.

Djanu et Silva échangent un regard. Chèvrebouc dit :

— Dieu n'a pas de narines.

Le poète laisse les mots pénétrer. Puis à nouveau le voici debout.

— Dieu frappa. Le temple construit par Salomon, il le détruisit. Le temple fut reconstruit.

Les yeux du poète sont pleins de malice.

— Le temple construit par les fils de Salomon revenus de Babylone ? Il le détruisit. Le temple fut reconstruit. Le temple construit par Hérode était le plus beau de toute la terre. Dieu le détruisit.

Chèvrebouc regarde Silva.

— D'autres temples viendront : leurs pierres attendent au désert, non taillées. D'autres beautés grandiront, d'autres luxes, d'autres illusions. Dieu les détruira.

*

Dans sa tente, allongé sur sa banquette, Silva est seul face à lui-même et à une migraine pulsante. Il essaie de rassembler des morceaux, mais sa pensée se dissipe. Ces hommes qui ont encore raison quand ils ont tort. Dont la certitude grandit quand ils doutent. Qui n'offrent aucune prise à la réalité tangible des échecs et des victoires, et qui se construisent dans la ruine… Ce qui lui revient, c'est quelque chose de dégoûtant, la première impression reçue dix ans plus tôt. On lui avait parlé des Hébreux, en deux mots. Il avait eu l'intuition d'une entente impossible.

La même impression que face à ces deux hommes amenés d'Extrême-Orient, sous Néron. En tant que sénateur, il les avait rencontrés. Très jaunes, ils fermaient les yeux quand on leur parlait, craignaient la nourriture, priaient sans cesse, et souriaient. Vingt jours après leur arrivée à Rome, ils étaient morts sans qu'on ne puisse rien en tirer. Comme les sept frères : le sourire aux lèvres.

CHAPITRE 25

Le poète pense.

Comme tous les matins, il s'est levé de sous son arbre, a plié sa couverture, a salué son âne et admiré la vue.

Il vit avec un berger, à une heure de marche vers l'ouest, sur un plateau qui cache un peu de végétation dans ses vallons. Le berger lui donne de son fromage et des amandes qu'il a gardées de l'année dernière. Il en possède toute une jarre pleine. En échange, le poète lui rapporte des affaires du camp. Il lui a offert un couteau de fer qui lui servira toute sa vie.

Ce matin, comme chaque jour, le poète s'imprègne du paysage. Les montagnes autour. La mer au loin. Le soleil levant dont les premiers rayons sont presque verts.

Il s'adresse à voix haute à toutes choses. D'abord celles autour de lui, puis celles du lointain, puis celles qu'il ne voit pas, puis celles qu'il ne voit plus, puis celles qu'il n'a pas encore vues.

Ensuite le poète s'assied sur une grande pierre plate.

Je suis celui qui vient.
Je suis celui qui parle, et puis qui repart.
Ma vie est un voyage. Est-ce que c'est bien ?
Je voudrais rester tranquille.

Je voudrais m'arrêter, et voir si les choses changent. Si mes idées s'apaisent. Ou si elles se tarissent.

J'ai peur qu'elles se tarissent, j'ai peur de me retrouver un homme parmi les hommes. Avec simplement les heures, le temps qui fait des boucles, ces boucles sont des jours, des saisons, des années, des enfants, une vie.

Mon temps est infini, il court, je le suis. Ma vie n'est pas une boucle, elle est une route – et j'ai deux grands désirs : la poursuivre et la quitter. La poursuivre jusque tout au bout – et la quitter pour goûter à autre chose.

Je change les gens. Ils changent avec moi. Depuis toujours, ils accourent à mon approche. Les jeunes filles s'asseyent et me regardent avidement – elles en ont le droit, maintenant que je suis vieux. Elles sont toujours venues à moi, les jeunes filles, ça faisait crier les mères et les pères autrefois. On les enfermait. Certaines trouvaient un moyen pour me retrouver plus tard. Elles arrivaient haletantes et me parlaient, elles avaient besoin de se confier ; elles vivaient avec un secret – et l'impression qu'elles l'auraient gardé avec elles pour toujours, comme un poison. Avec moi, les jeunes filles sentaient la nécessité de dire. J'ai été violée par mon oncle que tu vois là-bas. Elles donnaient tous les détails. Certaines pleuraient. Certaines me regardaient avec l'air de penser : pourquoi je te dis tout ça – je ne te connais pas. Ensuite elles repartaient vers leur vie avec un sentiment de neuf.

C'est ça. Je vous donne un sentiment de neuf. Pourquoi m'arrêterais-je ? Comment m'arrêterais-je ?

La route continue, et partout où je n'ai pas encore été m'attendent des jeunes filles violées par leur oncle.

J'aimais ça. Je me sentais utile. Je me sentais indispensable. Je me sentais aimé. Tout m'obéissait. Je me rassasiais des sourires et des regards baissés. Je guérissais.

Je voyais les hommes et les femmes comme de très petits enfants. À présent tous voulaient me parler – les jeunes filles avaient ouvert une voie pour les autres. Je devinais ce qu'ils me diraient. Je savais. Je terminais leurs phrases et leurs yeux s'agrandissaient sous l'effet de la surprise. Tous les hommes devenaient mes fils, des villages entiers. J'étais comme le chien du berger chez qui je vis : il devine exactement où s'écartera le troupeau et c'est beau à voir. Je devinais. Je répondais aux questions qui étaient encore à débattre dans les têtes.

Je suis un vieux sage. Et je suis un vieux démon. J'ai joué avec le pouvoir que j'avais sur les hommes ; j'ai joué parce que certains jours je les trouvais pathétiques – et que jouer me semblait la chose à faire. Des prêtres. Des chefs. Des puissants. Je me jouais d'eux comme si ça pouvait être une leçon que je leur donnais. Je me faisais plaisir en les confondant mais je ne leur apprenais rien, et je n'apprenais rien non plus. Un éblouissement ne peut éclairer la nuit.

Je n'avais plus le temps pour les jeunes filles ni pour leurs mères ni pour leurs pères. J'arrivais. On convoquait des assemblées. Dans chaque village, j'affinais mes qualités. Poète. Devin. Médecin. Et même un peu prophète. Mais surtout poète. Pas vraiment poète : orateur. Maniée avec art, la parole décèle chez celui qui écoute le lieu à soigner – c'est le médicament le plus efficace de tous. Actif, intelligent, il trouve sans devoir chercher et creuse longtemps son sillon.

Les hommes. Et surtout les femmes. Je leur parlais. Je leur disais ce qu'elles voulaient entendre. C'est facile : on veut tous entendre la même chose, et je le leur disais sans honte et sans attendre. Je te vois. Je t'aime. Oui, toi. Ce sont les mots qui ouvrent toutes les portes. Chacun entend autre chose. Dieu m'aime. Mes parents m'aiment. Le village m'aime. Le monde entier m'aime. Je m'aime – enfin, je m'autorise à m'aimer. Mais pour cela, il fallait que je commence par leur dire : « Je t'aime ; je te vois. »

Je.

Te.

Vois.

Le « Je » n'a pas d'importance. Quand je serai parti, ils placeront autre chose à la place, ce qui leur convient, ce qui leur est nécessaire. Il faut juste un début à l'amour. Ce début, c'est moi.

Pourquoi suis-je ici ? J'aurais pu choisir un autre lieu. L'orgueil, sans doute. La curiosité. J'ai envie de voir. Une partie de moi se plaît encore à imaginer la victoire aveuglante du faible. La fin donne un sens à toute l'histoire et j'aimerais savoir la fin. Celui qui est venu en ce lieu avec son âne n'est peut-être pas celui qui recueille les secrets des jeunes filles. C'est peut-être celui qui jouit de voir les hommes se noyer dans l'orgueil.

Je donne le feu à ceux qui ont froid. Mais je suis un vieux démon, et je donne aussi le feu à ceux qui aiment le feu. Je donne le feu parce qu'il faut brûler ; se sentir brûler, brûler les autres, ne rien respecter. Vivre quitte à blesser. L'amour ne s'arrête pas à la bonté. L'amour n'a que faire de la vertu. L'amour brûle car il est libre. Ensuite, l'amour consume. C'est le prix de la vie. La fleur grandit et meurt. Sa vie est un feu. Un feu très lent et très beau.

Ici, bientôt viendra le feu. Je serai là ; et puis je partirai. Ma vie est une route. Deux grands désirs m'habitent : la poursuivre et la quitter. Ces jours-ci, la jeune femme qui veut me parler s'appelle Roxanne. Elle voudrait me confier son fils – sa façon à elle de me donner son âme pour que je la guérisse.

Je lui ai déjà dit « Je te vois ». Mais comme c'est la phrase qu'on lui répète tout le temps, elle ne l'a pas entendue. Je vais le lui redire tout à l'heure. J'aime les femmes puissantes parce que chez elles les effets de l'amour sont vifs.

Le fils aussi est tout ouïe. Comme sa mère, il célèbre déjà l'amour à sa manière – il est sur le point de déborder. Cet endroit a attiré ceux qui brûlent. L'huile est répandue sur la plaine ; elle attend.

CHAPITRE 26

Agir. Ne plus réfléchir. Cesser de peser, d'attendre. L'attente est lâche. Elle veut que tu produises quelque chose d'utile, que tu dégages une piste, que tu lui présentes quelqu'un. Mais Djanu hésite. Ce qu'Isis lui demande n'est pas ce qu'il espère atteindre, lui. Car elle veut se jeter dans la gueule du loup, avec son amour et sa vengeance. Il a dit qu'il l'aiderait. Il l'aidera. Mais ce qui se dessine en lui reste naïf : deux petites silhouettes comme des paquets de toile. Des cocons apportés par la nuit, qu'il faut ouvrir sans perdre de temps. Isis les déballe à la lumière d'un flambeau planté dans le sable. Ses mains s'affairent autour des bandelettes de tissu, et dans chacun des colis elle découvre un de ses enfants – qui se met à lui parler calmement. Et tout est bien.

Djanu se lève. Il s'habille, ouvre la trappe, descend l'échelle. Avant le chant du coq, il a entendu Silva et sa garde qui repartaient. Depuis, toute la maisonnée s'est rendormie. Il assouplit ses pas pour éviter le bruit, ainsi il restera seul plus longtemps. La terrasse s'offre toute à lui. Seule Musa est levée, comme le prouvent les plats et les pots disposés pour le repas du matin.

Isis est là. Il ne l'avait pas vue, debout à l'extrémité de la table, déjà prête pour le monde. On devine l'eau qui est passée sur son corps, les gestes de Briséis autour d'elle, la fermeté de sa pensée qui a grandi au contact de l'eau. Elle le regarde. Tout s'apaise et s'étage dans l'esprit de Djanu. En s'approchant, il n'éprouve aucun besoin de plaire. Leur présence commune répète leur intimité de la grotte. Isis plonge la main dans une jarre et en sort une figue. Djanu en a le goût sur la langue. Leurs deux vies ont quitté leurs routes parallèles.

À force qu'on lui tende des perches, Silva a fini par les saisir une à une, à présent Djanu sait tout de ce qui sort de la citadelle. Pas d'ambassade officielle, pas de tentative nocturne désespérée, pas de petits groupes d'assassins, pas d'espion solitaire. Rien. Des pigeons voyageurs. Des chants. Des flèches.

Les pigeons partent de trop haut pour être abattus. Les guetteurs ont la vague impression qu'ils se dirigent souvent vers le nord. Mais laissons les Juifs envoyer leurs messages : Rome n'en a cure. De petites troupes de rebelles dispersés attaquent encore parfois les légionnaires pendant leurs patrouilles, mais c'est de plus en plus rare. Des piqûres d'insectes sur la carapace de l'armée.

À force de patience, on aperçoit aussi des ânes avec des enfants. Ils ne sortent que pour quelques centaines de coudées, le long des chemins vertigineux qui mènent aux citernes supérieures – hors des murs d'enceinte, mais beaucoup trop haut pour les Romains, qui les tolèrent. Djanu a caressé l'idée d'observer attentivement les ânes – qu'à certaines heures on distingue à peine à cause de la distance et du contre-jour. De noter les itinéraires et les fréquences. De monter la nuit le long du Sentier du Serpent, de se cacher. De convaincre les enfants qui mènent les ânes de laisser remonter une étrangère avec eux. Contre quelques pièces dont ils n'ont rien à faire, ou des promesses, ou des menaces.

Isis s'est assise. Elle mange. Elle pense. Elle a d'autres idées que lui, Djanu les devine. Au mieux, elle entrera après l'assaut. Tout sera fini. Elle fouillera la place forte à la recherche des corps de ses petits, exécutés, massacrés, ou carbonisés dans l'incendie. Avec de la chance, elle les trouvera hagards, enchaînés dans une file en partance. Elle voudra les racheter mais ils ne seront pas à vendre. Il faudrait énormément de chance, car Djanu lui a dit qu'on ne ferait pas beaucoup de prisonniers. L'idée de Silva est de finir le travail en beauté – de faire symboliquement place nette.

— S'ils vont dans un sens, ils vont forcément dans l'autre.

— Qui ? demande Djanu.

— Les pigeons.

Isis précise :

— S'il y en a qui sortent, il y en a sûrement qui reviennent. Je veux savoir d'où ils partent.

Djanu prend une galette.

— Et le poète ? demande Isis.

— Tu veux demander conseil à Chèvrebouc ? Il aura sûrement une idée. Mais il faudra faire tout ce qu'il te dira, sans discuter, sans comprendre. Je crois qu'il a de vrais pouvoirs. Pas juste des connaissances et des dons de parole. Musa a les larmes aux yeux à chaque fois qu'elle le croise. Il lui a parlé, et depuis elle ne pense plus qu'à rentrer en Gaule. Elle dit qu'elle mourra avant, que c'est bien fait pour elle. Ça fait trois jours qu'on mange froid.

— Pauvres de vous.

Djanu ne relève pas.

— Certains jours ma mère parle de l'épouser. À d'autres moments elle demande juste à vivre dans sa lumière.

— C'est ça le problème.

— Quoi ?

— Il singe les prophètes. Les vrais. Il annonce le messie mais sans l'annoncer vraiment.

— Le quoi ?

— Le messie est celui qui viendra. Il viendra comme roi, et les prêtres le reconnaîtront. C'est ce que dit la tradition. Sauf qu'il est déjà venu. Il n'a pas été reconnu, parce que les hommes sont aveugles. Ils regardent au mauvais endroit.

— Votre nouveau roi ? Il est où ?

— Il est mort. Mais il reviendra.

Djanu se demande si on se moque de lui.

— Quand ?

— Il est là. Les Romains l'ont crucifié, mais son esprit est resté.

— Les Romains l'ont crucifié ?

Isis ne répond pas tout de suite.

— Il avait prédit la destruction du Temple. Et beaucoup d'autres choses. Il guérissait les pauvres, il s'en prenait aux prêtres, il ridiculisait les puissants. Je t'expliquerai.

Djanu imagine en ramassant les miettes avec son doigt.

— Un nouveau roi…

— Pas juste un roi. L'envoyé de Dieu. Son bras sur la Terre.

— Qui connaît cette histoire ?

— Tout le monde. Les gens n'y croient pas. Avant de mourir il a parlé à ses partisans. Il a dit comment vivre désormais.

— Il a dit quoi ? Ils sont où, ses partisans ?

— Partout. Nulle part. Ce sont des gens comme les autres.

— Chèvrebouc connaît cette histoire ?

— Sûrement.

— Le premier soir, il a parlé d'un petit pâtre qui devenait roi.

Isis sourit mais n'ajoute rien. Derrière eux, Briséis humidifie le grand drap tendu, qui les protège du sable et du désert. L'eau dans le tissu emprisonnera la poussière. Briséis est une ombre très appliquée. Djanu reprend la parole.

— Silva dit que je dois me méfier de lui.

— De qui ?

— Chèvrebouc.

Isis dit, sans vraiment y croire :

— Il pourrait envoyer une ambassade de paix, Silva.

— Là-haut ? Il pourrait. Mais les ambassades, les Juifs les criblent de flèches. On les comprend. La paix qu'on leur propose a une vilaine gueule. « Veuillez vous rendre. Vous ferez partie du triomphe de l'empereur, avec sacrifice public sur le Capitole ; inscrivez-vous vite ; vous visiterez Rome. »

Djanu réfléchit tout haut.

— Non, Silva, la paix il s'en fout. Au mieux, il pourrait épargner les gosses.

Djanu se tourne vers Isis.

— Qu'est-ce qu'ils vont faire des gosses ? Je veux dire, pendant l'assaut ? Il y en a beaucoup ?

— Oui. Déjà avant le siège, ils vivaient là en famille. Comme dans un village de montagne.

— Tu parles d'un village.

— Ils les mettront tous au même endroit. Un endroit sûr. Les enfants comptent. Ça au moins, ça n'aura pas changé.

— Mais c'est qui, là-haut ?

— Ceux qui ont échappé.

Djanu ne comprend pas. Isis poursuit. Elle n'en revient pas de parler de tout cela en mangeant des fruits.

— Des survivants de Jérusalem. Ou d'ailleurs. Ils se sont regroupés. Des soldats, des rebelles, des idéalistes, des proscrits. Des prêtres.

— Des prêtres ?

— De tout, je te dis. Ils vivent retranchés là depuis des années. C'est leur refuge. Leur premier exploit.

— Ah ?

— Éléazar a repris la forteresse à la légion. Il y a sept ou huit années, je dirais.

— Il a repris cet endroit à Rome ?

— Oui. On ne vous a rien dit ? Vous aimez tout compter et tout contrôler, mais vous ne savez pas où vous êtes ? C'est chez eux ici. C'est le sanctuaire. Le lieu de l'exploit.

Isis lève le visage vers lui.

— Je pourrais te parler de chacune des familles qui vivent là-haut, ou presque. Ils voulaient tous être là, le jour où Rome viendrait. Ils voulaient en être.

Djanu la regarde et ça le traverse : elle aurait voulu être là-haut. Isis est dans ses pensées. Elle lève la tête pour demander :

— Il te l'a dit, Silva ?

— Il m'a dit quoi ?

— Qu'ils vont massacrer les gosses et les femmes. Il te l'a dit ?

Djanu regarde la table.

— Pas comme ça, non.

— Il a dit quoi ?

— Rien.

— Des esclaves, ils en ont assez. Il prendra les chefs pour son triomphe. Et les gosses des rebelles insolents, il les fera disparaître.

Isis se lève.

— Où tu vas ?

Elle ne répond pas. Djanu reste seul. Il n'a pas la force de crier, ni de lui courir derrière. Face à lui les pots de dattes, de figues, la cruche de lait de chèvre. Entre les ustensiles circulent les idées qu'il essaie de rassembler. À qui parler en premier ? Que dire sans se trahir ? Que sous-entendre ? Que faire miroiter ?

Il accroche sa pensée à un souvenir : lui-même avec Ti Ritus la nuit jusqu'aux citernes. On n'est jamais aussi bien servi que par soi-même. Il pourrait y remonter. Il reviendrait en héros avec deux paquets précieux faits de bandelettes.

CHAPITRE 27

Cette fois, c'est Silva qui est venu chez elle. Ils savent tous les deux que la conversation va virer au duel. Certains soirs, c'est comme ça.

— Ça commence quand ? demande Roxanne sans le regarder.

Elle fait ses comptes sur un coin de table.

— Quoi ? demande Silva.

Il regarde le ciel depuis la terrasse.

— L'assaut.

— Quand tout sera prêt. Pas avant.

— Tu voulais en finir vite, dit Roxanne. Souviens-toi, en arrivant, comme tu voulais en finir.

— Je veux en finir.

— Mais tu veux faire ça bien.

Roxanne soupire.

— Ça n'arrivera qu'une fois, dit Silva. Une seule fois.

— La victoire ?

Silva se détourne de la vue. Cette conversation va le lasser très bientôt.

— Ce genre de victoire. C'est le moment qui décide de tout. Il faut que ce soit parfait.

— C'est toujours parfait quand on gagne.

— Pas du tout. L'issue est connue : raison de plus. On se souviendra de la manière, du panache. Une certaine grandeur.

— La grandeur de quelques emmurés, dit Roxanne toujours sans lever les yeux.

Silva a envie de partir. Mais il faut d'abord remporter ce petit combat – avant le gros. Il s'assied sur un banc face à la plaine.

— Tu détestes cet endroit, dit Silva.

Roxanne lui jette un regard.

— Pas autant que tu le détestes, toi.

Silva sourit.

— Je commence à l'aimer, figure-toi.

Elle lâche enfin ses comptes.

— Eh bien, moi, je le déteste. Je le déteste ! Je le déteste ! Et je te déteste aussi car tu mens !

Roxanne se lève. Silva se met à rire devant sa furie.

— Cesse de rire ! Tu ris comme une jument.

Elle s'approche de lui et le dévisage.

— Je te hais quand tu ris. Je te hais quand tu mens.

Elle se met à arpenter la terrasse. Elle imite le légat et prend des airs de comédienne.

— Comme j'aime ce désert... Quelle belle solitude... Quel enchantement !... C'est le poète qui te donne des idées ?

— Tu me dis ça, toi ?

— Oui. Moi il me distrait. Toi, il t'obsède.

Elle le rejoint sur le banc. Ensemble ils regardent dans le vide.

— Je voulais être à Rome pour l'automne, dit Roxanne. Djanu aurait commencé son écolage chez Gabinius. Ici, il subit. Le contexte est déplorable.

— Cette Égyptienne. On ne parle que d'elle.

— Oui, l'Égyptienne. Ce n'est pas son commerce qui m'ennuie. Ils discutent. Ils discutent trop.

Silva se lève et se sert de ce vin de palme qu'il fait livrer partout où il se rend.

— Il faut que tu comprennes une chose, déclare-t-il.

— Une seule ?

— Une à la fois. Djanu. Ce qui va se passer ici le suivra toute sa vie.

Roxanne écoute.

— Le siège, et comment il finira. Ce qu'on en dira. Les enjeux, les retombées, le symbole.

Roxanne rit. Elle répète :

— Le symbole…

Silva est très sérieux face à elle.

— Bâclé, ce sera une place forte qui cède. Bien fait, oui, ça restera.

Il fait quelques pas.

— Ça le suivra, notre Djanu. Son nom… est aussi le mien. Et ce nom gardera en lui ce qui s'est passé ici. Très longtemps.

À présent, elle va se calmer, pense Silva. J'ai dit « notre ». Notre Djanu. Elle va ronger son os tout le reste de la soirée…

Mais Silva lui aussi a adoré le prononcer, ce « notre ». Il s'approprie l'enfant avec un certain orgueil. Il lui donne un nom, que Djanu nourrira de beauté et d'intelligence. De ce panache que Silva cherche, et qui fuit.

CHAPITRE 28

Comme tous les jours, Nathaniel est le premier levé. Et comme tous les jours, ses pas le mènent vers ce qui ressemble le plus, ici, à la campagne. Des jardins luxuriants d'Hérode il ne reste que des allées mal tracées et des bosquets qui débordent. Nathaniel réfléchit ; ce qui revient à lui parler.

Il lui parle sans mots. Il lui parle dans l'intimité qu'ils partagent ensemble, un lieu qui n'est plus tout à fait sien ; qui n'est pas non plus céleste : comme des volutes de pensées qu'il place en suspension entre lui-même et le ciel.

Aujourd'hui comme hier il lui parle pour conjurer quelque chose. Pas pour s'excuser, le temps n'est plus aux excuses. Pas pour comprendre. Pas non plus pour trouver que faire. Il lui parle pour lui parler. Pour être avec lui, encore un peu.

On ne prononce jamais ton nom. Ô Éternel.

On te donne des surnoms pour te dire comme tu comptes dans nos vies.

Pour te dire que tu es nos vies. Tu es la vie.

Tu es au-dessus de la notion de nom. Au-dessus de la notion de notion. Tu es au-dessus de tout.

Tenter de te dire revient à te trahir. À te faire pâlir, à t'affadir. Alors on ne prononce pas ton nom.

Tu tournes en nous sous la forme d'autre chose. Sans nom tu revêts plus que tout ce qui est nommé.

Et tu te dérobes en même temps. Tu t'échappes et tu vas rejoindre un grand espace vierge où règne le possible.

Au commencement était le Verbe.

Tu es ce Verbe. Mais tu es aussi le commencement. Et ce qui existait avant. Juste avant le commencement, il existait pourtant quelque chose.

Toi.

Comme chaque matin, Nathaniel s'adresse à lui sans honte. Les mots répétés forment une litanie, une ritournelle qui lui fait du bien.

Où es-tu ?

Je t'ai toujours connu. Tu étais en moi quand je grandissais. Tu étais mon père et tu étais ma mère. Je t'ai reconnu dans les signes. J'avais honte d'être traversé par toi quand la beauté du monde s'imposait – car la beauté n'est jamais qu'un insignifiant reflet de ta présence.

Je t'ai aimé dans les épreuves. Je t'ai craint quand une félicité passagère attendait mieux de moi. Je t'ai vu partout. J'ai senti bien des fois ta présence. J'aimais cette présence, et je craignais ta disparition.

Où es-tu ?

Je t'ai cherché au désert, et je t'ai trouvé.

Je collectionnais les immenses et pourtant très petites preuves. Une plante qui se débrouillait pour pousser entre deux cailloux me suffisait. Quand je me suis rendu compte que ma fille connaissait tous les psaumes, j'ai cru contempler ton œuvre – puis je m'en suis voulu à cause de l'orgueil.

C'est au Temple que j'ai douté. J'arrivais à ta maison, à ton palais. Je voulais tout absorber. Oublier la foule, les odeurs, les cris, les visages, pour tendre vers toi.

Au Temple, cette fois-là, j'ai eu honte de ne pas sentir ta présence. J'aurais dû avoir honte des hommes, mais j'ai d'abord eu honte de moi. En arrivant sur la grande terrasse réservée aux fidèles, j'ai pensé à Pompée le Grand. Oui, quelque chose de romain s'est imposé à moi, j'aurais dû y voir un signe. Pompée assiège la ville avec ses hommes. La ville tombe. Il arrive en triomphateur, cuirasse chatoyante et plumet rouge sang. Il prend possession du Temple avec sa suite sacrilège. Il arpente. Il monte de terrasse en terrasse. La plus impressionnante construction sacrée du monde connu. C'est comme ça qu'il qualifie le Temple, à l'aune de sa compréhension romaine. Le voici face au saint des saints. Il y entre alors qu'il n'en a pas le droit. Il y entre pourtant. Quand il ressort, il prononce cette phrase qui pour nous est un triomphe – laisse-moi triompher en ton nom, Éternel, permets-moi cet orgueil passager, il me fait du bien. Pompée dit : « Il n'y a rien. »

Il n'y a rien. Ô Éternel, tu es ce rien. Tu règnes invisible. Vaincu tu restes vainqueur.

Ce jour-là, je montais vers la dernière terrasse, celle réservée aux initiés, la plus proche du Tabernacle. Me revenait la phrase de Pompée, avec au plus profond l'envie de m'en imprégner, de me moquer, de plaindre l'aveugle Romain tout imbibé de son matérialisme enfantin.

Et puis j'ai été rattrapé. Je ne t'ai pas trouvé. Ce jour-là, je ne t'ai pas trouvé, Éternel. J'étais comme Pompée. Une matière inconnue me coulait entre les doigts comme du sable. Un doute obscène me privait de toute pensée. Un sentiment inconnu me prenait à l'improviste – impossible de le chasser.

Où es-tu ?

Je marche pour m'éclaircir les idées dans ce jardin. Ce vaste paradis conçu par le roi Hérode pour éblouir ses amis, s'éblouir lui-même. Il ne reste pas grand-chose, et tout à la fois : la nature et le désert ont repris leurs droits. Aujourd'hui un petit troupeau de chèvres broute l'ancien agencement de fleurs rares. Les lauriers font des touffes, le jasmin croît. J'admire les petites chèvres de l'année. D'autres voudront te les sacrifier très bientôt, attirer ton œil ; ils voudront te donner leur sang pour que tu l'aspires depuis le ciel et qu'en échange tu prennes la peine de guider nos flèches vers le cœur de nos ennemis. Je plaide pour qu'on garde en vie les chèvres ; qu'on prélève le lait de leurs mères pour le donner à boire à nos enfants.

Je marche et je me force à penser que tu es encore là. Que tu ne nous as pas laissés à notre sort misérable comme nous le méritons. Car nous le méritons. Nous ne méritons plus que ton courroux – la destruction, l'oubli. Nous avons souillé ta présence. Nous avons rompu l'alliance. Nous avons accumulé les crimes. L'ignominie a entraîné l'ignominie, jusqu'à tomber plus bas que terre, sous ton œil. Nous avons roulé Israël dans la fange, et nous nous y sommes roulés aussi – et aujourd'hui nous voudrions que tu sois là pour nous avec ta lumière et ta grâce.

Nous vivions sûrs de nous. La peur nous avait rendus plus sûrs qu'eux tous. Sûrs en ce jardin. Nous étions revenus d'Égypte et de Babylone, libres. Nous nous répétions les pièges où ne pas sombrer. Les lois à ne jamais perdre de vue. Les interdits, la prière qui ne devait jamais s'arrêter si nous voulions vivre en ta présence. Les prophètes nous avaient prévenus. Ils étaient venus, chaque génération réaffirmait les dangers, pour ne jamais oublier. Les tentations étaient grandes. L'argent, le pouvoir, l'apparence. Sortir de ton regard, abandonner la pauvreté du corps, et donc la pauvreté de l'âme. Sortir du cercle de ton regard qui demande l'humilité.

Nous avions résisté aux empires, malgré les tribus disloquées, malgré les rafles, l'esclavage, et Canaan que chaque puissant avait pris pour une paillasse où s'essuyer les pieds. Nous avons courbé l'échine. Nous sommes revenus. Nous t'avions comme seul bouclier contre l'anéantissement, notre Innommé, notre

Farouche, dans une prière murmurée, ininterrompue. Nous te chérissions, toi le terrible qui punis toujours tes enfants tellement tu les aimes.

Puis le crime s'est invité avec l'apparence de l'utile. Un peu plus de miel sur nos dattes. Un peu plus de lin sur nos dos. Un peu plus d'or aux doigts de nos prêtres. Et de l'orgueil pour nos rois. Plus nous avons voulu nous corriger, plus nous te perdions. Les prêtres ont soulevé les foules pour les jeter les unes contre les autres au nom d'une virgule déplacée. Les rois ont pactisé avec d'autres rois plus puissants pour étendre leur pouvoir au nom d'une foi unie. Chacun s'est identifié un peu plus à des symboles, ces symboles que tu proscris pour éviter l'arrogance et le péché. Les Romains ont bon dos. Nous nous serions débrouillés sans eux pour gonfler comme des outres.

Nous avons laissé Hérode reconstruire le Temple dans un luxe qui nous rendait à la fois fiers et honteux. Nous l'avons laissé assassiner ses fils, ses femmes, ses frères, accéder à la folie. Il se prenait pour un richissime Romain, pour celui qui préside aux paysages. La souillure originelle est revenue avec une force inouïe : il voulut défier les impies en les battant à leur propre jeu de destruction, de dépravation, de consommation stérile, de contrôle par la luxure. Il a fini par se noyer dans un bain de sang, où flottaient encore les corps chauds de sa femme et de ses enfants.

Où es-tu ?
Je tremble de m'adresser encore à toi.

Es-tu ici sur notre montagne, pour guérir nos péchés sans nombre ? Certains parmi nous réclament encore la mort de ta main. Ils ne savent pas que c'est là un péché de plus. Ils espèrent que tu viennes, furieux comme tu peux l'être, comme tu as le droit de l'être, et que tu prennes encore la peine de nous sacrifier comme ton troupeau. Nous voulons encore être ton troupeau, Éternel, pour mourir de toi. Mourir de toi n'est pas mourir, disent-ils. La mort de ta main ne serait pas une délivrance mais une consécration, et je connais ici bien des insolents qui exigent encore cela.

Vivre dans la fraîcheur de ton ombre était un rêve. Le jardin d'Éden, nous y avons mis le feu. Nous avons arraché la vigne et le baume pour qu'ils ne profitent à personne. Nous ne méritons pas d'être tes enfants. Un jour tu ne seras plus là : nous l'avons assez répété pour nous faire peur. Aujourd'hui c'est vrai.

Tu as détourné le regard, Éternel. Il le fallait. Pour être celui que tu es il faut que tu te détournes de tes enfants. Nous voici seuls.

Je me lève et je marche sur le sentier des chèvres. Ces quelques pas remplissent d'air mon torse et donnent vie à ma chair, alors à nouveau j'espère. À nouveau je prie au lieu de me taire. Ne me laisse pas seul avec moi-même, Éternel. Oublie tout ce que je t'ai dit en pensée. Ne m'enterre pas. Frappe-moi de ta lumière. Punis-moi. Brûle-moi. Je veux avoir soif. Je veux prendre des risques avec ma toute petite vie, et tout te devoir lorsque l'avenir advient et que je suis là vivant, agissant, subissant, mais toujours là, avec toi.

Tu étais avec moi à Jérusalem, le soir où j'ai délivré cette mère folle. Quelqu'un avait dévoré l'enfant dont elle berçait encore les restes.

Ô Seigneur, tu ne m'aimes plus et tu en as tous les droits. Mais ne quitte pas les lieux. Donne-nous encore un tout petit bénéfice du doute. Nous n'en sommes pas dignes, mais ça ne prendra plus très longtemps. Laisse-nous croire que ce combat ne sera pas mené dans la solitude. Sois une dernière fois la flamme, même vacillante. L'huile prévue pour une heure a brûlé toute une semaine, autrefois. Donne-nous un instant de plus. Tes fils ne demandent plus qu'à disparaître, mais avec toi. Nous ne demandons plus la grâce. Nous ne demandons plus le pardon. Nous ne demandons plus ton attention. Nous sollicitons une toute dernière goutte d'huile. Nous brûlerons en ton nom. Nous brûlerons en ton nom qui ne se dit pas.

Où es-tu ?

Je crois que tu es encore là, je lis les signes dans ce petit troupeau de chèvres qui nous ressemble tant. Est-ce encore de l'orgueil ? Un attendrissement ? Je me laisse croire que, du coin de l'œil, tu restes curieux de ceux qui ont cru vivre sous ta loi.

Nous sommes les derniers, ridicules, divisés. Nous ne prétendons plus à rien. Je voudrais avoir la force de croire que nous sommes perdus. Mais je n'ai même plus cette force-là. Je continue à te sentir dans les absences. Dans les pierres et la lumière. Tu es celui que Pompée n'a pas trouvé. Je pose les yeux dans le vide qui nous sépare de Rome, là en bas. Et en ce vide je trouve la force de chanter ton nom – ton nom qui n'existe pas.

Vaincu tu seras vainqueur : tu règnes invisible.

CHAPITRE 29

Djanu court vers le camp. Ils ont emporté la Noire. Les soldats sont arrivés à quinze comme pour un criminel dangereux. Il a pensé que c'était pour Chèvrebouc. Puis il s'est dit : c'est moi. C'est moi qu'ils viennent prendre. Ils ont su.

En un instant ils étaient partout. Ils touchaient tout comme s'ils étaient les enfants identiques d'une même mère immonde. Ils fouillaient. Le bruit des meubles qui raclent le sol. Les odeurs de leurs corps puants. Roxanne flamboyante qui s'inquiète : qu'est-ce qu'on lui veut ? Qu'est-ce qu'on cherche ?

Ils étaient venus pour elle. Ce qu'ils voulaient, c'était elle. Déjà, ils l'avaient prise, bâillonnée, ligotée. La Noire. Alors que les légionnaires entraient chez Roxanne, d'autres étaient sans doute à la tente pour l'embarquer. L'un d'eux est revenu par la terrasse en brandissant une griffe. Ou peut-être une dent. Il la montrait comme un objet chargé d'un grand pouvoir. Le gradé l'a regardée longuement sans y toucher. Dans la cour, Musa hurlait parce qu'on s'en prenait à ses victuailles. Vorenus restait au milieu du salon sans bouger. Roxanne lui demandait s'il comprenait quelque chose, il ne bronchait pas, les yeux devant lui.

Isis arriva par la rue, des légionnaires lui barraient le passage à la porte. Elle cria : Briséis, ils l'ont emmenée.

Depuis, Djanu court. Il est parti par la terrasse, personne ne l'en a empêché. Il était en train d'essayer sa toge, et elle ne lui va pas mal ; il revêtira bientôt officiellement la toge virile. Il en faut beaucoup pour qu'un légionnaire pose la main sur un citoyen romain, et grâce à son vêtement il en avait l'apparence. Ils sont bien dressés, au moins à ça. Djanu va entrer au camp. Il va tomber sur Silva, qui n'est sans doute au courant de rien. Djanu prononcera les mots – il les dit déjà dans sa tête, il les articule très distinctement : la Noire, Briséis, une erreur ridicule, vois.

Djanu tient les pans de sa toge comme une femme. Pas pratique pour courir, pas du tout. Pour déambuler, à la limite. Il entre dans le camp, on le laisse passer. Mais ce n'est pas le camp qu'il connaît. Tout est vide. Il va courir encore jusqu'à la tente du légat, mais il sait déjà qu'il n'y sera pas. Un bruit. Une clameur. Djanu s'arrête, repart. À la grande statue, il prend à gauche vers la porte du Nord. Il ressort du camp. Ils sont tous là, qui lui tournent le dos ; des légionnaires par centaines. Certains portent le rouge de l'uniforme, d'autres sont torse nu. Djanu se fraie un passage mais il a déjà aperçu là-bas au bout de l'esplanade le signe d'infamie qui lui coupe les jambes. La croix.

Il zigzague entre les hommes pour ne pas perdre de temps. Les mots qu'il a en bouche possèdent un pouvoir énorme. Il faut qu'il les prononce, qu'il les laisse exercer leur magie. L'oreille de Silva, il la lui faut. Djanu reconnaît des silhouettes de gradés dans les premiers rangs. Il cherche les profils pour trouver le bon. Il n'ose regarder devant lui de peur de l'image qui va s'imposer. Il ne voit pas Silva. Alors il s'arrête et il tourne la tête.

Elle est là. Elle est là, la grande servante noire. Ce matin, elle mouillait le drap pour qu'il les protège de la poussière. Il y a une heure, aujourd'hui. Elle est là à quelques pas de lui, sur l'estrade de bois, nue entre deux hommes. Son corps si noir brille sous le soleil. Elle est plus grande que les deux légionnaires qui la maintiennent par chaque bras.

Djanu fait un signe, Briséis le voit. Il regrette : les hommes lui en veulent de connaître la coupable, ils le soupçonnent aussitôt malgré son habit. Djanu devrait chercher encore, trouver Silva. Mais il ne peut détourner les yeux de la Noire, qui a déjà tout compris.

Silva est là-bas, avec un air grave et satisfait. Un centurion lui parle, celui qui était chez eux il y a peu, quelque chose passe dans la main du général, qu'elle brandit. Aussitôt c'est la clameur : la griffe dépasse du poing de Silva comme s'il allait s'en servir pour défigurer les gens. Les cris s'apaisent et les regards se tournent vers le nord : la croix est prête, elle est grande et noire, et derrière elle en guise de fond, la forteresse sur sa montagne, marquée par le signe.

Une corde a été placée sur ses seins, sous ses bras, un homme sur une échelle derrière la croix tire en grimaçant, d'autres poussent depuis le bas.

Djanu est à côté de Silva, il lui touche l'épaule, mais il se voit ridicule dans sa toge revêtue trop tôt ; comme un présage, une prétention. Il en est sûr, et croit le lire sur le visage du légat : il ne sera jamais citoyen, jamais, il s'est porté malheur avec sa toge virile, qu'il a vidée de son pouvoir en s'en parant comme une coquette.

Il n'y a rien à faire, Djanu l'a compris. Il faut attendre. Peut-être qu'on les laissera la dépendre, la nuit venue. Mais ce « peut-être » ne pèse guère, Djanu se voit déjà expliquer aux autres qu'on ne peut rien faire, elle a été condamnée à mort, pas juste à l'infamie de la croix. La mort pour la mort qu'elle a répandue à travers les camps, toutes ces nuits.

Les voici qui se matérialisent autour de lui. Vorenus, Musa essoufflée, Roxanne en sueur. Tous les regards sont pour elle. Un mélange de pitié et d'horreur, de terreur. Et déjà la peur d'y être associé. On baisse les yeux, on se retire. Et puis on regarde quand même.

Isis, où est-elle ? Djanu la trouve derrière lui. Elle porte encore ses attributs, perruque, diadème. Elle marche vers Silva mais on lui barre la route. Même de dos, Djanu devine qu'elle crie, qu'elle insiste. Un garde frappe. Elle se retrouve à genoux par terre. Djanu va se faire un passage dans la foule, mais il s'arrête. Briséis s'est mise à parler.

Mais Djanu entend d'autres mots, les mots prononcés par Silva cette fois-là : comme quoi elle porte malheur avec son nom de princesse troyenne que les hommes valeureux se disputent. Briséis la pourvoyeuse de colère. Elle parle à Isis dans une langue très belle que personne ne comprend. Mais ça ne va pas durer longtemps. Djanu jette un œil à Vorenus qui soutient sa mère juste à côté de lui, et dans les yeux du vétéran il obtient la confirmation : ça ne va pas durer longtemps. Car Briséis les maudit.

Son arrêt de mort est signé – c'est ce qu'elle voulait. « Soyez maudits, dit Briséis. Vous perdrez cette bataille et la honte sera sur vous en redescendant. » La bouche articule, les regards des soldats se brouillent : ils n'aiment pas ça. Ils voudraient en rire, mais les mots restent collés à leurs oreilles. Djanu est prisonnier des lèvres roses qui créent un grand silence. « Vous perdrez cette bataille, Romains. »

Isis s'est relevée. Elle s'est placée juste sous la croix, très près. Là-bas, Roxanne discute avec le général. Il semble décidé. Il ne fera rien.

Djanu est tout au spectacle obscène. Ça s'est passé si vite. Rome est venue, elle a agi, et c'est presque terminé. Une image le traverse à son insu, mais le poète ne viendra pas. Le bourreau halète sur son échelle, et

Djanu perçoit quelque chose dans le corps de Vorenus juste sur sa droite. Le vétéran a tourné la tête vers Roxanne, qui à présent se tient très droite près du légat. Elle fait un signe de tête que Djanu prend pour lui, une sorte d'assentiment ; mais c'est pour Vorenus, qui a bougé. Il sort quelque chose de sous sa tunique. C'est son glaive. Il marche jusque sous la croix. Sur la pointe des pieds, il décrit un cercle avec son arme. La lame acérée vient toucher le cou de Briséis. Ses yeux se rouvrent et se figent. Une gerbe de sang éclabousse. Le bourreau se retrouve idiot avec sa lanière inutile. Vorenus fait un pas en arrière et essuie la lame sur son genou. La clameur est immédiate : les hommes voulaient quelque chose de rituel, une belle souffrance, longue et utile. Mais elle se calme bientôt, car on respecte le vétéran, que tout le monde connaît.

Silva regarde Roxanne. Qu'est-ce qui t'a pris ? Puis il se compose très vite un air farouche pour ses hommes, comme s'il avait ordonné le glaive, lui.

CHAPITRE 30

Les voici assignés à résidence. La main romaine a frappé, et ils ne sont plus que des insectes dans un trou, qui ne comprennent pas ce qui s'est passé. Devant l'entrée, des soldats en armes. La sortie vers la terrasse, où d'autres montent la garde, a été entravée par des planches clouées.

Musa a enfin cessé de geindre, de répéter qu'elle n'a rien à préparer. On ne la laisse même pas traverser la cour pour aller chercher ce qu'on pourrait consommer sans feu. C'est Fluvia, la mère de Ritus, qui leur fait passer la soupe – ils l'accueillent chaque soir comme une merveille.

Vorenus a pu rester à l'extérieur, les espoirs sont avec lui. Grâce à sa liberté de mouvements, il ira auprès de Silva plaider leur cause.

Même morte, Briséis a encore tué. Le lendemain de son exécution, le camp principal s'est réveillé avec un mort à chaque coin. Aux quatre extrémités, un soldat était cloué à la palissade dans une posture affreuse. À l'aube, les hommes se groupèrent dans une terreur religieuse et contemplèrent le spectacle de sa puissance. Leurs compagnons sacrifiés, vidés de leur sang, exposés. Au sol, les traces nombreuses du ballet de la lionne.

Depuis, la maisonnée est enfermée. Il y avait déjà des gardes la première nuit, c'est la tradition. Pour éviter que les proches n'aillent dépendre les suppliciés, on les en empêche avec des hommes et des armes. Rome comprend qu'on ait envie d'accomplir les rites. Mais elle veut que son œuvre serve de leçon au moins quelques jours.

Oui, Briséis a encore frappé sous la forme d'une lionne. Comme ils ne peuvent pas la tuer deux fois, ils s'en sont pris à son cadavre. C'est ce que sa mère a raconté à Ritus en murmurant à travers les tuiles la nuit passée. Ils ont cloué un crâne de lionne juste au-dessus de sa tête sur la croix. Des dents de fauves et des griffes ont été plantées partout sur son corps. Ensuite on l'a badigeonnée d'huile et on l'a brûlée. On espère qu'elle ne frappera plus.

Mais ce n'est pas elle qui frappe. On raconte que c'est le monstre juif. Cela fait des semaines que l'histoire grandit, elle est très populaire parmi tous ceux qui s'affairent autour des camps et même parmi les soldats. Le monstre juif descend chaque nuit. Il est constitué surtout de terre. Il se nourrit non pas de la peur des assiégés, mais de leurs volontés assemblées. Il n'est pas leur serviteur, ni l'envoyé de leur Dieu, c'est une créature qui leur échappe. Après s'être matérialisé comme un tas de mottes empilées, il se tient là devant toi, te parle à l'intérieur de ta tête, te pousse à tuer tes camarades.

Isis pourrait se réjouir que Briséis se venge encore. Mais Djanu n'arrive pas à savoir ce qui la travaille. On l'a enfermée avec eux, blessée au front, elle reste couchée. Il l'a installée dans sa chambre, elle refuse la soupe. Ses yeux restent ouverts. Djanu est assis à côté d'elle en tailleur et il attend.

Ritus est là aussi. Il répète sans arrêt la même chose et le soûle. Comment il a racheté la jeune esclave. Voilà qu'il le redit : payer pour sa vie fut le moment le plus important de sa misérable existence. Et ça le restera toujours, Djanu, ça tu peux me croire. Le regard qu'elle m'a jeté, tu ne peux pas imaginer une chose pareille, Djanu, tu ne peux pas imaginer, ça m'a rempli, mais ce n'était pas de la fierté, qu'est-ce que tu veux que je fasse avec de la fierté, c'était du feu. Je parlais avec le gradé, il me regardait à peine. Puis j'ai sorti les pièces et sa tête a changé. Je me disais : pourvu qu'elle ne soit pas morte aujourd'hui, ce serait trop bête. Que la rampe se soit dérobée sous ses pieds pour me l'engloutir, qu'elle-même se jette dans le vide par désespoir en regardant un garde bien dans les yeux pour lui raconter quelque chose qui le dépasse. J'avais très peur. Et puis je l'ai vue. J'ai senti mon cœur qui battait une dernière fois. Elle me fixait depuis la file de la soupe avec son bol entre les mains. Elle avait compris ce que je fichais à cause de comment moi je la regardais avec mon sourire confiant – niais, mais confiant. Elle s'est mise à articuler des choses. *Je ne te comprends pas*, je lui ai fait signe en hochant la tête : *je ne te comprends pas, ô déesse, minuscule déesse.* Voilà qu'elle quitte le groupe. Elle s'avance et veut que le centurion prenne l'argent et que tout s'enchaîne. On part. On passe devant les légionnaires à cheval qui nous regardent, et la pile des morts du jour, entassés. Comme elle ne disait rien, j'ai fini par me taire. Je pensais qu'elle allait pleurer à cause du bonheur, ou réclamer son grand-père, mais elle me suivait. J'avais peur qu'elle me laisse. Je marchais vers chez toi, je voulais te la montrer, mais je me suis retourné une fois de trop. C'était le tournant, tu vois ? Elle n'était plus là. Tu me croiras si tu veux mais j'ai trouvé ça bien. J'ai trouvé ça normal. Je l'ai cherchée évidemment. J'ai appelé : petite ! Envolée. Les déesses, ça ne reste pas avec les mortels, est-ce que tu comprends ?

Voilà comment passe le temps.

*

Roxanne ne montre rien mais elle est inquiète. Elle dit que la présence d'Isis va leur porter malheur. Sans doute complice, elle sera crucifiée bientôt. Elle veut que Djanu dorme tout près. Pour le rassurer et qu'il fasse des rêves calmes, dit-elle. C'est elle qui dort mal. Elle pense au poète et aux chemins qu'il a tracés en elle, à la forme que cela prend, une forme épaisse et chaude. Elle voudrait en faire une cape et s'en parer, mais c'est loin d'être terminé. Cette étoffe, elle l'a tissée en écoutant ses phrases, en admirant ses gestes, en se baignant dans sa voix. La trame en est très serrée. Mais ce n'est pas avec une promesse de vêtement qu'elle va se réchauffer.

À certains moments, elle retrouve toute sa superbe ; son esprit est apaisé par sa propre volonté, dirigée vers un futur qu'elle a su imaginer à son image. Alors Roxanne redevient Roxanne et règne de nouveau. Elle convoque Djanu pour qu'il s'asseye à son côté, il est son fils et ils incarnent une sorte de couple régnant. La main de Roxanne se place sur sa tête ou sur sa cuisse et elle peut poser sur le monde son regard qui fait fructifier. Mais ça ne dure pas et Roxanne soupire ; Djanu n'arrive plus à jouer le rôle du fils riche d'avenir. Il appartient à Isis désormais.

Hier Roxanne est montée. Djanu était avec Ritus en silence auprès d'Isis allongée. On ne sait pas si elle rumine, si elle médite. Parfois ses yeux sont fermés et on aimerait qu'elle dorme. Chaque heure, Djanu se dit que l'heure d'après il la forcera à manger, à boire, à lui parler. L'heure passe.

CHAPITRE 31

Le poète s'est assis à côté d'un type qui repeint son bouclier. Un oiseau noir sur fond rouge, avec des griffes. On a ajouté à l'animal deux grands yeux blancs qui lui donnent une expression d'effarement. Peut-être que c'est censé être un aigle.

Ces hommes brutaux et efficaces passent un temps infini à soigner les détails de leur équipement. Pas seulement le fil aiguisé de leurs glaives ou les mailles de leur cotte, dont la souplesse peut leur assurer la victoire – ou leur sauver la vie. Ils adorent les symboles et s'en imprègnent. Quand ils déferlent sur la plaine par milliers, les aigles noirs aux yeux globuleux sont là eux aussi. Le soldat romain utilise les mêmes artifices que moi, se dit Chèvrebouc. La légion est un spectacle magnifiquement mis en scène, qui répond à des règles strictes qui ont fait leurs preuves.

L'attente, pour commencer. La réputation de l'armée romaine la précède. Elle s'entretient toute seule tant le mythe est puissant, renforcé sans cesse par le sang. L'armée avance ; sa simple présence et ses victoires passées font la moitié du travail en ruinant le moral de ceux d'en face. Comme si les millions de soldats morts au service de Rome étaient toujours là en rangs serrés parmi les vivants.

Les couleurs ; et les sons. Chèvrebouc le sait : un public s'abandonne complètement à l'instant précis où on lui sature les sens. Du feu, des chants, des phrases, des mimes. Et voici qu'ils se donnent – trop de sollicitations à la fois. L'armée elle aussi s'avance et te regarde dans les yeux jusqu'à ce que tu les baisses. Tu ne sais plus pourquoi tu es là. Tu sais seulement qu'ils sont ici. Tout est présence et t'efface : Rome, rouge. Rome, vraie. Rome, partout. Les fanions claquent à tes oreilles, les aigles te dévisagent de leurs yeux caves. Le bruit des glaives qui frappent les boucliers, comme les battements d'un cœur monstrueux. Qui es-tu pour t'y opposer alors que tout te répète le règne des quatre lettres, la seule puissance vraie ?

Le soldat s'est mis à lui parler comme s'ils étaient camarades. Artémis, sur son char. Le légionnaire parle d'Artémis comme si c'était la fille de la voisine. Alors le poète comprend : c'est un griffon. Le monstre du bouclier : un griffon, évidemment. Pattes de lion, corps d'aigle. Le légionnaire explique : ils sont quatre à tirer le char d'Artémis. Elle part à la chasse au petit matin, mais sans ses griffons elle ne rapporterait pas grand-chose, c'est moi qui te le dis.

Le conteur écoute. L'histoire est belle, et celui qui la raconte y croit avec une force intacte. Le griffon, c'est l'être parfait, si tu veux ; il règne sur la Terre avec son corps de fauve, mais si le combat se poursuit dans les airs, pas de problème, ses grandes ailes puissantes se déploient en un instant, et le voilà efficace au ciel. Pour mieux convaincre, le légionnaire s'est mis à mimer. Il vole, il griffe, et donne même des coups de bec. Deux autres types se sont arrêtés et le regardent avec des airs d'experts, en grignotant leur quignon du matin. Tout le monde semble d'accord, le griffon est l'être parfait, c'est un fait avéré. Jamais pris en défaut. Face à un centaure, il n'y a même pas combat, serres contre sabots, tu penses, c'est vite réglé.

Chèvrebouc guette l'ironie dans les yeux de ses nouveaux meilleurs amis, un peu de recul dans un mot, mais rien : le griffon règne véritablement dans leurs esprits. Hier, cette même dixième légion assiégeait Jérusalem – ce sont les griffons qui sont venus à bout de la ville-temple. Avant, ils ont joué un rôle décisif, dit-on, pour calmer le plus grand ennemi de Rome depuis que la Gaule est tombée : l'Empire parthe, héritier des Perses et d'Alexandre. Demain, ils prendront Massada. La plus parfaite absence de doute : telle est la force du griffon.

Le poète est prisonnier. Rien d'officiel dans tout cela, juste l'empêchement de sortir du camp. Le colosse borgne qui garde la grande porte est déjà son ami. Chèvrebouc lui a donné pour nom Polyphème, et depuis on s'entend bien. « Le dernier qui m'a appelé comme ça est mort en Cappadoce avec la langue arrachée », avait d'abord déclaré Polyphème avec détachement. Le poète lui a rappelé la force incroyable du cyclope, comparable seulement à celle des Titans. Le légionnaire a trouvé la comparaison avantageuse, finalement. Il a expliqué les ordres : le conteur ne sortira pas, il fait à présent partie des ressources indispensables au camp, comme les chevaux et les marmites. Polyphème a ri de sa plaisanterie, et le poète avec lui. Moitié cheval, moitié marmite. Je ne tire pas le char d'Artémis, pense Chèvrebouc, mais impossible de se passer de moi.

*

À la tombée du jour, on vient chercher le conteur pour qu'il sacrifie le grand bélier. Les festivités ont commencé, et Cybèle sera contente. La légion, pragmatique, le reconnaît comme prêtre, il fera toujours mieux que les officiels. Ceux-là, on ne les aime guère. Pas plus que les augures, qui prennent des airs supérieurs pour contempler le ciel et rendre des auspices connus d'avance, toujours favorables quand on a dit qu'on combattrait. Chèvrebouc refuse de sacrifier le bélier, il n'est pas habilité. Mais il calme la foule en acceptant de brandir le calice où le cœur fumant de l'animal se consume.

Le soir est venu sur le camp. L'or des feux se reflète sur les armes polies. Tout prend des teintes rouges : les tentes, et les visages où des brillances passagères captent les flammes. Le poète est assis et les hommes autour de lui sont suspendus à ses lèvres. Ils se souviennent de Jérusalem, mais l'entendre de la bouche du poète, c'est autre chose. Les mots prononcés par lui contiennent une vigueur qui sent la vérité à plein nez. Il les a vus de ses yeux, ces pères très dignes qui prennent leurs petits dans leurs bras pour sauter du haut des remparts devant leurs femmes hésitantes. Ces gens-là avaient des vies comme nous, avec des épouses comme celles qui nous attendent au pays. Peut-être que nos Juifs à nous vont se jeter dans le vide, le moment venu. Avec la montagne, ils voleront longtemps.

Ensuite, il leur parle d'Hérode. C'est un sujet inépuisable. La punition divine qui s'abattit sur lui vers la fin pour lui faire expier ses crimes. Un crépitement… Son bas-ventre était atteint par la maladie depuis si longtemps qu'il s'était mis à pétiller. Les petites écailles de peau bruissaient. Les dieux avaient été magnanimes : un simple ventre qui chante quand on tend l'oreille. Les soldats restent muets. Avec l'aide du poète, chacun se demande quel supplice il préférait. Tantale, pour qui les nourritures se transforment en sel quand il tend la main. Sisyphe, poussant sa pierre jusqu'au sommet pour mieux la voir dévaler. Ou Hérode et son bas-ventre qui le démange, auquel il ne peut toucher. La nuit, on lui attachait les mains, sinon il se griffait jusqu'à ouvrir les chairs. Il ne dormait plus, car il s'entendait lui-même crépiter.

Un soldat dit :

— On sait comment il est mort, dis-nous comment il vécut.

Ils voulaient qu'on leur parle de l'or. Alors le poète prit du plaisir à les obliger. L'or des Juifs est là-haut, il les attend sous forme de trésors, pièces de monnaie, œuvres d'art, pierreries. Quand Hérode régnait, des coffres furent hissés là, provenant de toutes les contrées avoisinantes où Rome s'étendait. Mais pas seulement. Cette montagne était le joyau de sa couronne. Vous verrez, parfaitement intactes, les colonnades étagées qui prolongent les falaises et défient le vide. Là, sur sa montagne personnelle, en ce lieu préféré à tous les autres, son refuge ultime, Hérode a dissimulé assez de richesses pour reconstruire tout son pays en cas de revers, de fuite, de siège. Des murs entiers furent bâtis sur des lingots ; on dit que certaines colonnes creuses sont bourrées de pierres chatoyantes.

Pour calmer les hommes qui s'échauffent, il leur raconte celle qui erre là-haut. Mariam. Quand il part pour Rhodes courtiser le jeune empereur Octave, ici, à Massada, Hérode enferme la perle de ses yeux, sa favorite : Mariam. Il revient en héros : Octave l'a nommé roi de toutes les régions alentour. Ivre de pouvoir, Hérode devient fou. Les partisans de sa sœur lui farcissent le crâne. En son absence, sa chère Mariam l'aurait trahi. Hérode hésite, puis ordonne qu'on en finisse avec elle. Le soir même, il la cherche partout, crie son nom à travers le palais. Il la trouve qui baigne dans une piscine noircie par son sang. Hérode descend dans l'eau, il la prend délicatement dans ses bras, lui murmure de doux mots à l'oreille. Ô toi mon aimée, réponds-moi. Charme-moi encore de ta voix. Mais qui t'a fait ça ? C'est ma sœur sans aucun doute. Il va falloir qu'elle paie. Ô Mariam, toi le seul être qui m'ait réellement aimé… Pendant des années Hérode réclamera Mariam l'assassinée. Mais elle ne lui répondra pas. Son esprit imbibe encore les murailles du palais qui lui servit de prison. Elle souille les lieux de son sang ; elle ne sera jamais en paix et rendra fou de haine tous ceux qui graviront les pentes et s'installeront là avec l'espoir d'une vie.

CHAPITRE 32

Isis va mieux : c'est bien elle, là, assise en tailleur dans le coin de la grande pièce où dorment Musa et Roxanne, tout près du petit autel domestique où la flamme ne s'arrête jamais. Elles forment un groupe et chuchotent. Djanu se tient au pied de l'échelle, grimace pour chasser le sommeil, et aussi parce qu'Isis parle enfin, et que ce n'est pas avec lui.

Djanu avance vers les femmes. Elles se taisent et le dévisagent comme un inconnu. Alors Djanu traîne les pieds et vient s'accroupir près de Ritus.

Très tôt ce matin, Isis a posé la main sur l'épaule de Roxanne qui frissonnait dans son sommeil. Elle lui a dit : « Je dois te parler, Roxanne. » L'esprit encore embrumé, Roxanne a d'abord contemplé une nouvelle fois son lot : l'enfermement, la honte, une sorte de dilution de soi due à la promiscuité, une vague faim, et aucun moyen d'action. Tout cela prit quelques secondes, il lui en fallut quelques autres pour se dire qu'Isis allait mieux ; levée, la voisine allait lui demander son aide pour venger Briséis, et Roxanne refuserait tout net.

Mais elle ne veut pas se venger, voici qu'elle s'assied doucement et qu'elle lui parle de celui qui est venu, elle aimerait savoir si elle a déjà entendu parler de lui. Roxanne ne sait pas de qui on lui parle. Qui est venu ? Elle pense à quelqu'un qui pourrait les tirer d'affaire. Un gradé ? Un gradé qui aurait sous-entendu une pièce de monnaie, ou une faveur quelconque ?

Non, pas un gradé. Isis raconte. Celui qui est venu, le Galiléen. Est-ce qu'elle a entendu parler du Galiléen ? Roxanne en connaît toute une série, de Galiléens, et ce ne sont pas tous des gens sympathiques. Non, pas des Galiléens, le Galiléen. Il attirait les foules. Il allait dans les villages autrefois, et il soignait les gens, les pauvres, les femmes, les estropiés. Il leur disait que leur vie allait changer, qu'il fallait croire en la perfection de l'amour, que Dieu n'est pas seulement celui des prêtres à Jérusalem qui mentent en Son nom. Il disait qu'il venait pour parler au nom de Dieu, et les gens l'écoutaient.

Roxanne elle aussi écoute. Et Musa. La servante voulait quérir la jarre aux abricots séchés ; c'est tout ce qui leur reste en quantité, mais d'une main Roxanne l'a rassise : tout le monde en a marre, du goût doucereux qui fond dans la bouche. Elle écoute. Le Galiléen... Bien sûr qu'elle connaît cette histoire. Le poète lui a tout raconté l'autre nuit, sur la terrasse. Les Romains ont fini par l'attraper et l'ont crucifié. Sur la croix, il continuait à parler d'amour. Lui, tout le monde le détestait, même les Juifs, car il critiquait les prêtres et les chefs. Il a dit que tout cela allait mal finir, à moins que les hommes ne changent sans traîner. Isis sourit. Oui, c'est ce qu'il a dit. Le poète connaît bien l'histoire, on dirait. Ça ne l'étonne pas.

Depuis ce matin donc, la favorite enfermée et la fausse Égyptienne complètent les phrases l'une de l'autre. Roxanne aime déjà beaucoup le Galiléen, parce que le poète parlait de lui cette nuit-là ; toutes ces images l'ont charmée autant que lui la charmait, dans un mélange fait de sa voix sur la terrasse plongée dans le noir, des temps anciens, et d'un avenir qui se dessinait. Le conteur ne l'appelait pas le Galiléen mais parlait comme s'il l'avait bien connu, cet homme qui aurait pu changer les choses très profondément. Et voici qu'Isis se lève, et vient illuminer leur triste déchéance en lui racontant très exactement la même histoire. Depuis qu'Isis parle, il lui semble que ses malheurs sont beaucoup plus éloignés d'elle, presque ridicules, parfaitement momentanés.

Ils l'ont crucifié, dit Isis. Ritus et Djanu se taisent pour entendre les mots. On l'a mis au tombeau, poursuit-elle. Trois jours plus tard, quelqu'un l'a vu sur la route vers la côte. Ses proches se précipitent dans le caveau : plus aucune trace de lui. On s'étonne, mais on ne s'inquiète pas : tout cela, il l'avait raconté plusieurs fois. La condamnation, la croix, le tombeau, et lui sur la route. Oui, il l'a dit, et redit. Il a dit aussi : la mort, ça n'existe pas.

Djanu doit encore chasser des lambeaux de son rêve pour faire de la place. Avec Ritus, ils se sont rapprochés des femmes et se sont assis. Ils échangent un regard : la mort, ça n'existe pas ? Isis poursuit.

— Une seule parole comptait vraiment pour lui, une seule : la mort est une illusion.

Les trois femmes se regardent avec un mélange de gourmandise et d'effroi.

— J'ai des frissons, dit Roxanne. C'est exactement ce qu'il sous-entendait sur la terrasse l'autre nuit.

— Ma mère aussi disait ça, déclare Musa. C'est le poète qui m'envoie les rêves de ma mère, j'en suis absolument certaine.

— Est-ce que nous reviendrons d'entre les morts comme lui est revenu ? demande Roxanne.

— Oui, dit Isis. Nous reviendrons comme lui. Il a ce pouvoir. Il est venu parler au nom d'une puissance suprême. La seule puissance. Le Dieu que nous avons trahi, que nous avons perdu. Il a promis de refaire l'alliance avec lui. L'alliance de vie.

Musa renifle doucement. Des larmes coulent sur ses joues mais elle ne quitte pas Isis des yeux.

— C'est pas grave, dit Musa. Continue.

— L'alliance de vie.

— Oui, ajoute Musa avec appétit.

— Nous pensions que la vie s'arrête. Nous étions aveugles. La vie ne s'arrête jamais, et toute cette vie nous mènera à l'avènement du royaume de Dieu.

— La mort de la servante l'a rendue folle, dit Ti Ritus tout bas.

— Chut, fait Djanu.

Les femmes ne les ont pas entendus. Isis poursuit comme en confidence. Les garçons doivent tendre l'oreille.

— Il faut regarder ce que nous avons toujours appelé la mort, et l'appeler : la vie. Celui qui vit pleinement son amour de tout ce qui existe, celui-là n'a plus peur - il peut oublier la mort –, même sa propre mort. Qu'elle arrive ou qu'elle n'arrive pas lui est égal - elle adviendra dans une autre réalité, puisque ce ne sera pas aujourd'hui. Libéré, cet aujourd'hui-là se met alors à resplendir. Il n'est qu'amour, et que vie.

— Le ciel, dit Musa.

Roxanne se tourne vers elle.

— Ma mère appelait ça le ciel. Quand c'était la fin de la moisson, elle fauchait le dernier épi. Elle me le donnait à garder pour tout l'hiver, après l'avoir tressé. Elle chantait : *Tá cónaí orainn faoin spéir*. Ça veut dire : nous vivons sous le ciel. Ça veut aussi dire lumière. Nous vivons dans la lumière.

Roxanne arbore un grand sourire.

— Cette joie, je la ressens chaque fois que je le vois. Vous aussi ?

— Le poète ? demande Isis. Peut-être.

Musa reprend la parole. Elle en semble elle-même étonnée.

— Chez nous on raconte qu'autrefois, les guerriers qui partaient au combat étaient déjà morts. Ils faisaient don de leur vie avant la bataille.

— À qui ? demande Isis.

— À tous les dieux réunis, je pense. À l'univers. L'univers acceptait. Ils partaient contents.

— Pendant les guerres contre César ?

— Oui. Il faut demander à Vorenus, il explique mieux. Ils partaient en chantant et en riant. C'est pour ça qu'ils faisaient si peur aux ennemis : de leur côté la peur avait disparu. Ils riaient. Ils chantaient. On appelait ça *Bás Sona*, la mort heureuse. Quand le combat était fini, il fallait qu'on aille vite les chercher, parce qu'ils s'égorgeaient entre eux, riant toujours.

— J'ai déjà entendu ce genre de choses, dit Roxanne.

Djanu se lève et intervient.

— Briséis est morte, elle ne reviendra plus. Son corps est sur la croix où on l'a vue la dernière fois. Avec juste quelques vautours en plus, et quelques crachats.

Les trois femmes le dévisagent.

— Tais-toi, dit Roxanne.

— Mais oui, tais-toi, reprend Ti Ritus. Chacun pense ce qu'il veut.

— La vie éternelle ? L'amour ? Ce ne serait pas ton désir plutôt ? Isis, je te parle.

— Rassieds-toi, dit Roxanne. Excuse-toi tout de suite.

Djanu va quitter le groupe. Roxanne l'attrape par la tunique.

— Il garde les yeux fermés et se plaint du noir, commente Isis.

— Exactement, dit Roxanne. Ça prétend tout savoir, et ça ne sait rien.

Djanu veut partir, sa mère le retient. Il heurte la petite alcôve où brûle la lampe des dieux lares. Musa crie et se précipite. Elle redresse la lampe, et de ses doigts pleins d'huile ramasse une statuette.

— Regarde ce que tu as fait, dit Roxanne.

— C'est toi qui m'entraves, imbécile. Et puis on s'en fout, non, d'une figurine en terre ?

Il se tourne vers Isis et poursuit :

— Nous on croit en la vie éternelle, et au ciel, donc tout va bien.

Une gifle lui fait tourner la tête. Roxanne est debout derrière lui. Djanu la dévisage avec mépris. Sa respiration s'accélère ; il serre les poings. Ritus se place devant Roxanne pour parer un coup éventuel. Par terre, Musa est à quatre pattes. Elle se lamente dans sa langue et essuie avec sa jupe. Djanu s'adresse d'abord à Isis :

— Toi, ils t'ont tué ta servante, et tu n'y es plus. Tu passes trois jours à dormir comme ton Galiléen, et quand tu te lèves, tu te mets à délirer.

Il se tourne vers Roxanne.

— Toi, tu as perdu ton cher Silva. Tu te cherches un autre protecteur. Tu écoutes les histoires de Chèvre-bouc et tu les prends au pied de la lettre parce qu'il a une belle voix.

Ritus retient Roxanne.

— Ne l'écoute pas. Il est jaloux. Son amoureuse s'est réveillée, mais elle n'est pas venue à lui…

— Son amoureuse ? demande Roxanne sans comprendre.

Mais Djanu ne relève pas. Il n'en a pas fini avec sa mère.

— Tu t'en veux de t'être laissé enfermer comme une vulgaire putain. Ton argent ne peut plus rien. Ton cher fils ne te sert plus. Alors tu t'en veux. Tu ne réfléchis plus.

Djanu montre Isis.

— Celle-ci, tu voulais t'en débarrasser. Tu avais peur que la souillure déteigne, alors qu'elle vaut mieux que toi. Tu veux savoir pourquoi ?

Isis se tient droite et le regarde.

— Elle, elle est déjà morte, dit Djanu en parlant d'Isis. Elle est libre comme vos guerriers gaulois.

Il se tourne vers Roxanne.

— Mais toi, ma pauvre mère ? Sans argent, et sans personne à retenir entre tes cuisses qui sont tout ce que tu connais ? Toi, prisonnière de ton bel amant qui devait tout te donner ? Roxanne puissante, où est-elle ? C'est toi qui devrais disparaître la nuit pour tuer sous la forme d'une lionne. Mais tu restes là à te plaindre de manger toujours la même soupe.

— Quand tu paieras pour la soupe, on en reparlera.

— L'argent. Tu ne penses qu'à ça. Tu es devenue comme l'or que tu possèdes. Rutilante, et bête.

— Ne l'écoute pas, dit Ritus en gardant ses mains bien serrées autour du bras de Roxanne. Ne l'écoute pas. Tu es encore très belle.

CHAPITRE 33

Esther est heureuse, pour le don de cette journée. Tout va bien se passer. Les gestes seront effectués dans l'ordre qui convient. Tous les gestes, sans aucune exception. Seuls ces gestes-là sont les bons, ce sont les gestes admis, les gestes prescrits. Ceux qui purifient, ceux qui sanctifient. Non, pas qui sanctifient, ce serait bien prétentieux de la part d'Esther de penser que ses humbles gestes puissent sanctifier quoi que ce soit. La sanctification, elle laisse ça aux hommes, qui eux savent. La Loi leur a été enseignée en détail. Son homme à elle, Jonathan, connaît tous les aspects de la Loi. Mais Esther ne peut s'empêcher de penser que si chacun faisait comme elle, en toute humilité, en toute gratuité, mais en toute conscience, alors le monde serait plus proche de ce qu'il doit être sous son œil.

Un repas sera préparé. Le repas n'est pas une simple nourriture. Il est la proclamation de la pureté et de la dévotion. Esther se souvient du temps où elle parcourait les ruelles pour acheter les viandes directement au temple : des agneaux sans tache. Non seulement les animaux avaient été occis solennellement par les prêtres, ce qui ôtait tout risque d'erreur, mais ensuite ils avaient été préparés par les personnes autorisées, mis à tremper, salés, rincés. Plus une seule goutte de sang n'habitait là. La viande cuite au temple avait une saveur particulière car son odeur avait déjà été dédiée à Dieu, et potentiellement humée par Lui en son trône de lumière.

À présent, Esther s'enorgueillit de ne plus servir de viandes ni de poissons. Ce qu'elle dispose dans les plats de pierre n'a jamais foulé la terre. Aucun animal autrefois vivant. Rien que les fruits du jardin splendide offert par la grâce du Seigneur, accommodé selon les rites dans l'humilité, la soumission, la déférence.

Un sourire de paix illumine son visage lorsqu'elle se rend sous le portique. Là, elle a mis Hagar et Zia à trier le blé. Les petites sont heureuses, elles apprennent les gestes. Soudain, Esther s'en veut. Elle aurait dû vérifier la propreté des fillettes avant de les mettre au travail. Elle le fait chaque matin, mais aujourd'hui un peu d'excitation, et donc l'oubli. Que faire ? Contrôler reviendrait à officialiser une possible compromission. Disons qu'elles sont parfaitement à même de trier le blé. Quand on y pense, ce sont de simples enfants, même pas encore souillées. Et puis Esther a vérifié entièrement Hagar hier avant le coucher. La mère de Zia en aura fait autant. Non, laissons-les poursuivre. Le blé sera purifié des larves. Esther contrôlera tout, mais autant que les filles s'attellent à la tâche. C'est fastidieux, mais elles apprennent. Elles s'approchent de Lui.

Même si le travail est bien fait, Esther les fera recommencer durant toute l'après-midi, pour leur bien. Au besoin, elle remettra elle-même quelques larves prélevées à celles qui ont été trouvées. Histoire de leur apprendre les vertus de la patience, et du labeur éternellement recommencé pour la perfection, notre vilaine perfection d'homme, si laide, si ridicule face au miroir de sa perfection à Lui. Elles la détesteront pour cela, mais Esther est prête à être détestée, oui, elle est prête à endurer cette détestation, avec une joie imperturbable, puisque c'est pour les faire entrer à leur insu dans son horizon.

Les fillettes sont joliment courbées sur leur travail, offrant une image très digne et très pieuse. Ni affalées, ni fières, simplement affairées et soucieuses. C'est parfait. Hagar reste marquée d'insolence, il faudra encore polir son caractère, avant de lui trouver un mari. Une idée vient de traverser Esther et elle s'en veut un peu : comme quoi Hagar ne trouvera jamais de mari. Pas parce que la citadelle serait prise par l'ennemi – une telle pensée est absolument proscrite – mais parce qu'elle a la tête dure comme du bois. L'image fait sourire Esther : Hagar dont la tête serait subitement remplacée par une boule de bois mal taillée à son image.

Ce déni de noces pour Hagar a fait secrètement plaisir à Esther, une piqûre fugace mais délicieuse. On ne lui en tiendra pas rigueur : ce n'était qu'une petite chose à peine formulée – tout le reste est parfait dans son comportement et dans son âme. Dieu l'aime.

Il l'aime et il la voit et il valide chacun de ses gestes car ils sont dans la pureté. Un beau sourire intérieur resplendit chaque fois qu'il la regarde et la trouve parfaite, elle la petite créature qui ne demande rien. Parfaite dans sa plus complète humilité sans tache. Esther ne fait que montrer l'exemple, rien de plus. Dieu l'a dotée d'une grande force de caractère, elle le sait, il est donc normal qu'elle atteigne ce niveau d'accomplissement. Elle s'endurcit chaque jour avec lui, pour lui, dans sa volonté. Scrupuleusement, modestement, sous sa grâce radieuse.

*

Une fête se prépare. Ariel se demande laquelle. Il y a tellement de fêtes qu'on s'y perd. La fête du tabernacle, la fête des tentes, la fête de la lumière, et la Pâque qui reviendra très bientôt. Peut-être que la fête de ce soir est une de celles qui comptent, et qu'il ne se souvient plus de celle de l'année dernière parce qu'il était encore petit. L'autre jour, il a fait rire Hannah parce qu'il a dit : « Je ne me souviens plus très bien de mon enfance. »

On lui a demandé de ne pas jouer dans la poussière, ce qui veut dire ne pas jouer du tout, il y a de la poussière partout dans la forteresse. Ariel garde les bras le long du corps mais il sait bien qu'il va très vite oublier la consigne. Une pierre qu'il ne connaît pas va l'attirer très fortement, il faudra qu'il la retourne. Il n'y aura rien dessous alors il cherchera un morceau de vieux mur où la lancer de toutes ses forces pour voir si c'est le mur qui gagne ou si c'est sa pierre.

Les filles ont travaillé toute la journée à trier le grain. Lui il n'avait rien à faire. On ne lui donne aucune responsabilité, à part conduire Courageux, mais Courageux connaît la route. Ariel adore tenir son licol et lui parler. Les oreilles de l'âne sont très grandes et très douces, mais il n'aime pas qu'on les lui touche.

Ariel a mis son bracelet. On l'a fait resserrer à la forge par un homme qui suait du nez. C'est le bracelet de sa mère. Le bracelet le protège, lui a dit sa sœur. Et c'est vrai. Pour la centième fois aujourd'hui Ariel admire les deux têtes de serpent qui se touchent désormais. Les serpents sont des animaux très dangereux, mais avec ce bracelet qui leur ressemble Ariel s'en protège très efficacement.

Ariel revient à la salle commune. Hannah est belle dans sa robe de fête. Il n'est pas amoureux d'elle mais elle est très belle quand même. Elle connaît les textes par cœur et corrige tout bas les garçons lorsqu'ils les déclament devant l'assemblée. Parfois elle leur en dit des morceaux à lui et à sa sœur. Dans la bouche d'Hannah, ça ne ressemble pas aux prières, pourtant ce sont les mêmes mots.

Hagar et Hannah rient d'un homme qui attend à l'entrée de la cour depuis des jours pour parler à Éléazar de son jugement. La cour est interdite aux gens qui n'habitent pas là. Lui, Ariel, il habite ici, précisément.

C'est l'ancien palais du roi Hérode, qui a fait tuer tous ses fils sauf un. Jonathan est un homme que tout le monde écoute quand il parle. Et lui, il est le fils de Jonathan.

« Pas pour la ferme », c'est comme ça que les filles appellent l'homme qui attend. Il veut prendre une nouvelle épouse et répudier la vieille. Il répète à chacun la même histoire : ce n'est pas pour la ferme, il veut juste que ses documents soient en ordre, il veut qu'Éléazar les rende officiels, c'est très important. Il veut que ce soit clair et « ce n'est pas pour la ferme ». C'est pour la ferme, évidemment. Sa nouvelle femme doit avoir une ferme quelque part.

Tout à coup, Ariel se fige : Éléazar est là avec ses cheveux longs et sa barbe, au fond de la grande pièce où on va manger dans pas très longtemps. On ne sait jamais s'il va venir ou pas. D'autres endroits le réclament dans la forteresse. Des salles de conseil, des lieux de prière, et peut-être un lit. Éléazar fait signe à une femme qui s'approche très humblement, suivie par son petit mari. Éléazar prononce un mot et voilà qu'elle lui tend quelque chose. C'est un enfant. Ariel comprend, c'est la petite qui vient de naître. Éléazar se penche à son oreille.

Quelqu'un appelle depuis l'entrée : c'est Hagar qui veut qu'il revienne mais lui il n'obéit pas. Il adore sa sœur, mais quelque chose se bloque dans sa tête quand on lui dit quoi faire, qu'on lui donne un ordre, qu'on lui fait un geste autoritaire. C'est comme si on voulait lui voler un morceau de vie auquel il a droit.

Éléazar dit quelque chose au nouveau-né, et Ariel veut être là pour savoir quoi.

*

Le moment est très important, Hagar le sent. Éléazar va parler, et ce qu'il va dire va tout changer. Sa présence pèse. Quand il mange, tout le monde a un peu honte de manger.

On a allumé les flambeaux au centre de la cour, ce qui fait danser les ombres des colonnes, sous les portiques où on croit voir passer des gens. Qu'est-ce qu'il va dire ?

Là-bas, un peu en dehors du cercle, Esther savoure : car c'est bien sa cour qu'Éléazar a choisie. En temps normal elle s'empêcherait de savourer, mais on dirait que ce soir elle a oublié d'être elle-même.

Est-ce qu'il va parler d'un plan ? Hagar espère la victoire tout en sachant que c'est impossible. Mais cet homme-là connaît des secrets. Et voilà qu'il se met à parler des anges.

Hagar aime les anges. Ils sont des présages venus du ciel, et on aurait bien besoin d'un présage par ici.

Sans vouloir attirer le malheur en réclamant trop par sa prière, Hagar ferme les yeux pour accueillir l'ange.

Mais dans la bouche d'Éléazar ce n'est pas l'ange espéré qui apparaît. Ce sont des anges noirs. Ils ont vu les filles des hommes justes, et les ont trouvées belles. Hagar se dit qu'un jour Hannah, Zia et elle seront les filles belles des hommes justes, sait-on jamais. Si des anges descendent du ciel, pourquoi pas, elle les écoutera. Mais ceux-ci ne sont pas lumineux comme leurs frères, ils ont lissé leurs plumes très noires et ne pensent qu'à s'accoupler. Ils ont juré de s'en prendre aux belles jeunes femmes tous ensemble, après être descendus en nuée. Et c'est ce qu'ils font. Ils s'accouplent et les femmes en éprouvent un plaisir terrible. Hagar retient son souffle. Les ombres creusent les traits d'Éléazar, même quand il se tait pour terrifier l'auditoire avec ses yeux.

Les anges s'accouplent mais ils n'en restent pas là. Voici qu'ils apprennent aux femmes des secrets. La sorcellerie, la beauté qui n'est qu'un mirage, la connaissance qui n'est qu'orgueil. Ensemble, dit Éléazar en parlant des femmes et des anges, ils exerçaient le crime et la souillure simultanément. Et il ajoute : ces femmes conçurent.

Ces femmes conçurent ? Hagar prend une grande inspiration. Tout ça va très mal finir, assurément. Elle capte le profil attentif d'Hannah quelques places plus loin. Est-ce qu'elle connaît déjà les anges noirs ?

Elles enfantèrent des démons, dit Éléazar. Conçus dans l'infamie, ces démons ne sont sur terre que pour l'hérésie et la destruction. À ce moment très précis Hagar comprend qu'Éléazar parle des hommes.

Hagar veut diluer les images avec les visages des gens qu'elle aime. Où sont-ils ? Hannah est là-bas. Son propre père, de dos au premier rang, ne lui offre pas beaucoup de répit. Ses yeux se posent alors sur Nathaniel, qui s'ennuie assis par terre au bout de la rangée. Il n'a pas l'air terrifié. Il n'est pas comme tous les autres à commenter les mots d'Éléazar d'un murmure, d'un soupir, ou d'un Hallelujah. Il parle même à son second, cet homme chauve qui n'enlève jamais son armure.

Il ferait mieux d'écouter, pense Hagar. Les hommes justes existent. La race bâtarde existe elle aussi. Éléazar poursuit son histoire mais Hagar ne l'écoute plus tout à fait : devant ses yeux se prépare le combat entre les justes et les démons. Les justes ne sont pas tous retranchés sur une montagne dans une citadelle, ce serait trop simple. Les démons ne sont pas dans la plaine avec des armes. Les justes et les démons se mêlent et il n'y a rien à faire.

Éléazar a raison. Hagar sent grandir dans ses phrases quelque chose qui va la mener à sa propre perte. Une dissolution ? Un accomplissement ? Il ne dit pas, comme Benjamin avec des sanglots dans la voix, qu'une ville d'or va descendre du ciel où ils pourront monter comme à bord d'une nef géante. Pas non plus comme Nathaniel des histoires de poutres, de glaives, de flèches, de pièges et d'huile incandescente.

Avec ses cheveux longs, sa barbe, ses yeux noirs, Éléazar lui rappelle quelqu'un. Comme si elle l'avait toujours connu et attendu.

À présent il parle du Seigneur qui viendra rechercher ses fils. Les démons seront exposés et ils brûleront dans la cendre et la fumée sur des bûchers faits d'eux-mêmes. Et les justes ? Hagar n'est pas sûre de comprendre. Éléazar parle de cataclysme, de feu, de la fin, d'une humanité souillée. Oui mais les justes ? Il faut une fin pour les justes. Une bonne fin.

Alors soudain quelque chose s'effondre et se serre à la fois dans le cœur d'Hagar. Elle jette un œil à Hannah qui ne bouge pas. Éléazar parle de miséricorde et de gloire, mais ce n'est pas ça. Ce n'est pas ça. Ça, ce sont les paroles de celui qui a perdu, le résigné. Ce sont les paroles de ceux qui se sont laissé gagner par la cendre et par la fumée.

Éléazar est battu, malgré les flambeaux, la barbe, le regard : les mots qui sortent de sa bouche sont noirs comme les plumes des anges.

Hagar veut combattre. Ses yeux se posent sur Nathaniel et, par le plus grand des hasards, elle croise son regard. Ça n'a duré qu'une seconde, mais elle a senti. Il dit quelque chose à l'oreille de son second, mais ses yeux restent avec Hagar et luisent dans la nuit.

Il faut affronter l'ennemi. Il faut tenter sa chance. Dieu aime la vie. Son fils ne ressemble pas à Éléazar comme elle l'a cru tout à l'heure pendant un instant. Il ressemble à Nathaniel. Œil pour œil, dit la Loi. Dent pour dent. Elle ne dit pas : brûlons tous à cause des fils des anges noirs descendus sur terre il y a longtemps, qui rôdent et conquièrent et assiègent.

Hagar veut se battre avec Nathaniel. Si elle avait quelques années de plus elle irait lui dire sur-le-champ : je me battrai. Si elle était plus grande, et si elle n'était pas une fille. Aux filles on ne demande que de trier des graines, pas de savoir la Loi, ni de tuer les ennemis avec des flèches, des pièges, ou de l'huile en feu.

CHAPITRE 34

Les voilà libres. Tout à coup, les gardes qui les assignaient à résidence disparurent, remplacés par d'autres légionnaires, qui frappèrent poliment à la porte, chargés de présents. Silva se rachetait une conscience ; tout en flattant Roxanne en prévision de l'avenir.

Djanu mesure comme le conteur lui a manqué. Il a deviné juste : Chèvrebouc est au petit cirque de falaises où il a parlé le premier soir. Assis à l'ombre près de son âne, il discute avec deux enfants, qui s'enfuient à l'approche de Djanu.

— Comment vas-tu depuis toutes ces années ? demande le conteur.

Djanu cherche comment répondre. Chèvrebouc poursuit.

— Tu avais quinze ans et tu étais un jeune loup affamé.

— Tu as raison. Je suis quelqu'un d'autre.

— Qui es-tu ?

— Un vieux sage. Et toi un jeune loup. Tu étais au camp ?

— Oui.

— Prisonnier ?

— Consentant, répond le conteur. J'ai beaucoup mangé. Et j'ai beaucoup appris.

— Ma mère parle sans arrêt de ton Galiléen. C'est qui ?

Chèvrebouc se lève.

— C'est un homme pour nourrir les rêves de tous. On a tous envie de croire, et ils ont tous envie de croire en lui.

— Ça ne mène à rien. C'est une faiblesse.

— Est-ce qu'avoir faim est une faiblesse ?

— Je ne sais pas. Ne me fais pas une leçon, je n'ai pas envie.

— Nous avons tous besoin d'être séduits. Toi en premier avec ta faim de loup.

Le poète va à son âne et cherche dans sa besace. Il dit :

— Le Galiléen, chacun l'assaisonne à sa sauce. Ce n'est pas grave. Depuis que l'homme est homme, il lui faut une idée solide pour supporter ses rêves. Puis, que soient prononcés les mots qui colleront à cette idée, jusqu'à construire une vérité - qui n'est la même pour personne, mais que tout le monde aime. On la croit surgie de quelque part, on vient de se la construire. J'appelle ça échafauder. On peut échafauder une histoire, ou un empire. Ou un homme.

Djanu médite.

— Il faut que les mots prononcés attirent les rêves, dit-il.

— C'est facile parce que les rêves sont les mêmes pour tous. Essaie, tu verras. Soleil, moissons, maisons, santé.

— C'est ce qu'on raconte aux enfants pour les endormir. Mais en grand.

— Pour les endormir. Pour les rassurer. Quel est le mal ?

Le poète a enfin trouvé ce qu'il cherche.

— J'ai des dattes confites dans le miel si tu veux.

— Des dattes confites ?

Le poète complète :

— Dans le miel.

— Voilà une idée qui me plaît, confie Djanu. Je ne sais pas quel mot tu as prononcé, si c'est « dattes », ou « confites », ou « miel », mais ça rencontre mon rêve, et cette vérité me plaît.

— On pourrait créer quelque chose autour de ça, propose Chèvrebouc avec un sourire.

— Tu as raison. Il y a sûrement un dieu des dattes quelque part, qui serait heureux qu'on lui rende hommage.

— Non. Tu n'écoutes pas. Pas un dieu des dattes. *Le* dieu des dattes. Et encore, le dieu des dattes confites.

— Dans le miel.

— Voilà.

Le poète s'est rassis les mains vides. Djanu dit :

— On en parle beaucoup, mais on ne les voit pas, tes dattes…

— Si je te les montre, tu les aimeras moins. Laisse-moi t'en parler, par contre.

Djanu rit. Chèvrebouc lui tend le petit plat en terre cuite, protégé par un couvercle, qu'il a gardé dans sa manche.

Le poète aimerait dire au jeune homme qu'il est un peu inquiet pour lui. Mais il ne sait pas comment l'exprimer pour que cette inquiétude s'estompe au lieu de gonfler, alors il se tait.

Djanu partirait bien au désert avec lui. Pour une sorte d'écolage. Il en reviendrait enfin lui-même. Mais il ne se l'avoue pas. Une promesse lui barre la route, et l'aveugle absolument.

CHAPITRE 35

La mort sous la forme d'une flèche. Voilà ce qui l'attend. À trembler chaque fois qu'un projectile percute le bardage qui le protège, Djanu en est venu à regarder la flèche qui le tuera avec une certaine indifférence. La violence impose sa loi glacée sous la forme d'une évidence morne.

À chaque coup, le projectile traverse les branchages de tamaris entrelacés. L'extérieur du grand panneau de protection est garni d'un cuir très épais sur lequel le feu ne prend pas. L'intérieur est censé amortir la flèche, mais parfois elle s'infiltre et voilà la tête de métal qui se matérialise à trois pouces de ses yeux dans un bruit furtif.

Un légionnaire lui a fait comprendre qu'il se pisserait dessus très bientôt. D'où l'intérêt de la culotte double, avec de l'étoupe qu'on peut balancer quand on a fait. On ne sait même pas quand on pisse, trop occupé à enchaîner les actes qui gardent en vie.

À présent, c'est la nuit. Il ne réveillera le guetteur suivant qu'après encore quatre bûches. Les bûches consumées dans les braseros sans flamme sont les témoins du temps qui progresse. Leur disparition indique qu'il s'est passé quelque chose. Pour exister il ne leur reste que leur absence.

Djanu ne veut plus redescendre. Parce qu'il n'est plus Djanu tout à fait. Ici sur la montagne il est devenu Janus comme il le fallait. Depuis tout petit il fuit le dieu qui lui a donné son nom. Ce Janus double qui regarde dans des directions séparées : il le déteste et il le craint. Il le trouve laid sur les pièces de monnaie. Son seul mérite est d'avoir une montagne de Rome à son nom – depuis qu'il le sait, Djanu s'en repaît. Lui, Djanu, influe depuis son petit lieu d'existence oriental, sur l'une des fameuses collines, par la magie de son nom.

La magie des noms est très puissante. Janus le dieu double règne sur lui. Toute sa vie, Djanu a voulu être Apollon. Se lever le matin et sentir que monte vers le zénith son double blond et bronzé, aux commandes de son char d'or qui vole tiré par des Pégase dans la toute-puissance de leurs ailes. Oui, Apollon gouvernait à travers lui, et lui gouvernait à son tour à travers le jeune éphèbe qui ne doute jamais.

Seulement voilà. Il a fallu qu'il monte jusqu'ici. Jusqu'à toucher du plat de la main la muraille de la forteresse. Tout à l'heure, à l'abri de son petit bouclier et de l'immense tour toute bardée de fer, il a progressé jusqu'au pied du rempart. Il a senti la fraîcheur de la première pierre équarrie, blanche. Elle provient d'un lieu lointain et si elle est là, c'est sur ordre d'Hérode. Sa présence à lui, Djanu, est tout aussi incongrue.

Comme Janus. Janus n'est pas le dieu de la lumière, ni de la chaleur, ni du soleil qui conquiert. Il est un drôle de bonhomme qui ne sait pas ce qu'il veut. Il est le dieu des passages, des transitions, des courants d'air. Des quoi ? Il n'y a pas de dieu pour ces choses-là, si ? demandait Djanu quand il était petit. Si, disait Roxanne. Janus est celui qui te mènera d'ici à là-bas. De la vie au trépas. D'une pièce à l'autre. D'un âge à l'autre. D'un état à un autre état. Il sera là pour toutes tes envies et les unira. Djanu soupire. Il a sept ans et maman raconte. Plus tôt, elle lui a parlé du Janicule. Mais il est bien loin, le mont qui domine Rome, où des garnisons attendent de sauver la cité.

Janus connaît le printemps mais il préfère l'hiver… Roxanne s'est remise à raconter. Janus pourrait tout te dire. Mais il préfère se taire. Il connaît les lieux cachés. Les passages. Djanu soupire : il n'a pas envie qu'elle prononce le mot « courant d'air ». Mais Roxanne fait des yeux pleins de mystère. Elle ne raconte plus pour son fils mais pour elle-même. Janus sait les endroits maudits et s'y sent comme chez lui. Le mal est son frère, la vertu sa sœur. Cet être étrange, insondable, toujours hésite et s'introspecte. Quand sa mère se tait enfin, Djanu se demande si c'est vrai, si ce Janus vit quelque part en lui.

Cette nuit sur la montagne alors que la bûche meurt en chaleur, Djanu reconnaît au centre de l'écœurement et de la peur un point chaud qui bat. Depuis toutes ces années, malgré le feu d'Apollon et les plaisirs, ce lieu battait lentement et attendait son heure. Janus, le dieu oublié, lui a donné son nom avec une charge de magie… Voilà que Djanu va devenir Janus comme c'était dit. Pour cela, il va essayer d'emprunter des passages, de frôler ces lieux sans panache et sans nom, mais qui mènent quelque part.

Les Juifs sont très silencieux. Peut-être qu'ils creusent un souterrain de l'autre côté, et qu'on trouvera une place forte vide, à part quelques archers. Qui sait ? Là tout en bas, on voit les camps. Les plus petits ressemblent à des villages endormis, quelques lumières à peine. Le camp principal fait penser à une ville, avec ses rues et ses portes. Ils sont unis par le mur, le long duquel avance la patrouille, avec ses torches. Parfois, le vent apporte des éclats de voix, avec des mots qu'on comprend.

La nuit dernière lui revient. Silva avait convoqué tout le monde pour faire la fête. La fête à la Grande Mère. On n'aurait pas droit aux jeux dans le Cirque Maxime, mais il fallait marquer le coup. On allait lancer l'attaque le lendemain, et les tempêtes de sable n'étaient pas encore advenues. Les puissants du pays courtisaient Silva dans l'espoir de conclure un marché avec Rome, il faudrait reconstruire les routes, et les villes. Futurs fournisseurs et prestataires trouvaient les prétextes les plus idiots pour lui offrir des cadeaux somptueux, comme ce banquet d'un luxe déplacé.

Les invités de marque sont rassemblés au centre du camp, près de la statue monumentale. La nourriture arrive par gerbes trop remplies, le repas est dédié à Cybèle, la Grande Mère, la nature qui déborde. Djanu parle avec Vorenus et soudain ils sont là. Silva, grave, fait son entrée dans le grand carré entre les tables. Les convives s'écartent. À son bras, c'est elle. Isis, en grande tenue. Mais Djanu ne relève pas les détails. Il ne voit pas non plus que Roxanne se force à sourire. Il ne voit que la mascarade.

Djanu est frappé de plein fouet. Elle a misé sur le chef. Avant de lui toucher l'esprit, la jalousie s'impose à son corps. Son estomac se retourne, un dégoût se produit. Puis le reste vient : Isis a parlé à Silva de ses enfants, déjà. Elle lui a livré son corps et sa voix et tout le reste, un instant avant. Lui, Djanu, n'était pas à la hauteur, alors elle a bifurqué. Elle a opté pour ce qui s'offrait, le général. Pas un sous-fifre, pas un gamin comme lui qui hésite depuis trop longtemps, un homme, avec quelque chose à dire.

Sur sa montagne, Djanu fait face aux souvenirs. Il se force à se rappeler la suite. Lui qui s'impose à Silva, évoque une question de vie ou de mort, le dérobe aux invités. Le légat, inquiet, l'emmène juste à côté. C'est la tente qui sert de dépôt. Djanu veut qu'on lui rende des comptes. Mais Silva est gai. Dans la pénombre apparaît une petite foule emmêlée, comme des gens qui dansent dans une pièce trop petite.

— Tu les reconnais ? demande Silva.

— Oui.

Ce sont les dieux. Leurs yeux d'ivoire s'adressent à Djanu. Leurs gestes suspendus semblent l'inviter. Sur leur socle, les statues de bronze sont à taille humaine, mais elles le regardent de haut à cause de la fixité. Silva prend Hermès par l'épaule, passe à Athéna dont il effleure la taille.

— Ce sont les vrais. Sauvés de la villa d'Agrippa.

— Les vrais ?

— Commandés par Alexandre en personne, à Chéridion.

— Ah.

— Soit je les garde pour mon atrium, à Naples. Soit j'en fais don à l'empereur. Mais il y a un inconvénient, si je les offre, je ne les aurai plus.

Djanu aimerait mettre de l'ordre dans ses pensées, revoir clairement ce qu'il est venu chercher, mais Dionysos lui propose une grappe avec un sourire ironique.

— Qu'est-ce que tu fais avec Isis ? demande-t-il.

— Ce que je fais ? Je dîne. Si tu m'en laisses l'occasion.

— Tu n'avais pas besoin d'elle. Est-ce qu'elle t'a parlé de ses enfants ?

— Oui. Mais que veux-tu que j'y fasse ? Je lui ferai un sauf-conduit, à la rigueur, quand ce sera fini.

— Je monte. Cette nuit.

— Quelle drôle d'idée.

— C'est comme ça.

— J'aimerais mieux que tu restes.

Djanu est venu pour se battre, et voilà Silva qui lui parle comme un ami. Le légat est contrarié. Djanu craint qu'il lui donne l'ordre de rester. Mais il soupire et serre les lèvres.

— C'est une très mauvaise idée. Mais monte si tu veux.

Silva lui prend le bras. Ils restent comme ça au milieu des statues.

— Je vais te donner quelque chose.

Il enlève la bague qu'il porte au petit doigt et la remet à Djanu avec une moue déçue.

CHAPITRE 36

Isis a trouvé un coin tranquille à l'écart du chemin et s'est enveloppée dans sa couverture. Elle ne veut pas retourner à la tente. Elle dormira dans ce ravin à même la terre, peut-être que ça lui fera passer un peu le goût de cette nuit. Silva, le vin, les phrases.

Qu'espérait-elle ? Elle est une putain. Son seul allié est presque un enfant. L'autre, le légat, ne lui donnera rien. Elle vit depuis des mois dans le péché, elle s'y roule comme ce soir dans la couverture ; le péché s'est introduit et l'a fécondée. Un être sortira d'elle qu'il faudra noyer. Ou pire : il restera en elle pour l'éternité.

Putain, putain, putain. Idiote. Idiote de putain naïve. Isis s'insulte pour s'endormir. Elle a l'impression de sombrer dans la pierre liquide du désert où elle va se noyer. Elle rouvre les yeux, ivre encore de colère et de ce qu'elle a bu. Peut-être qu'elle va vomir, se libérer, dormir. Elle ne demande qu'à dormir, peut-être rêver, oublier, mais le repos va se dérober jusqu'au matin.

Elle ouvre les yeux. La nuit est là tout autour, sauf devant elle où le noir est plus noir encore, sans étoiles. Une silhouette se découpe. Malgré la nausée et la fatigue, Isis sourit car c'est la silhouette du conteur qui est penchée sur elle. Une illusion convoquée par son esprit qui ne veut pas qu'elle sombre. La folie est là, ensuite viendra la mort, au petit matin peut-être.

— Tu es sur la voie.

On a parlé dans la nuit. Tu es sur la voie, c'est ce qu'il a dit. Il se penche encore et elle le reconnaît bel et bien : c'est lui. Il s'assied à côté d'elle sur une pierre. Il l'a trouvée ici au ravin. Il regarde devant lui et il lui parle. Isis se redresse sur un coude, puis s'assied. Cette chaleur à l'intérieur d'elle lui rappelle le chemin qu'elle monte avec Djanu pendant que les fioles se remplissent sagement de sève.

— La vertu, ce sera pour une autre fois. Ton idée n'est pas mauvaise.

De quoi parle-t-il ? Mon idée ? La vertu ?

— Je suis ici pour une raison, dit Isis.

— C'est ce que je dis. Tu es sur la voie. Satan t'a parlé autrefois, il t'a dit : reste couchée. Et tu n'as pas voulu l'entendre.

Qu'est-ce qu'il raconte ? La phrase qu'il prononce ensuite l'oblige à fermer les yeux, car il dit :

— Satan était avec toi au cellier, et tu ne l'as pas écouté. Tu as pris l'autre chemin.

Le vieux sage la regarde dans la lumière de la lune. Isis se met sur un genou. Elle quitte sa couverture, se dresse et tâtonne pour se tenir face à lui. Sur le visage d'Isis, Chèvrebouc voit le doute et la certitude se disputer. Elle finit par articuler des mots qu'elle voudrait garder.

— Est-ce que tu l'as connu autrefois ?

— Qui ? demande le poète. Le Galiléen ?

À ce mot, les yeux d'Isis s'étrécissent. Elle ne répond pas.

— Tu n'oses pas dire son nom ? demande le vieux sage avec gentillesse.

Isis fait non de la tête. Elle n'ose pas. On dirait une petite fille, pense Chèvrebouc. C'est la première fois qu'il la voit comme ça.

— Celui à qui tu penses, dit Chèvrebouc, il est mort sur la croix à Jérusalem il y a longtemps.

— Non, dit Isis. Il n'est pas mort. Tu le sais très bien.

Le poète sourit, mais à présent c'est lui qui se demande quels mots lui viendront. Il dit :

— Celui dont on a cherché le corps, je le connais mal. On a raconté beaucoup de choses à son sujet.

Isis le regarde, assis sur sa pierre face à elle dans la nuit. Elle n'a plus peur. Elle n'a plus froid. Le dégoût s'en est allé. Il lui reste un sentiment étrange, un doute, une appréhension teintée de bienveillance.

Elle tend la main et prend celle du vieux sage. Elle regarde le dos de la main, parsemé de quelques poils blancs. Elle la retourne. La lumière de la nuit fait apparaître au centre de la paume une cicatrice, comme un petit nid.

Ses yeux quittent la main et se posent sur le visage du poète, qui la regarde. Isis est parcourue d'un frisson.

— Ne va pas t'imaginer des choses, dit le poète.

À sa voix elle sait qu'il sourit. Isis s'agenouille en gardant la main dans les siennes. Elle la place sur son front comme une grande compresse chaude. Le poète sent un léger tremblement à travers sa main. Est-ce qu'elle pleure ? Non, on dirait qu'elle rit. Les nerfs sont à vif, pense Chèvrebouc, l'esprit se relâche. Au bout d'un temps assez long, elle se calme. Elle finit par lever les yeux.

— Est-ce que je suis morte ? demande-t-elle. Je suis morte, c'est ça ?

C'est au tour du poète de sentir le rire l'envahir. Il ne sait que répondre. Il finit par lâcher les mains d'Isis.

— Tu devrais dormir. Je vais rester encore un peu.

CHAPITRE 37

La main d'Hannah lui fait mal. Hagar sent la bague contre ses dents, les ongles dans sa joue. Les yeux d'Hannah sont là tout près comme si elle allait la dévorer. Ne pas bouger. Ne pas respirer. Et bien sûr ne pas crier.

Hagar écoute de toutes ses oreilles. Peut-être qu'elles ont mal compris. Peut-être qu'elles ont mal entendu. Pourtant c'était clair, d'autant plus clair que les mots confirment l'information qu'elles sont venues chercher.

Hagar et Hannah sont dans la pièce qui sert de synagogue. Tout au fond, le long du mur construit sur le vide, deux grands rideaux rouges récupérés de la salle du trône. Elles se sont cachées derrière quand Éléazar, Benjamin et Jonathan sont arrivés ; la pire cachette qui soit.

Peut-être qu'un morceau dépasse, un peu de sandale incongrue, un pied d'enfant avec des lanières de cuir. Peut-être qu'un courant d'air fera frémir le tissu et révélera les deux formes qui se tiennent très droites. Peut-être aussi qu'elles pourront retourner à leur vie, essayer de mettre de l'ordre, trouver une idée, comprendre comment ne pas mourir.

Ils vont tuer tous les enfants. Pas seulement les enfants, tout le monde. Qu'on va tous y passer, ça on le savait. Rome attaque et ne fera pas de quartier. Nous sommes ses ennemis, les derniers, les pires. Elle grimpe ; de son gros insecte brillant s'échapperont bientôt des milliers d'hommes qui attaqueront tous en même temps en suivant des chemins comme les fourmis. Le flot des hommes ne s'arrêtera pas, comme une source. Mais une bataille, ça donne encore une chance. Beaucoup de monde ici est ressorti vivant de Jérusalem, où on aurait pu mourir cent fois.

Les mots d'Éléazar ne laissent aucun doute : il veut faire le travail lui-même. Les Romains débarqueront avec leur arrogance et leurs glaives sortis des fourreaux, mais on ne leur donnera même pas le plaisir de se battre.

Ils trouveront un peuple vainqueur. Ce peuple sera vainqueur, parce qu'il aura déjà rejoint le Très-Haut. Dans la joie, il aura choisi sa victoire.

Éléazar parlait toujours. Hannah écoutait, sourcils froncés. Hagar essayait de lire les traits d'Hannah. Qu'est-ce qu'il racontait ? Des histoires, encore ? Des paraboles ? Il prononça un mot, et ce mot était : égorger. C'est le mot qui avait ouvert la bouche d'Hagar. La peur d'un son impromptu avait déclenché la main d'Hannah, venue se plaquer comme un réflexe, malgré la tenture qu'on risquait de faire bouger.

Tous égorgés. On disait que les Romains arrivaient avec leurs armes et leur envie d'en découdre. Mais on leur ôtait ce plaisir romain, en leur offrant notre bon plaisir juif. Éléazar racontait. Jonathan écoutait, Benjamin applaudissait. L'image qui se dégageait : les enfants alignés, égorgés. Pas les enfants, c'était Ariel qui prenait toute la place, Ariel baignant dans son sang, la tête disloquée vers l'arrière.

Hagar veut partir de derrière cette tenture. Elle veut voir son frère vivant. Elle veut parler avec Hannah et s'entendre dire qu'elles n'ont rien compris. Ou alors qu'il existe un plan. Une voie existe, il faut la trouver, un chemin où le sang reste dans les veines des enfants. Où ils ne finissent pas morts pour créer la honte romaine ; dans la tête d'Hagar, ils finissent vivants. Il faut écrire une autre histoire, avec une fin qu'on ne connaît pas. Une fin sans Romains si ça se trouve, sans honte, sans crime.

Une force va se mettre en branle. Peut-être dans l'esprit d'Hannah. Peut-être dans le sien. Peut-être dans le ciel. Éléazar, son père et Benjamin vont repartir comme ils sont venus. La main d'Hannah relâchera son étreinte. Elles chasseront les images. Elles trouveront.

Hagar aimerait s'envoler. Si elle pouvait faire un vœu, elle choisirait : voler. Oh, juste peu de temps. Avec assez de force pour porter son frère. Elle étendrait ses ailes devant les autres, tous les autres en train de manger leur soupe du soir. Esther, son père, Benjamin, Nathaniel, Éléazar. Ils la contempleraient tous la bouche ouverte qui prend son envol avec Ariel contre elle. Elle se voudrait assez grande pour emporter Hannah. Et peut-être Zia tant qu'on y est. Et Courageux. Oui, elle déploierait ses plumes dans un frémissement et de ses serres elle les saisirait, et planerait jusqu'en bas avant de reprendre forme humaine. Tous les gens qu'ils croiseraient ensuite les laisseraient tranquilles : on n'a que faire d'un âne avec quatre enfants.

Ce matin, ils étaient partis abreuver le troupeau. Esther avait vérifié la propreté d'Hagar et de son frère : cheveux, ongles, pieds, mains, figure. Comme si on avait besoin de son approbation… Esther craint la peste et toutes les autres maladies qui se servent de la crasse pour proliférer. Ça l'occupe. Son esprit est heureux grâce à la crasse qui l'accapare tout entier, et qui l'empêche de penser.

On remplit les jarres et les outres, et on part sur le plateau. À sept endroits différents se trouvent les abreuvoirs : de petits bassins dont l'intérieur est très lisse pour ne pas laisser l'eau s'échapper dans la terre. Le plus grand était occupé par un groupe de garçons qu'on connaît. Ils manient les outils et le mortier, ça les rend fiers. Pour crâner, le plus âgé a continué à parler comme si les filles n'étaient pas arrivées avec l'eau. Il était très excité, à cause d'un plan secret où « nous serons vainqueurs ». Son jeune frère s'appelle Gamaliel – Zia lui trouve un beau sourire triste. Il lui fit répéter. Nous serons vainqueurs, disait le grand en maniant sa pelle comme une lance. Puis il reprit son activité pour touiller le mortier.

— Il y a d'autres victoires possibles – c'est ce qu'il a dit, répéta encore le grand.

Hannah et Hagar échangèrent un regard lourd de sous-entendus. Zia n'avait d'yeux que pour Sourire Triste. Les garçons ne prononcèrent plus une parole, fiers d'exhiber leur travail d'hommes.

En se pressant vers la synagogue pour en apprendre plus, on ne s'attendait pas à ça. Sûrement pas. Sans doute encore des cris, de grandes phrases, des sourcils froncés, des gestes, mais pas ça. À présent les hommes sont enfin repartis. Hannah et Hagar quittent les lieux en retenant leur souffle, petits pas précis et silencieux, priant pour que personne ne les aperçoive. Elles se mettent à courir à travers les corridors, les cours, les thermes, jusqu'à la terrasse de l'ancien palais d'apparat, comme pour se nettoyer les oreilles avec le vent de leur course.

Elles s'arrêtent. Hagar s'assied, Hannah en face d'elle sur le parapet. Il leur fallait la vue, et le ciel, et la lumière du soir pour retrouver leurs idées.

— Je viens chez toi, dit Hagar.

— Pour la nuit ?

— Jusqu'à ce qu'on ait trouvé.

— D'accord. Ariel ?

— Je le prends aussi.

Hagar regarde la vue. Elle se tourne vers Hannah.

— Le plus simple ce serait de se cacher à la citerne.

Hannah soupire.

— Ils vont vérifier les citernes. Et s'il pleut ? Tu veux mourir noyée ?

Hagar ne répond pas. Elle ne veut pas mourir noyée. Elle ne veut pas mourir du tout. C'est possible ? Est-ce qu'il existe une chance que cette maudite journée s'achève avec la possibilité qu'on reste en vie ?

— On pourrait descendre dans celle du milieu, reprend Hagar. Demander à quelqu'un de refermer le trou avec des pierres bien lisses. Personne ne saurait. On sortirait quand tout serait fini.

Hannah regarde son amie sans répondre. Elle imagine d'autres choses, certainement.

— Peut-être qu'ils ne le feront pas. Mon père va leur parler. Peut-être qu'il n'est même pas au courant.

Hagar regarde Hannah en donnant à ses yeux le plus de poids possible.

— Bon, dit Hannah. Tu as raison. Il faut faire quelque chose. Je ne suis pas sûre pour ta citerne.

Hannah se met debout sur le mur. À sa gauche, le vide est très grand.

— Assieds-toi, dit Hagar d'une voix blanche.

— Il ne craint pas la mort, celui qui suit le chemin tracé par le Seigneur.

Hannah fait quelques pas. Elle frôle Hagar qui a fermé les paupières. Elle finit par s'asseoir à califourchon sur le mur, une jambe dans le vide, l'autre vers la terrasse. Hagar a rouvert les yeux. Les deux filles se regardent.

Hannah dit :

— Il faudra des vivres.

Hagar respire. Elle se souviendra longtemps de cette phrase, parce qu'elle marque le début. C'est le début d'une histoire qui ne finit pas avec son petit frère allongé dans une cour anonyme, le cou fendu barbouillé de sang, les yeux vides, la tête qui fait un angle.

Elle s'entend qui répète les mots d'Hannah :

— Il faudra des vivres.

CHAPITRE 38

Hérode n'a pas lésiné sur la qualité des pierres. Ni sur leur taille. En dessous de l'enduit blanc qui s'effondre aux premiers coups du bélier, elles offrent une surface lisse où on cherche en vain les joints. La tête du tronc gigantesque vient s'écraser dans un bruit triste. Au début, les fibres du bois craquaient en trouvant leur place. À présent c'est la pierre qui parle, renvoyant à la vallée le même son mat, régulier, indifférent.

Endymion viendra à bout de la muraille, comme il se doit. Endymion, c'est le nom du bélier. Un jeune éphèbe endormi pour sonner le glas de la citadelle ? Rome manie l'ironie, à ses heures. Ça va les sortir du sommeil, tu vas voir : c'est ce qu'a dit Demetrius, l'ingénieur responsable. Entre deux secousses, à l'abri derrière la tour, Djanu écoute les confidences du brillant jeune gradé, qui a étudié son Vitruve.

— Ce n'est pas Chrysomallos, évidemment, mais ça rend service.

Il apparaît que Chrysomallos était le plus impressionnant bélier jamais conçu de mémoire d'homme : actionné par plusieurs milliers de soldats, il a disloqué un ouvrage pourtant bâti par les dieux : les murailles de Carthage.

Djanu se berce des mots de Demetrius. Une litanie qui se mêle à celle du bélier. C'est sans doute mieux que ce qui l'escorte depuis des jours : des heures d'une clairvoyance extrême. Le monde lui apparaît alors dans sa nudité, une synthèse morbide de tout ce qu'il a vécu, doublée d'un phénomène inattendu, une tentation. L'envie de rencontrer sa disparition. Dans ces instants à la fois pleins et vides, à la fois intimes et détachés, il se retrouve sans volonté, sinon celle de tout hâter. Sa vie n'a plus vraiment de sens, de lien avec celle des autres gens, les mortels d'en bas. Il a l'impression d'être très vieux, mais sans avoir gagné le flou de l'âge : la force lucide de la jeunesse lui est restée mais pour aiguiser son regard blasé. Ces moments de plénitude mêlés d'écœurement, il ne les attend pas vraiment, mais il les accepte comme très précieux finalement.

Demetrius, attiré sans doute par son air absent, s'est mis à lui parler. Djanu se prend au jeu. Les noms qui sortent de la bouche du séduisant tribun le fascinent. Il a aimé comme il a prononcé les mots « c'était la 607e année de Rome ». Djanu aimerait en savoir plus sur Scipion, et comment il vint à bout d'Hasdrubal.

Demetrius ne se fait pas prier. Des centaines de milliers d'assiégés, voilà comment se présente l'affaire. Des années que le blocus des vaisseaux de Rome étouffe l'île-cité, protégée par Eshmoun. Eshmoun est très puissant : c'est un dieu médecin, capable de guérir toutes les blessures, et même de remettre sur pied les morts, comme ça s'est vu. Les murailles battues par les flots semblent inaccessibles, mais Scipion fait son choix parmi les meilleurs ingénieurs qui soient, qui ne sont autres que les Carthaginois eux-mêmes. Attiré par l'or, le traître Drusal répond à l'appel. Il est disciple d'Archimède, lequel a failli sauver les Grecs à Syracuse avec sa science et ses miroirs ardents. Scipion défie ce Drusal d'imaginer quelque chose. On construit des îles. On y apporte des béliers. Tout cela dure des semaines, des mois. Scipion se réjouit : demain les machines vont entrer en action et attaquer les remparts-falaises. Au petit jour, autour des îles artificielles qui sont la fierté de Rome, on remarque de l'activité à la surface de l'eau. Des dauphins ? Est-ce un présage ? Bon ou mauvais ? Les Romains scrutent les flots. Ce ne sont pas des dauphins. Sous la surface, retenant leur respiration, ce sont des hommes. Les assiégés ont choisi leurs meilleurs nageurs. Au moyen de longs filaments, ils ont descendu leurs propres murailles à la nuit. Là, ils ont attendu qu'elle fasse son apparition. Elle ? Leur déesse : Astarté, qu'on appelle aussi Tanit. Peu avant l'aurore, Astarté se lève enfin sous l'apparence de la Lune, leur montrant la voie. On plonge en silence. On rejoint le royaume des créatures marines, ondulant comme des algues. Les nageurs sont repérés. Bientôt criblés de flèches, mais certains atteignent les îles où les légionnaires préposés aux béliers dévisagent les hommes-poissons surgis des flots. Les Carthaginois boutent le feu aux béliers avec de l'huile amenée dans des outres attachées à leurs membres. Les galères romaines arrivent, les valeureux nageurs ne se défendent pas : ils ont réussi leur mission et dansent autour des brasiers. Ils sont passés au fil de l'épée, mais ce jour-là Rome s'incline. Ses ruses ont été déjouées par les hommes-dauphins guidés par la déesse-lune. Il lui faudra encore bien des années et bien des ruses avant de prendre la ville.

— Avec Chrysomallos, dit Djanu.

Il reste prisonnier de l'image de lui-même nageant sous la surface le plus longtemps possible avec l'idée d'en découdre, et du liquide inflammable accroché à ses jambes.

— Chrysomallos, c'est pour plus tard. C'est le dernier rempart, une fois qu'ils seront entrés. La ville dans la ville, la citadelle de Byrsa. Tu sais qui a péri là ?

— Hasdrubal ?

— Non, sa femme, Helissa. Alors que les derniers des derniers ont réussi à atteindre l'acropole sacrée, Hasdrubal négocie une trêve. Il veut se rendre, et demande grâce pour lui-même. Scipion accepte. Mais sa femme Helissa ordonne qu'on mette le feu à ce qui reste de la citadelle, puis elle monte sur les remparts et s'adresse à Scipion. Tu sais ce qu'elle lui dit ?

— Qu'elle veut la vie sauve pour ses gosses ?

— Tu parles. Elle lui dit : toi, Scipion, je ne t'en veux pas, tu appliques les lois de la guerre. Mais est-ce que tu veux bien faire quelque chose pour moi ? Je suis une princesse de Carthage, mais comme tu le sais, je suis assiégée par l'ennemi. Que veux-tu ? demande Scipion. Et là elle déclare : punis mon mari, qui a trahi sa patrie, qui a trahi sa femme, trahi ses enfants que voici. Punis-le. Elle lève les bras au ciel et prend à témoin tous les dieux de Carthage, et surtout la grande déesse,

Astarté. Elle leur demande solennellement s'ils ont abandonné la ville. Est-ce que les dieux de Rome sont souverains désormais ? Pendant de longues minutes, elle attend un signe. Son mari est là, au pied des remparts où le bélier Chrysomallos se tait désormais. Mais les dieux de Carthage se taisent aussi. Helissa baisse les bras, ramasse ses enfants, et disparaît dans le temple d'Eshmoun, que ravagent les flammes.

Djanu reste l'après-midi à compter dans sa tête les coups d'Endymion, tout en rêvassant aux murailles de Carthage, et au jour où Astarté est restée muette. Le combat des dieux, s'il a eu lieu, se déroulait quelque part dans les cieux, ou sur une montagne, trop loin pour que les hommes puissent l'entendre. À moins que ce combat ait coïncidé avec le siège de Carthage lui-même : à travers les bras des hommes combattaient en fait les volontés des dieux…

Toujours est-il que cette mystérieuse Astarté, parfois étoile, parfois lune, toujours femme, a perdu sa force vitale, qui s'est dissoute pour rejoindre celle de Vénus, sa conquérante. Ou d'Aphrodite, si tu préfères, lui a dit Demetrius. Ou d'Isis. C'est la même déesse avec d'autres noms, capable de guérir et de séduire tout en même temps. « Une femme, quoi », a conclu le tribun. Djanu, que la mention d'Isis a ébranlé, méditait.

Il sent quelque chose s'effriter en lui, en même temps que la muraille. Le bélier ne brisera pas la pierre, lui a dit Demetrius, il disloquera. Les chocs répétés des milliers de fois finissent par fatiguer le mortier.

L'endroit qui cède est parfois distant du lieu choisi pour frapper : les secousses ont grignoté les appuis minuscules, et les murs s'effondrent.

Les pierres tremblent, comme tremblent les hommes alentour, les chocs ébranlent les consciences et brouillent les intentions. L'ancienne muraille juive subit, mais pas autant que la récente terrasse romaine, dont les grosses pierres mal dégrossies se tassent, voire dévalent dans le vide par pans entiers. Pour garder le point d'impact, on réduit régulièrement les deux énormes chaînes qui permettent à Endymion de se balancer. Comme l'a prouvé Pythagore, plus on réduit les chaînes, moins le bélier déploie de force. Demetrius est inquiet.

Puis tout à coup des cris. Djanu se lève. Demetrius a disparu de son champ de vision : avec quelques autres il a été avalé par le vide. Djanu sort de l'ombre de la tour, se penche, rien, ils ont dévalé à pic. Sur les remparts, les assiégés en profitent pour réapparaître, on avait presque oublié leurs flèches, qu'on décourageait avec les pierres des balistes, ces arbalètes géantes qui nettoient les murailles de toute volonté humaine.

Djanu se décale, commence à descendre la rampe, offrant une cible facile aux archers. Ça y est, il les voit : quatre points qui brillent là tout en bas, corps immobiles à l'aplomb de la tour. Puis il l'aperçoit. Demetrius a réussi à s'accrocher à la falaise pendant l'éboulement. Il tient, un bras et une jambe écartés, à flanc de paroi, trente pas sous la tour.

Un homme lutte pour sa vie. Djanu le regarde sans bouger, les flèches bloquent sa volonté. Puis comme un petit paquet fragile, Demetrius tombe. C'est déjà fini : il a rejoint les autres silhouettes tout en bas sous la forme d'un point brillant.

Djanu reste seul avec Carthage. Il sait qu'il retiendra les détails, à cause de la mort. Demetrius connaissait toutes sortes d'histoires et comment calculer les trajectoires très précisément. C'est perdu. Sauf le morceau qu'il lui a laissé en racontant.

CHAPITRE 39

Isis est retournée à sa tente malgré tout. Le souvenir de Briséis est partout autour d'elle. Isis mérite ce coin miteux, cette odeur animale, cette chaleur soûlante, ce lit. L'Anubis en bois la regarde. D'habitude elle y trouve un réconfort, mais pas aujourd'hui.

La tenture qui sert de porte s'écarte. Isis serre son couteau et s'apprête à décourager un soldat de plus, elle n'est pas disponible pour une séance divinatoire avec finition, pas maintenant, merci, adieu. Le visage au sommet du corps est celui de Ti Ritus. La surprise la fige.

— Ah, je t'ai retrouvée, dit Ritus.

— Tu m'as retrouvée.

Ti Ritus prend une grande inspiration. Il ne jette même pas le regard circulaire qui lui apprendrait les détails de sa déchéance. Il n'est plus habillé comme un enfant, pense Isis. Un peu de tristesse virile habite dans ses yeux désormais.

— J'ai quelque chose d'important à te dire.

Isis sait que ça ne va l'intéresser que de très loin. L'avenir lui paraît mou, sans odeur, sans couleur, peuplé de formes mal définies, de fantômes qui n'articulent plus.

— Djanu est monté, dit Ritus sans la regarder. Si tu as un message, donne. Je vais essayer d'arriver là-haut.

Ti Ritus et Isis baignent un instant dans le mot « là-haut ».

— Bon, voilà, c'est tout, dit Ti Ritus.

Il va partir mais il s'arrête.

— Tu n'as besoin de rien ? Celle qu'on appelle Isis, elle n'a besoin de rien ? J'ai de l'argent, si tu veux.

Ça y est, il regarde autour de lui. Mais pas bien longtemps, il doit partir, il a l'air d'avoir mieux à faire. Lui aussi. Elle dont on sollicitait le temps précieux, et la compagnie… Le temps passé avec elle, chacun l'emportait avec soi pour y repenser, mais à présent c'est du temps perdu.

Ritus est reparti. L'espace où il s'est tenu est vide. La tenture se rouvre. Ritus revient, mécontent de sa sortie. Il se plante face au lit. Isis s'attend à une formule amusante. Après tout, il faut que Ritus soit fidèle à lui-même.

— Je dirai à Djanu que tu comptes sur lui.

Il part et ne revient plus.

Isis voudrait se lever. Au contraire, elle se couche sur le lit. Elle ouvre grand les yeux et respire très profondément, elle imagine le ciel infini juste derrière le plafond de toile. Elle respire. Les pensées viennent.

Le conteur n'est qu'un vieil homme, qui est arrivé comme par hasard avec son âne. C'est tout. Elle ne peut pas se permettre de perdre l'autre, le vrai. Lui, il ne s'est pas contenté de prêcher ; lui, il a dit pouvoir réconcilier les hommes avec celui qu'il ose appeler « le père ».

Elle laisse à plus tard les questions. D'autres réalités essaient de parvenir jusqu'à elle, des voix, des gestes, une peau. Mais Isis les tient à distance, même les visages, même les noms. Elle sait que lorsqu'elles la submergeront, c'en sera fait d'elle.

CHAPITRE 40

Torse nu, Nathaniel travaille avec ses hommes. Il a fait le pari de toutes les rassembler : les poutres. Elles sont là. Des centaines de poutres. Nathaniel construit un mur derrière le rempart. C'est son grand œuvre.

Il savait où frapperait le bélier, et il a tout préparé. La tour prendrait place sur l'étroite terrasse qu'ils se sont construite juste au sommet de cette rampe qui progresse à la rencontre de la montagne depuis des mois.

Le bélier frappe, et à mesure qu'il frappe s'édifie la réponse qui le fera taire en capturant ses vibrations. Un mur de poutres. Nathaniel en a compté plus de mille. On démonte les toits, on dormira à la belle étoile. Les poutres entremêlées forment des espaces qu'on remplit de terre humide. Après avoir disloqué la couche des pierres, le pieu romain viendra s'y fatiguer. Plus il frappera, plus il tassera la terre, plus il tendra la fibre du bois, plus il rencontrera du répondant. Croyant pénétrer, la force romaine durcira la défense des assiégés.

Le bélier finira par se taire. Les Romains s'interrogeront. Les poutres ne brûleront pas, protégées par la terre mouillée. La terre ne cédera pas sous les projectiles envoyés par les scorpions et les catapultes. Le mur humide acceptera les projectiles avec grâce. Son ventre de terre les engloutira les uns après les autres sans faire de bruit.

Un bruissement, Nathaniel lève la tête, le soleil l'éblouit, voici sur la muraille qu'une présence se pose. L'expression interloquée de l'oiseau le fait sourire. *Les ailes de la colombe sont lamées d'argent*, dit le Livre. *Et son plumage est d'or pâle.* Son petit œil noir interroge, son cou se tend et se détend comme pour dire : que veux-tu ? Toi l'humain qui t'affaires, que veux-tu ?

La colombe le prend pour un danger de faible envergure ; elle se tient tout au bord pour se demander longuement quelle intention tient l'homme, en ce jour. Elle repart dans un claquement, vire au-dessus du vide et disparaît très précisément dans un trou du rempart, où l'attend sa vie.

CHAPITRE 41

On ne sait pas ce que c'est exactement. On parle d'un engin muni de roues, parce qu'il ne tire jamais deux fois du même endroit. Ils ont attendu avant de sortir le grand jeu, les Juifs. Rome prend enfin conscience de sa fragilité. Djanu trouve ça bien. Ça finissait par lasser, tout ce silence.

Les Juifs sont économes, ils prennent leur temps, choisissent leur moment. Et quand on y pense un tout petit peu moins, le bruit mat comme un claquement, la pierre qui siffle, le bois qui explose.

C'est sûrement une sorte de baliste. En quelques jours, Djanu est devenu expert en engins de siège. Il ne parle plus que de ça, quand il parle, ce qui lui arrive de moins en moins souvent.

Il fallait parer au plus pressé, alors on a affecté Djanu au maniement des engins. Telle est la récompense prévue quand meurent les hommes en charge : on prend ceux qui sont capables, et qu'importe leur âge. Djanu est très capable ; la précision de ses calculs lui donne une certaine aura auprès des hommes. Sans oublier qu'il a échappé à la mort dans l'effondrement, ce qui constitue un signe. Le fils de la favorite du général, oui. Protégé par les dieux, il a survécu à l'éboulement. Grand. Très habile. Dorénavant c'est lui qui décide où on visera grâce à aux plans précis qu'il dessine chaque nuit.

Les balistes : voilà ce qui intéresse Djanu désormais. Détachées du but qu'elles poursuivent, elles sont très belles dans leur efficacité. Et surtout mortelles. D'autres s'occupent des troupes, qu'il faut cantonner à l'abri. Ou de l'eau, dont on abreuvera les troupes. Les hommes sont relevés très souvent, car la peur les épuise. Djanu, lui, prend soin de ses amis les engins, qui sont quatre. Le jour de l'assaut final, ils seront cent.

À présent tout grouille. Les visages connus des premiers jours sont dilués dans le flot. Deux autres tours sortent de terre. Elles seront encore plus hautes que celle qui abrite le bélier. Des palissades ont poussé partout. On a même aménagé une petite forge. Le bruit des coups de marteau rend fou, mais c'est pour la bonne cause : les plaques de fer qui garniront les tours sur trois côtés.

Chaque soir à l'heure où les humains vont boire, descendant la rampe à l'abri des palissades, Djanu se porte volontaire pour une nuit de plus au pied des murailles où il remue ses pensées. J'aime une putain juive. Je l'aime à satiété. J'aime la consonance des mots « à satiété », ça veut dire que je l'aime plus qu'assez, jusqu'à m'en remplir, me remplir l'être et la tête, à ras bord. Je ne l'aime pas avec l'envie, le besoin qu'elle soit ma femme ; pas seulement. Je l'aime à la fuir. Je suis monté ici pour lui ramener ses enfants perdus. Ils sont là, à portée. Peut-être que j'en tuerai un demain, en réglant la baliste sur une fente d'où j'aurai vu surgir l'éclair d'une flèche. Je ferai feu à l'instant stupide où un gosse famélique sera là avec de l'eau et un quignon pour le valeureux archer embusqué. Ma pierre entrera avec grand fracas dans la petite pièce, défonçant au passage le visage attentif, et la voûte de pierre s'effondrera sur l'enfant aux yeux grands ouverts. Djanu l'imagine semblable à Isis, en plus petit et sans les attributs féminins. Avec aussi les traits mélangés d'un homme, un autre homme.

Isis, écoute-moi. Tu m'es tout. Tout me sera révélé par toi, ou ne le sera pas. J'aime en toi une face invisible faite à égalité d'esprit et de corps. J'aime surtout ce qui te fait rire, ce qui te fait réfléchir. Je m'approche de ces secrets-là à pas de loup pour ne pas les effrayer. Je veux les apprivoiser comme tu les apprivoises, ce sera ma façon d'entrer en toi. Tes pieds ont donné une forme au chemin, là-bas, je le foule comme toi, précisément au même endroit, tes empreintes encore chaudes acceptent mes pas.

Si je ne réussis pas dans mon entreprise, tu seras comme la peau du serpent quand je te retrouverai. D'abord on croit que l'animal est encore là, on se tient sur ses gardes. Mais il n'est plus là depuis longtemps ; n'en reste ici qu'un fantôme. Où iras-tu fantôme ?

S'ils ne te sont pas rendus, où iras-tu ? Je te suivrai, oui, même déçu je te suivrai. Je ne voudrai plus d'une vie à moitié. Je ne veux plus de Rome ni des étages de pierres que j'ai contemplés grâce à toi. Je pourrais t'emmener à la crique de Kessos. Mais tes yeux seront vides malgré ta bonne volonté, et ton sourire désolé – s'ils sont toujours là avec toi dans tes pensées. Tu ne seras plus qu'un serpent mort sous la forme de sa peau, alors à quoi bon la crique de Kessos ?

Il faut que je réussisse. Il faut que je vive, que je reste à l'abri pendant que tous vont se faire démembrer l'un après l'autre sur la muraille puis dans la place forte, à mourir dans les couloirs et sur les esplanades. Je ne crois pas vraiment aux retrouvailles magnifiques. Qu'importe, j'irai. J'irai me faire démembrer en espérant.

CHAPITRE 42

Ti Ritus regarde où il met les pieds, à cause de l'eau prisonnière qui rend parfois les pentes glissantes. Le torrent est toujours à sec, mais avec ses petites surprises luisantes. La dernière fois que ses pas avançaient ici, c'étaient ceux d'un gosse. Il lève la tête. Chèvre-bouc est là comme une apparition, avec sa barbe et sa blancheur.

— Ah, tu as trouvé l'endroit, dit Ritus. C'est bien. Tu es descendu comment ?

— J'ai plané, comme l'aigle.

Ti Ritus sourit. Il touche le bras du poète un instant.

— Et pour repartir, ça ira ? Tu planeras en remontant ?

— Mon âne viendra me chercher.

— Il n'a pas voulu descendre ?

— Non.

— Il est plus malin que toi.

— Heureusement.

Ti Ritus rit, comme l'enfant qu'il était ici, autrefois.

— Je monte tout à l'heure, je te l'ai dit ? Djanu m'a envoyé un message. Il m'attend.

Ritus regarde autour de lui.

— Tu vas dormir où ? Nous on se mettait là. Il paraît que ça monte très vite quand il pleut.

— Il ne pleuvra plus.

— Ah ? Tant mieux. Plus jamais ?

— Si, il pleuvra encore.

Ritus s'assied contre la paroi pour la fraîcheur dans son dos. Il donne les nouvelles.

— Apparemment Silva prend ombrage. Quelqu'un a dû entendre ce que tu as dit sur Jérusalem. Comme quoi les vainqueurs c'étaient pas ceux qu'on croit.

Chèvrebouc s'assied en face de Ritus sur une pierre polie. Ritus poursuit.

— Maintenant que les autres ont compris, Silva est obligé de dire qu'il te veut.

Le poète délace ses sandales.

— Je vais être très bien ici.

— Le soir, on pourrait croire que ça fraîchit, mais les pierres rendent la chaleur, il fait bon. J'ai trouvé des os, par là, des os humains. Peut-être qu'à minuit ils s'assemblent et que tu auras la visite des squelettes.

— Ah, bien. Ils parlent quelle langue ?

— La langue des squelettes. Ça caquette beaucoup.

Ritus réfléchit.

— Tu leur raconteras un truc. Ils t'écouteront peut-être, avant de te mordre en ricanant.

— Oui. Je leur raconterai leur propre histoire. Ça plaît toujours. Comment les squelettes vont conquérir le monde.

— Ça a l'air bien. Sûrement qu'ils gagnent à la fin. Il y a plus de morts que de vivants, si on compte.

Chèvrebouc sourit.

— Oui.

— Tu sais, moi j'ai tué beaucoup de gens, dit Ritus.

— Ça ne m'étonne pas.

— Tu ne me crois pas ?

— Si, je te crois.

— Je les tuais pour rendre service à ma mère. Je les étranglais très vite, avec un bandeau de cuir et une cuillère en bois. Parfois, je les avais attirés moi-même. J'étais un enfant fardé. Tu sais ce que c'est ?

— Les gamins qu'on déguise en filles. Oui.

Ti Ritus se lève et joue distraitement avec des pierres.

— J'étais ça. On était très pauvres. On vivait sous le portique du théâtre. À Césarée, tu vois ? Après, ma mère a pu louer l'arrière d'une boutique, quelques heures par jour. C'est là qu'on tuait. Elle disait aux hommes qu'elle voulait partir avec eux. Le jour où ils apportaient l'argent pour le voyage, on les tuait. Elle les suçait et à un moment deux petites mains sortaient de la tenture pour leur offrir un collier. Je tournais, je tournais, le plus vite possible. Ils mouraient sans comprendre.

— Une belle fin en somme.

— Ils auraient sans doute préféré vivre.

Ritus marche et se pose la question. Est-ce que c'est grave ? Il aimerait la poser au vieux poète, pour vraiment mettre ça derrière lui une bonne fois pour toutes. Mais ça reviendra.

— Je pourrais tuer encore.

Chèvrebouc le regarde.

— Mais aujourd'hui j'aurais besoin de choisir. De savoir qui c'est.

— Tuer utile.

— C'était utile. Un mort nous durait des mois. Le reste du temps, ma mère leur faisait les choses habituelles.

— Et toi tu te couvrais de voiles.

Ritus serre les lèvres.

— Oui. Certains jours je ramenais plus que ma mère. J'ai rencontré beaucoup de gens à l'époque. C'est là que j'ai connu Djanu.

— Par Roxanne ?

— Non, pourquoi par Roxanne ?

— Je ne sais pas.

— Il était sorti pisser. Au théâtre. Je t'ai dit qu'on habitait le portique qui fait le tour ? Il venait au théâtre chaque fois, avec sa mère. C'est toi qui as raison, j'avais d'abord remarqué Roxanne. Bref, j'ai été pisser à côté de lui, avec mes voiles roses et mes tresses de fille, j'ai sorti ma bite pour pisser et ça l'a fait rire. Une fois, j'ai été chez lui.

Ritus ramasse un sac de toile qu'il portait autour du torse et qu'il a posé à l'ombre.

— Je t'ai apporté des grenades. Du fromage, et du pain. Tu pourras partager avec tes amis.

Il les tend au conteur qui les reçoit sur les genoux.

— Mais ce n'est pas moi qui tue, dit Ritus. Ici je veux dire. Ce n'est pas moi.

Il retourne à son sac. Il reprend.

— À un moment j'ai cru que c'était toi. Quand j'ai appris qu'ils te gardaient prisonnier au camp, je me suis dit : voilà qu'ils enferment le renard au poulailler. Enfin, c'est pas comme si tu avais un compte à régler avec les Romains.

Ritus le regarde par en dessous. Chèvrebouc lui rend son regard.

— Je connais l'histoire, dit Ritus.

Il soupire.

— Bon, c'est pas toi qui tues, alors ?

Ritus se rassied, juste à côté de Chèvrebouc.

— Tu sais qui c'est ?

— Non, dit le poète. Ils se tuent entre eux. Il y en a toujours bien un dans la bande que ça dégoûte et qui tue.

— Dans la bande ?

— Dans la légion. C'est plein de nouveaux venus gagnés à la cause de Rome. D'anciens ennemis enrôlés, achetés, assimilés. De temps en temps quelque chose se réveille au fond de l'un d'eux, et il faut qu'il tue par loyauté à celui qu'il était avant.

— Tu veux dire qu'il ne sait même pas qu'il tue ?

— Il sait peut-être qu'il tue. Mais il ne saurait expliquer pourquoi.

Ti Ritus se pénètre de l'idée.

— On a toujours du mal à expliquer.

Ritus se lève.

— Bon. Je vais partir. Tu devrais en faire autant. Avec ton âne. Je ne vois pas ce qui te retient.

— Tout le monde veut que je m'en aille.

— Il y a d'autres endroits dans le monde. Tu as beaucoup voyagé ?

— Quand même.

— Le mieux, c'est où ? Le mieux de tout ? C'est là que je vais.

Ritus se met à rire. Chèvrebouc croit voir un enfant.

— Le mieux pour toi ne sera pas le mieux pour les autres.

— Le mieux pour moi. Raconte. Je m'en fous des autres, si tu savais.

— Tu ne voulais pas faire fortune ? demande le poète.

— Si. C'était avant. J'ai envie d'être tranquille. Fortune faite.

— Il faudra choisir.

Ritus sourit en grimaçant.

— Je devrais le prendre avec moi. Djanu.

— Vous choisirez ensemble, entre la fortune et la tranquillité.

Ritus rit.

— Toi, tu vas partir avec Roxanne. J'ai bien compris.

Chèvrebouc fait une mine surprise.

— Moi aussi je devine, dit Ti Ritus. Je suis un grand mage comme toi.

Ritus ramasse son sac.

— Tu penses souvent aux hommes que tu as tués ? demande Chèvrebouc.

— Parfois. Quand j'en parle avec des vieux boucs comme toi.

Ritus s'en va.

— Dis, c'est vrai ce qu'on dit ? demande Ritus en se retournant.

— Quoi ?

— Que tes pouvoirs sont très grands. Que les Romains ont peur de toi. Que les dieux t'écoutent.

Chèvrebouc rit.

— C'est moi qui écoute. C'est ça le secret.

Ritus disparaît derrière le mur blanc crayeux. Chèvrebouc élève la voix.

— Ritus ! Merci pour les grenades.

La faille vide lui répond.

— Étouffe-toi avec ! Espèce de vieille bique.

En arrivant à l’endroit où les rochers offrent des prises pour remonter, Ti Ritus se demande que penser de tout ça. Puis il se souvient qu’il n’aime pas penser aux choses. Ce qu’il aime, c’est être surpris. Et pour être surpris bien comme il faut, il ne faut jamais se laisser aller au doux exercice d’une pensée féconde.

CHAPITRE 43

Un oiseau est avec eux.

Un oiseau vit et produit du bruit là-haut. Il voudrait agrandir la voûte de ses ailes, mais les plumes contre la paroi ne gagneront pas.

Personne ne l'a vu encore. Personne n'a parlé de lui. Il est là.

Peut-être qu'il sent l'air passer entre les pierres mal soudées qui obstruent l'entrée.

Il dormait quand nous sommes descendus, pense Hagar. Ou alors il restait apeuré dans son coin. Il aurait dû rassembler son courage d'oiseau, voler, nous frôler sur l'échelle. En sortant de toutes ses ailes, il aurait fait peur au frère de Gamaliel mais tant pis, le frère de Gamaliel qui empilait les pierres soigneusement, pour nous enterrer.

La lampe ne donne qu'un halo qui s'évanouit vite. Il faut se tenir près d'elle si on veut en profiter pour soi.

Hagar est enroulée dans sa couverture à quelques pas, où le noir enlève tout. Elle ne perçoit rien de son propre corps : pour elle, seul existe ce qu'elle devine des autres. Les pieds en tailleur d'Hannah. Le bord de la peau de mouton qui recouvre Zia. Le visage couché de Gamaliel qui entrouvre parfois les yeux.

Il faut faire semblant qu'on est morts. Voilà.

Ariel est couché près d'elle. Elle sent sa chaleur d'enfant. Les enfants produisent plus de chaleur, c'est connu. Après on refroidit avec les ans. Il écoute l'oiseau, sûrement. Les efforts de l'oiseau.

Hagar imagine l'enduit qui sèche au soleil. Leur citerne n'existe plus. Un soldat attentif remarquerait peut-être quelque chose, puis il passerait en se disant que les lieux sont condamnés depuis longtemps.

Les jarres sont là. L'échelle. La masse dont la pierre très dure viendra à bout des rocs empilés. Hannah et elle ne sont pas folles. Elles savent que dehors désormais tout peut arriver. On ne viendra peut-être pas les délivrer, elles devront le faire elles-mêmes. On gravira l'échelle avec la masse au bout du bras. Le frère de Gamaliel a mis beaucoup d'enduit, mais pas trop de mortier. Le petit mur éclatera, les pierres tomberont sur l'étroite corniche qui sert de sentier, certaines même dévaleront la pente dans un grand silence qui dira : tout est fini.

Dans ce silence sans Romains ni guerriers d'aucune sorte, tout recommencera.

Hagar ferme les yeux. Il ne faut pas écouter l'oiseau prisonnier. Elle se concentre sur sa respiration, sur celle de son frère. Si elle écoute très profondément, bientôt elle entendra les battements de leurs cœurs.

Loin à travers la roche, les grondements se sont arrêtés. Peut-être que l'assaut est fini. Peut-être qu'il n'a pas encore commencé. Hagar se force à ne rien imaginer. Ni Esther, ni son père, ni Nathaniel dans sa cuirasse.

Disons que c'est la nuit pour eux aussi. La nuit est descendue partout sur la Terre.

CHAPITRE 44

Vorenus va devoir attendre. Il n'a pas le temps d'attendre. Au pied de la rampe, le camp de ralliement est rempli d'existences diverses qui se rendent toutes au même endroit. Roxanne lui a donné une mission : ramener le gamin. Le grand panache de plumes pourpres au sommet de son casque indique un gradé, et lui donne presque tous les droits.

Autour de lui, les hommes lèvent la tête. Là-haut sur la falaise, le vacarme et les cris : une nouvelle vague déferle du sommet de la tour d'assaut, sans laisser de répit aux assiégés. Ici en bas, on se croirait sur le forum un jour de fête. Le problème, ce n'est pas tellement les paquets d'hommes gesticulants qui veulent monter, eux Vorenus les dépasse, ce sont les convois qui descendent. Épuisés, estropiés, défigurés ; ces gars-là, on ne les entend plus.

Djanu ne sera pas difficile à trouver. Ti Ritus est parti avec lui, à ce qu'il paraît, après avoir dérobé la cotte de mailles d'un auxiliaire syrien. Ils éviteront à tout prix le combat. Djanu pourrait faire illusion, mais son inexpérience le trahirait vite. Tout le monde connaît tout le monde, chaque cohorte est un banc de poissons où chacun pressent le mouvement de tous les autres. La victoire est à ce prix. Ritus, lui, mourrait ahuri au premier coup, donné ou reçu.

Ils seront aux batteries de catapultes, ou derrière les scorpions dans ce qui servira d'abri. Vorenus en prendra un sous chaque bras, et en route pour la descente, en évitant les projectiles, le feu, la chute, l'ennemi. Tel est le plan. Il a fallu trouver les meilleures armes possible, et un équipement. Vorenus est harnaché comme un cheval de charge, et pour cause : il sait ce que c'est, un assaut de siège. Se présenter comme une cible consentante, à bout portant.

Voici la pente. Elle est raide et trompeuse. Le soleil y tape plus fort qu'ailleurs, à cause de toute la roche alentour qui concentre la chaleur. Vorenus calque ses foulées sur ses inspirations. Il faut arriver en haut avec encore du répondant. Il compte ses pas. Ce soir il redescendra la rampe, mission accomplie. C'est ce qu'il a promis à Musa. Il ne voulait pas partir à la recherche du gosse, elle a dit : tu t'en voudras. Elle le connaît bien comme il faut, cette femme-là.

Quelque chose le ramène et chasse les images. C'est le son des carnyx, qui lui fait mal aux oreilles et qui lui mobilise l'âme. L'air autour se retrouve chargé d'urgence et d'énergie. La vie jaillit de la tour et se déverse sur les remparts. En contre-jour, les guerriers identiques, partout. Vorenus a envie de rire. Il en est, cette fois encore. Rome donne l'assaut.

CHAPITRE 45

Musa lève les yeux à cause de la lumière qui manque, en plein midi. Son cœur se serre car les montagnes grandissent d'une manière obscène. Oubliant ses oignons, Musa reste un long moment à contempler. C'est un prodige. C'est un présage. Musa ne savait pas comment naissent les montagnes, mais c'est très désagréable – tout en étant très excitant à cause de cette lumière nouvelle et de ce silence saugrenu.

Déjà dans cette maudite vallée on se sent très petit, déjà on se sent malvenu à cause des humeurs qui arrivent de la mer chargées de sel comme pour vous assaisonner. Les hommes ici sont mis à tremper comme des viandes. Personne ne reste habiter les lieux de son plein gré. À présent l'engloutissement arrive, le pays va être avalé. Musa ne parvient pas à décider si elle a énormément de chance, de vivre un moment aussi rare. Ou énormément de malchance : bientôt elle sera transformée en pierre sableuse par la tempête qui arrive au triple galop.

*

Isis a envie de rire. Une tempête se lève à l'est, qui va les engloutir. Elle est belle comme une plaie d'Égypte. Le ciel est son allié : tout le ciel. C'est le genre de spectacle si puissant qu'il ne vous laisse pas en repos ; la tempête accablera très profondément et transformera les survivants en élus, heureux pour longtemps. Le sable va entrer partout. Les hommes croiront venue leur dernière heure. Certains déjà se sont mis à prier, sans doute, devant le mur de sable en mouvement, qui vu d'ici paraît aussi opaque que du métal ; un métal courbe chauffé à blanc ; la faux d'un dieu mécontent.

Si Isis a envie de rire c'est à cause de la punition qui se cache dans la tempête. Pour les hommes honteux de leurs méfaits d'hommes, les punitions se cachent un peu partout. Le reste de la création n'a que faire de la honte, elle vit à son aise.

Aux pieds d'Isis, un sol où les rampants ont disparu : les demeures profondes sont investies. Au ciel, plus aucun oiseau, ni papillon, ni libellule. Ils savaient la tempête depuis hier, au moins. Très bientôt il ne restera plus ici que des hommes à punir. Isis ne se retient plus : alors qu'elle écarte le pan de tissu, elle rit en compagnie d'elle-même. Combien de tissus pour la protéger du sable ? Aucun nombre ne serait suffisant. Le sable entrera dans son nez et dans sa bouche, il faudra se rincer souvent, garder les yeux fermés, être patiente. Elle connaît les tempêtes depuis qu'elle est petite fille. Elle se souvient encore très précisément des plus terribles. Mais sa chair ne connaît pas encore celles qui déferlent sur la mer de sel certains jours à la fin du printemps. Chacun sait que ce sont les pires.

Isis s'allonge. À ses côtés, son outre est prête. Sur son visage, comme le linceul sur la face des morts, le fin tissu disposé. Les hurlements du vent décrocheront les piquets, le sable entrera partout, s'accumulant sur le sol, dans les narines à la place de l'air, dans les bouches à la place des mots.

CHAPITRE 46

L'oiseau est mort mais ils ne l'ont pas encore trouvé.

Il est là certainement.

On a décidé de marcher. Ariel appelle ça les explorations, mais il n'y a rien à explorer, si ce n'est le noir profond où tout peut arriver. Absolument tout. Il faut y aller chacun à son tour. Ça fait partie des choses à faire pour passer le temps.

Le temps passe très vite ou très lentement, on ne sait pas.

Hagar pense que ça fait au moins six jours, Hannah a déclaré que ça n'en fait peut-être que trois. Le noir tue les jours. Hannah a déjà dit tous les psaumes, deux fois. Dire les psaumes, ça prend au moins une journée. Moins, a dit Zia, si tu vas vite. Mais je ne vais pas vite, a répondu Hannah.

Chanter les psaumes, c'était une bonne idée, on ne sait plus qui l'a eue. Mais au bout d'un moment ça soûle, à cause de Dieu qui est dans chaque phrase. On lui dit merci d'être avec nous, de rester parmi nous, de nous avoir choisis pour peuple, de nous garder contre son sein, toujours sous son regard. Mais au bout d'un moment à force de Lui parler ou de parler de Lui, ça crée comme un effet bizarre, il manque quelque chose.

Il n'y a pas de ciel ici pour voir Dieu. Juste l'écho des voix qui tournent sous la voûte.

On a pris des figues, des pêches, du miel, tout ce qu'on préfère tant qu'à faire, mais ça donne soif. On boit, mais quelque temps après il faut s'éloigner pour évacuer, dans la solitude, en évitant de marcher là où c'est souillé. Donc on évite de boire. On évite de manger les fruits écœurants. Des fèves ou des lentilles, ça tient au ventre, on aurait dû prendre ça.

Hannah va raconter quelque chose. Ce ne sera pas la fuite d'Égypte, parce que Zia a dit que ce serait peut-être ça, avec la Pâque qui approche, mais Hannah a l'esprit de contradiction. Elle va trouver quelque chose de vraiment surprenant, elle y met un point d'honneur. C'est dommage parce que la fuite d'Égypte, Ariel adore ça, à cause des dix plaies qui s'abattent, puis des eaux qui s'écartent. Aussi pour les ânes. C'est sur des ânes que les ancêtres sont revenus au pays de Canaan. Sans leurs montures, ils n'y seraient peut-être jamais arrivés, morts de soif, morts de faim, tués par la marche, ou par trop d'espoir déçu.

Dans la pâle lumière de la petite lampe à huile, ils sont des fantômes sans vrais contours. Sur la paroi proche, derrière Zia, ça crée des ombres toujours changeantes, qui sont leurs doubles noirs, vifs et grands. La pierre est lisse en cet endroit, très douce. Pas comme là-bas dans le coin lointain. Hagar va se lever. C'est à son tour. Elle partira sans lampe, avec juste la pierre au bout des doigts. Elle n'a pas peur, pas comme Gamaliel qui geint assis, couché, on se demande pourquoi on a accepté sa présence – sans doute l'idée de sauver quelqu'un. À présent tout semble très loin et presque ridicule, surtout cette idée vague qui est à l'origine de tout, se sauver la vie en venant ici. Tout était mieux que de descendre, maintenant on le sait. Hannah ne parle presque plus depuis qu'elle en a fini avec ses psaumes. Hagar devine qu'elle s'en veut. Hannah pense sûrement qu'elle n'aurait pas dû écouter son amie, l'âme tourmentée de son amie.

Hagar aussi a peur. Le noir et le froid s'imposent un peu plus à chaque instant. À un moment, on décidera de sortir, même si c'est pour trouver des adultes furieux, ou des soldats romains. Il faudra sortir et affronter ce qu'il y aura à affronter, au moment où on sera tous prostrés comme Gamaliel, à imaginer qu'il pleut sur le monde et que l'eau va nous engloutir soudainement. Hagar sent bien que ça se rapproche. Même si Hannah va raconter quelque chose qui leur fera un peu de bien, ça se rapproche.

Hagar se lève. Elle va faire un signe à Ariel pour lui dire *je reviens bientôt*, mais c'est lui qui fait un signe. Son petit fantôme en tailleur tend le bras, et pointe le doigt. Les yeux d'Hagar suivent, même s'ils savent qu'il n'y a rien à voir.

Hagar fronce les sourcils.

— Éteins la lampe ! Zia, éteins la lampe !

— Pourquoi ? demande Zia.

— Éteins.

Zia obéit. Son souffle résonne longtemps dans la pièce géante. Tout le monde regarde vers le haut, Hagar devine qu'Ariel a gardé le bras tendu pour faire exister ce qu'il a vu.

En haut, de l'or brille. Comme si un filon très fin affleurait. C'est le soleil. Il fait jour dans le grand monde. L'enduit a séché. Il s'est craquelé. La lumière passe entre deux pierres par une fente minuscule qui change tout.

CHAPITRE 47

Le rempart a cédé en un lieu précis. Rome pourrait entrer, mais un homme à la fois. Pas assez de place, donc, pour les fantassins de la 10e, qui feraient merveille par leurs manœuvres agencées à la perfection. Alors on reste sur ses positions, on attend une nuit de plus. Il paraît que les Juifs se sont réfugiés tout au bout du plateau, dans l'ancien palais personnel d'Hérode, où une autre muraille les protège encore.

Djanu ne veut pas attendre. Il ne parle toujours pas, ou très peu, mais ses yeux voyagent avec beaucoup d'appétit. Ritus devine ce qu'il veut. Abandonner les identités romaines et le statut de soldat. Se vêtir de longs tissus sans couleur et sans forme, pénétrer par la brèche dans la forteresse et l'explorer comme des ombres. C'est synonyme de mort, évidemment. Voilà ce que veut Djanu, une mort rapide et surprenante, au coin d'un corridor. Ti Ritus aimerait éviter, autant que possible. Même si l'idée lui semble moins pénible qu'hier. La forteresse est leur obsession, leur unique horizon, leur seul monde possible, et la parcourir en cette nuit est d'une logique absurde qui tient debout.

Les voici à l'intérieur, prudents comme des faunes. Djanu revit. Toutes les tuiles sont au sol, certaines empilées bien comme il faut, les autres brisées là où elles sont tombées quand on a arraché les poutres. À chaque pas, il faut prier pour qu'une nouvelle cassure ne vienne pas claquer dans l'air nocturne. Il ne reste que le squelette de la forteresse. Les murs sont nus.

Ce n'est pas une forteresse, c'est un labyrinthe. Un village, presque une ville, des centaines de maisons improvisées dans de luxueux palais, cours, chambres, appartements. Tout se ressemble. On pensait arriver sur des esplanades très belles. Mais c'est un dédale sans panache qui est là, des murs détruits, des gravats, un chantier abandonné, des poutres enchevêtrées à moitié calcinées. Des gens. Djanu baisse la tête et presse le pas sans se cacher, dans une attitude urgente – c'est ce qu'on a dit qu'on ferait. Heureusement les silhouettes disparaissent sans donner l'alarme.

Ritus le suit comme une ombre. On cherche des enfants, un frère et sa sœur. Ça semble facile. Des enfants au milieu d'une garnison de guerriers, ça va frapper l'œil. Mais en débouchant soudain en terrain découvert, on comprend l'erreur. Encore des gens. Une foule de gens. Il est trop tard pour reculer, trop tard pour s'arrêter, on poursuit sa route avec dans les petits pas serrés toujours la même urgence, et on disparaît dans la première pièce venue. Là aussi ils sont entassés, au moins quatre ou cinq personnes courbées à ramasser du bois mort. Ritus a tourné les talons comme s'il s'était trompé de pièce, Djanu le suit, encore un corridor, une porte plus sombre, on entre, on est seuls, on s'arrête, on respire.

Djanu comprend : ce qu'il a vu sous la lune dans les bras des gens, ce ne sont pas des faisceaux de petit bois, ce sont des flèches. On rassemble les flèches pour demain. Sur la grande esplanade qu'ils ont aperçue, les silhouettes avançaient, pressées, presque en silence, elles n'étaient pas dix, elles n'étaient pas cent, elles étaient plus nombreuses encore. C'est ici une ville secrète, peuplée de beaucoup trop de gens. Des femmes ; et des enfants, des dizaines d'enfants, tous portant des pots, des outres, des paquets, des lames brillantes.

Ils s'agitent cette nuit comme une ruche qu'on a dérangée. C'est la nuit choisie par Djanu pour s'infiltrer, il regrette. Mais il est heureux, en même temps, d'y être. La forteresse imaginée déploie sa vie réelle, il fallait que ce soit vu.

Des pas dans le corridor, des froissements, on vient. Des ombres vont arriver, des bouches questionnantes, des yeux qui ne les reconnaîtront pas. Il faut partir. Voir, c'est bien, pense Ritus, mais il faut vivre. Il tire Djanu par la manche. Par là, une petite porte. Elle mène vers un nouveau décor, une cour déserte avec un portique, là-bas d'autres portes, un bâtiment plus ou moins intact qu'on devine muni de recoins et de cachettes.

Les pas sont derrière eux, un mot va être prononcé en hébreu très bientôt, à moins que ce ne soit une phrase, une question, un cri. On passe sous une voûte. Ici le ciel n'est plus visible – tous les sons se mettent à résonner. Des banquettes, des mosaïques, c'étaient les thermes. Djanu prend à droite sans ralentir, bientôt il faudra courir. Encore à droite, une pièce. Une lucarne trop petite et trop haute. Ritus et Djanu se regardent : c'est cuit. Ritus pense au petit couteau qu'il a emporté en laissant tout le reste. On retient son souffle, on écoute les pas qui approchent sans ralentir.

*

Il a fallu une éternité pour que Ritus brise le silence. Leurs têtes se touchaient.

Ils étaient pris au piège dans leur cul-de-sac, quand un projectile inattendu a traversé la voûte jusqu'à faire éclater le sol en terre cuite. Ritus a plongé dans le trou comme un rat, suivi par Djanu. Un instant plus tard des voix juives chuchotaient au-dessus de leurs têtes. Depuis, on n'a plus bougé.

Les voix revenaient régulièrement. Sous les dalles, chacun devinait les pensées de l'autre. Ne pas parler. Attendre. Ne pas non plus dormir, rester aux aguets. Il fallait être en alerte, histoire de ne pas rater les détails qui pourraient mener à sa propre mort – ou à sa survie.

Revenu à lui grâce à la peur, Djanu ne comprend plus. Qu'espérait-il ? Mettre la main sur deux gosses providentiels, dans le premier couloir venu ? Il imagine la voix de Ritus, pleine d'ironie. Tu sais Djanu, on ne meurt qu'une fois. Il suffit d'un glaive planté par un type même pas très à son affaire, et c'est terminé.

La grande peur qui habite Djanu n'est pas celle de l'ennemi, de la bataille, de la blessure ou de la mort, c'est la peur du gâchis ; la peur d'avoir été présomptueux jusqu'à l'idiotie. Quelques guerriers juifs vont venir, ils les sortiront de là, les passeront par le fil de leur épée, et les oublieront. Le reste de sa vie se passera sans lui.

— Tu es mort ? a demandé Ritus avec un brin d'appétit.

— Non. Mais j'y travaille.

On prononçait presque sans air.

— J'ai pissé, a dit Ritus. C'était bon. Tu crois qu'ils vont nous trouver ?

— Peut-être. Si tu chies.

— Il faut que je mette de l'ordre dans mes idées, dit Ritus.

— Moi aussi, répond Djanu. J'ai l'impression de ne plus être tout seul.

— Alors ça, commente Ritus, je te confirme, il y a toujours eu l'autre avec toi.

— Qui ?

— L'autre imbécile. Celui qui parle avec ta bouche une fois sur deux. Tu vois qui je veux dire ?

La conversation durait un temps fou à cause des très longs silences.

— Monsieur le Fils du Légat, poursuit Ritus. Monsieur Je-sais-tout de Rome. Tu vois qui ?

Encouragé par le silence, Ti Ritus continue.

— Monsieur le Consul-en-devenir. Le fils caché de Cicéron et de Virgile.

Djanu a mal à la bouche quand il sourit. Il a soif comme si sa langue était en terre.

— S'ils avaient copulé, ajoute Ritus.

— L'un était mort quand l'autre était jeune, chuchote Djanu. Ça n'aurait pas été facile. Je me demande qui aurait fait la mère.

— Cicéron aurait enculé le beau Virgile pour te faire. L'autre aurait accouché dans des branches douces et des fruits.

Plus tard, ils prennent chacun un caillou et se le collent en bouche pour oublier la soif. Après un long moment à écouter les combats qui se rapprochent, Djanu sombre dans la torpeur, avec à l'esprit deux corps déjà sous terre, qui sèchent jusqu'à disparaître.

*

Les voix les ont ranimés. C'était du grec. Du bon vieux grec prononcé bien fort par des bouches sans arrière-pensées. Dans sa demi-conscience, Djanu pensait que l'épuisement les empêcherait de se manifester. Ils resteraient là, muets, pas morts mais mourants, puis ils mourraient pour de bon, de n'avoir rien dit.

La phrase que Ti Ritus prononça alors aurait mérité d'être gravée sur un fronton.

— Nous sommes romains, même si nous n'en avons pas l'air. Ne nous tuez pas.

Les légionnaires faillirent les tuer pourtant, à cause des embuscades. Certains Juifs n'avaient pas rejoint le dernier bastion dans le palais d'Hérode, derrière la seconde muraille. Ils avaient préféré rester dans le gros de la forteresse, que les Romains à présent occupaient. Ces Juifs-là n'arrivaient pas à se considérer comme vaincus, ils égorgeaient les honnêtes soldats en se matérialisant dans des lieux vérifiés trois fois. Ils sortaient littéralement des murs, blancs de poussière, les yeux luisants, et tuaient sans bruit le dernier de la file avant de repartir au néant.

Un légionnaire tenait Ritus par la gorge et s'apprêtait à lui faire goûter au repos éternel lorsque la voix de Vorenus arrêta son geste.

— Attends. C'est lui que je cherche.

Ritus n'avait plus de mots car il n'avait plus d'air. Les dernières heures lui avaient ôté beaucoup de tonus, et les derniers instants achevaient le travail.

— Salut, Vorenus.

Dans l'autre coin de la pièce, une deuxième silhouette blanchâtre se tenait, mais de sa voix et de son allure émanait quelque chose de splendidement romain.

— Salut, Djanu.

*

Le soir, autour du feu, on s'imprégnait de la beauté des lieux. Plusieurs dizaines de bivouacs étaient dispersés dans les anciens jardins. Le leur, adossé à un petit bâtiment épargné, dominait le plateau. À deux cents pas, l'ancien palais d'apparat. C'est là qu'ils s'étaient retranchés, leur confirma Vorenus. Les survivants. Un haut mur barrait le passage, un mur qui datait d'Hérode mais qu'on avait renforcé. Les soldats du génie avaient commencé à l'entamer par les côtés, une nouvelle tour se dressait déjà – le mur tomberait demain, en fin de matinée.

Ritus avait envie de redescendre jusqu'à la rampe pour voir de ses yeux le rempart effondré, les corps entassés et les armes. Mais il était fatigué et profitait très humblement. Le feu. Le petit vent.

Une voix derrière eux leur proposa des viandes. Des jeunots aux yeux émerveillés parcouraient le camp pour ravitailler les soldats. On accepta.

— Rome est fière de vous, déclara le jeune cantinier avec gravité. Le légat fait savoir qu'il est très content.

Plus tard, face au feu qui couve, Djanu raconte son rêve. Il flotte nu dans une eau tranquille. Puis l'eau se met en mouvement, et lui aussi, il suit le courant. L'eau part à droite, à gauche, dévale une petite cascade et lui toujours maîtrise et prend de la vitesse. Ce n'est pas une rivière, c'est une eau apprivoisée, eau claire d'un lieu géant où tous les bassins communiquent. Heureux, grisé, il avance de plus en plus vite, trop vite, il tient la tête hors de l'eau pourtant, de ses mains actives dans le courant il oriente sa course avec précision, pour un plaisir immense. De cascade en fontaine, il fonce et rit, parfois il plonge et constate avec délices qu'il respire.

— C'est un bon rêve, déclare Vorenus. Un rêve puissant où tu fais des choses que tu ne sais pas faire.

— Oui, dit Djanu. À la fin, je dévale une dernière cascade et l'eau me dépose sur un endroit sec, plat, une pierre très belle. Je me lève et je vois ce qu'on voit d'ici. Les palais, les huttes, le potager, les montagnes et la mer. Je suis à Massada mais je ne le sais pas. C'est un rêve vieux de plusieurs semaines. Je n'ai reconnu les lieux que tout à l'heure quand vous allumiez le feu.

— N'empêche, conclut Vorenus. C'est un bon rêve. Tu volais dans l'eau et c'est une chose nouvelle pour toi.

— Oui, dit Djanu. C'est une chose nouvelle.

CHAPITRE 48

Ariel est tombé. Il respire mal, ne parle plus.

C'est ma faute, répète Hagar. Elle n'aurait jamais dû le laisser monter.

Hannah a essayé la première. Mais avec son poids et celui de la masse, ça faisait beaucoup pour l'échelle, qui s'est mise à craquer.

L'échelle était vieille. Elle a passé beaucoup de temps dans la citerne, qui l'a comme digérée. Le bois ressemblait encore à du bois, mais c'était plutôt de la poussière qui tenait ensemble.

Hannah est redescendue par prudence. Ariel a voulu monter ; il les a convaincues avec beaucoup de mots.

Hagar aurait dû y aller. Elle est plus légère qu'Hannah. Elle aurait avancé très précautionneusement, échelon par échelon, avec la masse au bout du bras. Non, mieux, elle aurait ficelé la masse à son dos avec une corde. Là-haut, elle l'aurait détachée très doucement. L'aurait déposée contre la paroi et, au moyen de très petits coups répétés, elle aurait descellé la pierre.

À présent c'est trop tard. La chance est passée. En tombant avec Ariel, l'échelle s'est brisée en mille morceaux.

Ariel ne pleure pas. C'est Gamaliel qui pleure. Il faut que les filles lui donnent la main à tour de rôle pour arrêter les gémissements.

Zia est en train de graver leurs noms dans la paroi. Hannah est en grandes lettres très droites, mais leur taille diminue à chaque ligne. Hagar, Ariel, Gamaliel. Pour son nom à elle, Zia écrit très petit.

On respire bas. La pièce gigantesque devait contenir assez d'air pour quelques enfants, on pensait. La citerne pouvait garder tellement d'eau pendant si longtemps. Mais l'air est parti. On reste couchés, on attend, sauf Zia dont on entend le grattement contre le mur.

Plus personne n'a faim, mais on se force à boire. Sauf Gamaliel. Il prononce parfois des mots, il dit que son frère viendra, qu'il a promis. Mais ça sonne faux.

Hagar voudrait chasser les remords pour laisser un peu de place à une idée, mais aucune idée n'est à trouver. Pas avec juste deux amphores de fruits, une échelle en miettes, deux outres – dont une vide.

Hannah a repris les psaumes. Ce n'est plus par désœuvrement. Ce n'est plus pour calculer le temps.

C'est pour T'appeler, Seigneur. Tu as mieux à faire que de te soucier de quelques enfants. Tu les punis pour leur bêtise, sûrement.

Vois-nous. Malgré la cachette, Tu peux nous voir. Tu vis dans la pierre autant que dans le ciel. Entends-nous.

CHAPITRE 49

La ville est vide.

Djanu parcourt l'ancien palais, l'esprit paralysé.

Ils étaient des centaines à vivre ici. Ils ont quitté les lieux cette nuit.

Lui se trouvait à peu de pas, avec Ritus, à écouter Vorenus raconter les campagnes de Bretagne ; ensuite à dormir avec encore des rêves et la tête près du feu.

Eux étaient en train de partir. Très occupés, certainement, par les derniers détails.

Les corps sont alignés d'une manière très belle sous l'ombre des portiques.

Les enfants ne sont pas rassemblés, les soldats non plus : les groupes sont des familles. On dirait qu'ils sont morts de leur plein gré ; qu'ils sont sortis de leur maison au beau milieu du repas, et se sont couchés. Que la mort les a pris d'un commun accord.

Les Juifs ont revêtu leurs meilleurs vêtements et sont étendus partout, mains ouvertes, face au ciel.

Sonné, Djanu pénètre dans la grande salle d'apparat. La lumière du matin réchauffe les très hautes fenêtres qui donnent toutes vers la vue, le vide. Ici, aucun corps. Les pièces étaient trop grandes pour qu'on les transforme en foyers. Djanu respire mieux. L'air agite les très longs rideaux rouges délavés par le soleil et le temps. Le son des tissus se mêle à ceux des tourterelles qui ont leur nid tout en haut. Ti Ritus arrive à son tour et s'assied contre le mur sans rien dire.

Djanu ferme les yeux. Les visages entrevus lui reviennent. Une foule vivait ici à son rythme, sous le ciel. On croyait monter à l'assaut d'une garnison vicieuse, bien préparée, et voici une tout autre vérité. Une humanité presque heureuse, bien qu'inanimée. Djanu a besoin de les revoir. Il remonte l'escalier. C'est ici la grande terrasse, le centre du palais. Les morts offrent un spectacle très pur. Sachant ce qui les attendait, ils se sont mis du côté de l'ombre.

Dans la cour couverte que Djanu aperçoit là-bas, la légion défile en silence. Les soldats, muets, ont ôté leurs casques et passent lentement devant les morts.

Après avoir franchi le mur, ils ont été frappés par le très grand calme. En apercevant les corps, ils ont cru à une ruse. Les Juifs les attiraient avec un stratagème. Ils mimaient la mort sans scrupule car ils ne respectent rien. Ils vont se lever l'arme à la main, leurs frères vont sortir des murs, leurs femmes nous poignarder dans le dos en poussant des cris inconnus.

Mais les Juifs n'ont pas bougé. Ils ont continué d'offrir le spectacle hypnotisant de leur choix, encore et encore.

Les cours et les corridors se remplissent à présent de soldats silencieux. Il y a des corps partout, et le palais est grand. Et toujours le même sentiment d'absence. Ils sont partis très discrètement, ne nous laissant que le strict nécessaire, une apparence.

Subitement ça s'impose à Djanu. Ils sont ici : un garçon nommé Ariel. Une fille nommée Hagar. Ils sont là sûrement, parmi tous les autres. Toutes ces femmes, tous ces enfants. Mais comment les reconnaître ?

Djanu est pris d'une vision. Isis est là. Elle a compris. On dirait une femme très pieuse ; elle ne semble pas soucieuse, mais appliquée. Elle cherche avec une grande attention. Djanu s'imagine lui parler, elle l'écoute à peine. Elle dit :

— Est-ce que tu veux bien m'aider ?

Le visage d'Isis est cireux et ses yeux regardent dans le vague, mais elle accepte les figues que lui donne Djanu et les porte à sa bouche. Elle les mâche lentement.

— Tu les chercheras ? demande-t-elle. Tu les trouveras ?

Djanu chasse l'apparition. La vraie Isis est en bas. Il va lui apporter la nouvelle. Elle voudra voir de ses yeux, trouver les corps. Leur dire encore des choses à l'oreille en les berçant.

Il l'aura perdue – il l'a déjà perdue, c'est fait. La peau vide du serpent s'impose à lui. Une nouvelle vision : Isis dans une robe blanche que le vent agite, une robe qu'il ne lui connaît pas. Isis ne se retourne pas. Djanu la suit pas à pas comme sur le chemin de sable. Elle arrive au bord d'un gouffre. Il s'arrête en même temps qu'elle, comme la première nuit. Le vent joue avec ses cheveux. Elle se retourne avec gentillesse, une gentillesse un peu soucieuse. Elle lui sourit mais ses yeux disent qu'elle va se jeter dans le vide. Elle est venue pour cela.

CHAPITRE 50

Ritus s'est assis sur le parapet de la cour principale. Il regarde distraitement les hommes qui commencent à ramasser les corps et les emportent très lentement. Là-bas, la rampe est pleine de monde, entre ceux qui descendent et ceux qui montent, on a du mal à se croiser. Une idée prend forme, de plus en plus claire : même à dix, même avec le sceau du légat, on ne retrouvera pas les enfants d'Isis dans tout le chaos qui va se mettre à régner ici.

C'est alors que les yeux de Ritus se posent sur un détail incongru. Au milieu du tumulte, parmi les légionnaires qui s'interpellent, les charrettes à bras où on dispose les morts, les gradés qui débarquent, un âne.

L'image fait sourire Ritus. Un petit âne traverse la place en diagonale, dans l'indifférence générale. Tiens, se dit Ritus en le suivant des yeux. Cet âne sans maître semble étrangement savoir où il va.

CHAPITRE 51

Silva fait ses comptes. On lui a transmis la nouvelle – il n'a pas encore décidé si elle était bonne ou mauvaise. En attendant, il pense au futur triomphe de Vespasien, sans ennemi juif à exhiber, et ça ne donne pas bien. L'impression diffuse et désagréable d'être pris en défaut, au dernier moment.

Un pied après l'autre. Il ne s'agit pas de rater une marche, alors qu'il arrive après la bataille, et que tout le monde sait que c'est la première fois qu'il monte. C'est raide, c'est très raide, ça vous coupe le souffle comme un escalier trop droit, et surtout trop long.

Silva soupire. Ils ont refusé un combat perdu d'avance comme ils en avaient vaguement le droit ; ont esquivé le coup avec une parade inédite. Une tactique absurde, certes, mais très efficace. Qui laisse au vainqueur l'impression d'avoir donné ses coups dans le vent – comme un enfant avec son épée en bois.

Dans la grande cour et dans les portiques autour, on a tout laissé intact. Face aux corps, Silva se retrouve avec un sentiment nouveau. Il s'est dit, plus tôt : il faudra en trouver un avec un air de chef et l'appeler Éléazar. Ramener sa tête à l'empereur. Mais à présent c'est Caton qui s'impose à lui. Il n'a jamais aimé le vieux stoïcien, qui s'éventre sur son épée et se met les tripes à l'air pour bien montrer son amour de la République – alors que Caton n'aimait pas la République plus que ça, il aimait surtout l'amour qu'il lui portait si ostensiblement, l'amour qui le grandissait. Son courage n'était qu'orgueil, comme d'habitude. L'histoire de Rome est jalonnée de ces grands hommes, morts pour la gloire.

Ceux-ci semblent sincères.

CHAPITRE 52

Djanu contemple le vide.

Tout à l'heure, Vorenus est venu lui parler – il fait tout ce qu'il peut. Un homme parmi les assiégés n'était pas tout à fait mort et le vétéran s'est précipité pour lui demander s'il y avait des enfants appelés Hagar ou Ariel, mais l'homme a murmuré qu'il ne savait pas le nom des enfants, et puis il est mort.

Pour échapper à l'agitation, Djanu est descendu dans la salle ronde qui fait éperon. Après le parapet de pierre blanche aux arêtes vives, quelques pierres ocre avant le vide.

Il s'imprègne de la vue. Un horrible sentiment d'échec prend toute la place, efface tout le reste, gonfle, l'aveugle, le vide. Djanu espérait ramener au moins les corps, symboliquement. Mais à présent cette idée lui semble obscène. Il ne faut surtout pas qu'Isis monte, heureusement c'est impossible, il y a des soldats partout.

Tout à coup Ti Ritus est là derrière lui, Djanu le voit. Ritus parle, ses lèvres bougent, il est très pâle, Djanu ne l'entend pas, pourtant Ritus se rapproche.

Ritus lui fait des signes confiants. Viens, viens, arrête de regarder là en bas. Mais Djanu n'a pas envie d'obéir, quelque chose de très puissant l'attire au contraire.

Ritus s'approche sans le quitter des yeux, avec des gestes très lents, mais il n'ose pas le rejoindre. Djanu se sent attiré par la vue, l'espace, le vide. Il se retourne une dernière fois vers Ritus. Son ami crie en enjambant le muret. Ça fait sourire Djanu parce que lui n'a plus qu'un pas à faire, même pas, il va se laisser glisser et rien ne s'y opposera, ce sera doux comme un lit, une absence pleine de promesses et d'oubli.

Ritus grimace et tend le bras. Djanu a comme un geste d'apaisement. Laisse-moi. Tout est bien. Mais derrière son ami, voilà qu'elle apparaît. Djanu se fige. Isis est là entre les colonnes avec une autre coiffure. Une autre coiffure et d'autres yeux, mais le même air. Cette façon qu'elle a de le dévisager comme si elle voulait tout savoir en une seconde. Djanu est immobile. L'air lui revient. Les sons lui parviennent. La voix de Ritus :

— Allez viens. Arrête tes histoires, merde, Djanu.

Djanu ne détache pas les yeux de la gamine. Il s'entend qui dit :

— Tu les as trouvés.

CHAPITRE 53

La gamine ressemble à sa mère, ça fait mal au cœur de la regarder. Un jour il faudra qu'il leur dise, pense Ritus, au frère et à la sœur. Que leur mère était là, ou presque. Ils ont compris, les gosses ça comprend vite. N'empêche, il faudra qu'il leur dise.

Quelle déveine. Les dieux sont joueurs et emmêlent les fils. Isis a disparu. On l'a cherchée partout. Absolument partout. Tout le monde a exploré, interrogé, dans l'effervescence, le siège qui se disloquait, même Vorenus, même Chèvrebouc, même Roxanne, des jours durant.

Pourtant, en remontant le chemin à pas très prudents, Ritus se réjouissait comme un fou en imaginant la tête qu'elle ferait, Isis, comment elle crierait en s'arrachant les vêtements comme il l'a vu faire à Césarée par une mère, quand on lui a remonté vivant son gosse tombé au puits.

En descendant, il avait suivi l'âne, avec au cœur un pressentiment. L'animal s'est arrêté sur la corniche. Il n'y avait rien. Plus moyen de le faire avancer d'un pas. Il attendait avec son air d'âne. Ritus lui parlait pour le convaincre, mène-moi au trésor, gentil âne, mène-moi au trésor d'Hérode, tu auras du foin. Allez ! Avance ! L'âne restait. Ritus se figea. Il ne rêvait pas. La montagne chantait.

L'âne a tourné sa belle tête vers Ti Ritus, et ils ont échangé quelques mots.

— Tu vois ? disait l'âne.

— C'est la montagne ?

— Oui.

— Ça chante dans la montagne ?

— Comme je te le dis.

Ritus a posé la main sur la pierre. Il a compris. Une citerne comme celle où il était entré avec son compère, comme il y en a tant par ici. On se sera caché. On se sera emmuré, même, pour échapper. Ritus donne des coups en riant, il est heureux parce que sauver des gens c'est une aventure très rare.

— Ohé, dedans !

Ça répondait. Ça chantait. Ça criait. Ritus n'avait rien pour entamer le mur. Très précautionneusement, il a tendu la main vers l'âne, bien immobile sur le passage étroit. Lentement, il a désanglé la structure de bois où on attache les jarres. Il s'en est servi pour desceller la première pierre. Il grattait tout en parlant, tout en riant. La pierre est tombée à l'intérieur. Dans le silence, Ritus s'est dit : ça y est, j'ai tué quelqu'un.

La grande pièce était vide. Puis il a entendu la voix, et la voix a dit : Hallelujah. Ce qui en hébreu doit vouloir dire quelque chose.

Ritus pensait qu'ils seraient cent ; ils étaient quatre. Quatre silhouettes sous des couvertures. Avec de drôles de voix. C'étaient des enfants.

— Ariel ? a demandé Ritus.

Il ne savait plus l'autre nom.

— Oui, a dit Ariel. C'est moi.

— Vous êtes qui ? a demandé une fille autoritaire.

— Ti Ritus, a dit Ritus.

— Vous êtes romain ?

— Non.

— Vous auriez une corde ou quelque chose ? L'échelle est cassée.

Ritus a jeté un œil à l'âne.

— Revenez ! criait la fille autoritaire.

Il n'y avait pas de corde, ni rien d'utile.

Il a repassé la tête dans le trou. Les pierres s'en allaient, c'était facile.

— Écoutez, a dit la fille, nous on a une corde. Plusieurs même.

La première à sortir, c'était une petite agile comme un singe, ensuite c'est Hagar qui est sortie. Ensuite Ariel ; et en dernier est apparue la fille autoritaire.

— Il en reste un, mais il est mort, a dit Hannah.

— T'es bien sûre ?

Hannah lui a lancé un regard, elle clignait à cause du soleil, mais c'était un regard dur. Les enfants se tenaient très droits le long du vide. Ils avaient une grande habitude.

— Allons-y, a dit la fille d'Isis, et elle a pris la tête.

— Et l'âne ? a demandé Ritus.

— Courageux va nous suivre en reculant, a dit Hannah. Il t'a guidé ?

— Oui.

Ils avançaient vifs comme de petits bouquetins, voir les enfants galoper là-dessus, ça le rendait malade, Ritus a dit qu'il marcherait devant. Un peu plus loin, il a entendu Ariel qui demandait à sa sœur :

— C'est lui le sauveur ?

Ritus était si fier qu'il a failli rater une pierre, qui a dévalé très longtemps.

CHAPITRE 54

Djanu a envie d'ouvrir les bras, alors il le fait. Rien n'est ridicule désormais. Il admire la vue. Dans son dos, la vasque sacrée où il a plongé derrière Isis ce jour-là.

Les montagnes n'ont pas changé. Des trous de lumière voyagent dans le paysage. La mer est très foncée aujourd'hui à cause du soleil qui se cache.

En arrivant Djanu nourrissait encore un espoir fragile. Elle serait là. Elle l'attendrait. Il lui donnerait la nouvelle. Le décor grandiose ferait son office, elle pourrait remercier son Galiléen et le destin tout ensemble. Les lieux sont vides.

Djanu part au désert. La grotte est la première étape de son voyage. Il est heureux comme Ritus quand il fait quelque chose de neuf.

Djanu a quitté les lieux sans dire adieu. Partir seul est une façon de disparaître, et il a disparu. Il ne veut pas se fondre dans la mort, il veut se fondre dans la vie. Il faut assumer ses contraires ; Djanu a besoin de trouver quelque chose. Peut-être pas trouver, au moins chercher. Voyager, écouter, penser longtemps. Le soir, parfois, rencontrer des gens.

Ce qu'il va chercher, c'est elle. Elle s'est donné la mort, certainement. Il va la chercher quand même. Il lui parlera. Il lui racontera tout ce qu'il vit, et tout ce qu'il voit. Djanu repense souvent aux visions qu'il a reçues d'elle, les palais infinis, la crique, la grotte. Comme Orphée, il s'est retourné trop vite. Cette grotte, il va devoir en trouver l'entrée.

Il pourrait s'arrêter ici pour la nuit. Ou redescendre. Il est parfaitement libre. Personne ne l'attend.

ÉPILOGUE

Il ne reste qu'un melon éclaté au centre de la place. Isis le regarde depuis très longtemps. Elle ne sait pas le nom du village – ça n'a pas d'importance. Du jus s'écoule du melon trop mûr, avec aussi quelques pépins.

Isis n'a pas soif. Elle n'a pas faim. Elle s'est assise contre le mur, enveloppée dans ses voiles comme une vieille mendiante.

Elle n'est pas montée voir. Elle le regrette.

Pourquoi monter, pensait-elle alors. Ils sont tous morts, on le lui a dit et répété, pourquoi chercher des corps mutilés, se torturer encore ?

Un grand vide l'accompagne partout désormais, c'est son compagnon unique. Elle ne cherche plus ni les bonnes ni les mauvaises nouvelles.

Elle se répète souvent que la voix aurait dû la laisser tranquille dans le cellier, la laisser couchée. Qu'est-ce qu'elle a cru ? À présent elle le sait : c'était Satan qui l'appelait pour la faire payer, s'amuser, lui insuffler un espoir vain. Elle a entendu cette voix ce jour-là. Elle s'est levée. Pourquoi ?

Elle connaît cette silhouette. Oui, c'est bien lui. De l'autre côté de la place, à l'ombre du sycomore, ce garçon qui s'agite malgré la chaleur à côté d'un âne, c'est Ritus.

Isis étouffe l'espoir dérisoire qui vient de sursauter en elle sous la forme d'un visage. Peut-être que Djanu est avec lui. Peut-être qu'il va arriver sur la petite place, apparaître sur le seuil d'une maison. Mais non.

Isis vient de prononcer le nom, Ti Ritus, entre ses lèvres gercées. Pourvu qu'il ne me voie pas, pense-t-elle. Il parle avec l'âne, qui baisse la tête. Si elle avait un peu plus de force, Isis s'en irait pour qu'il ne la remarque pas. Elle remet son voile. Elle n'est plus qu'une âme errante. Elle n'est plus là.

Il y a une très jeune fille avec lui, Ti Ritus lui parle. Une petite Juive pieuse. Isis ne peut s'empêcher de se demander comment ils se sont rencontrés. Une autre fille encore plus jeune décharge quelque chose de l'âne. Isis évite de s'attarder, la vue d'enfants lui est pénible, leurs cris, leurs voix, leurs gestes. Ce sont encore d'autres enfants pourtant qui rejoignent l'âne. Une fille de huit ou neuf ans, et son petit frère.

Isis détourne les yeux. Inutile de se faire du mal. Il faut qu'elle quitte la place, qu'elle quitte le village malgré la chaleur de l'après-midi. Elle jette un dernier coup d'œil circulaire, c'est plus fort qu'elle. Mais Djanu n'est pas avec eux.

Le gamin a les cheveux longs et foncés. Isis n'arrive pas à détacher les yeux du petit groupe en contre-jour dans la poussière.

Et soudain, à la manière dont le garçon court vers sa sœur, elle sait.

REMERCIEMENTS

Toute ma gratitude à :
Emmanuelle Pirotte, complice de toutes les heures ;
Céline Thoulouze et Pauline Ferney, mes éditrices ;
toute l'équipe de Plon ;
sans oublier Anne et Fred Ledoux pour leur accueil.

Pour en savoir plus
sur les Éditions Plon
(catalogue, auteurs, vidéos, actualités…),
vous pouvez consulter
www.plon.fr
www.lisez.com

lisez!

et nous suivre sur les réseaux sociaux

Editions Plon

@EditionsPlon

@editionsplon

MIXTE
Papier issu de sources responsables
FSC® C003309

L'éditeur de cet ouvrage s'engage dans une démarche de certification FSC® qui contribue à la préservation des forêts pour les générations futures.

Pour en savoir plus :
www.editis.com/engagement-rse/

Achevé d'imprimer en février 2021
par Normandie Roto Impression s.a.s.
N° d'impression : 2100864

Imprimé en France